Zum Buch:

Nach der Aufklärung des letzten Falls hat Stella Honeycut erst einmal genug vom heimtückischen Morden – außer natürlich in den Romanen ihrer heiß geliebten Agatha Christie. Und auch das Dorf der Esel ist ihr mittlerweile so sehr ans Herz gewachsen, dass sie eigentlich kaum noch wegwill.
Ein Freisemester in Hillbrush soll den Abschied zumindest ein wenig herauszögern: Ab jetzt will sich die Literaturexpertin ausschließlich ihrer Tante Jane und der Recherche über die mysteriöse Verbindung ihrer Lieblingsschriftstellerin zu Hillbrush widmen. Kaum hat sie jedoch die Detektivkappe an den Nagel gehängt, braut sich über dem steilsten und vielleicht eseligsten Idyll Großbritanniens bereits ein neuer Sturm zusammen – und Ermittlerin Stella ist erneut gefragt, um den bisher schwierigsten Fall ihrer Karriere zu lösen.

Zur Autorin:

Katharina Schendel wurde in einem winzigen Dorf an der Küste geboren und ist seit ihrer Kindheit vernarrt in Esel. Nach ihrer Schulzeit verbrachte sie mehrere Jahre in Metropolen wie Tokio und London. Sie liebt Ausflüge nach Devon und Cornwall sowie lange Spaziergänge mit ihrem Beagle.

Katharina Schendel

DER MÖRDER IST IMMER DER ESEL

Stella Honeycut ermittelt

KRIMINALROMAN

HarperCollins

1. Auflage 2024
Originalausgabe

Umschlaggestaltung von Büro Süd GmbH
Umschlagabbildung von mauritius images / Alamy Stock Photos / Tommy (Louth), Dave Booth, AlexanderBee / Shutterstock
Gesetzt aus der Stempel Garamond
von GGP Media GmbH, Pößneck
Druck und Bindung von CPI books GmbH, Leck
Printed in Germany
ISBN 978-3-365-00873-7
www.harpercollins.de

Für die wunderbare Katharina Thalbach,
die wie kein anderer Hercule Poirot
zum Leben zu erwecken vermag.

Die handelnden Personen

Stella Honeycut, Agatha-Christie-Expertin und Detektivin

Jane Huffkins, Stellas Tante und Heilerin im Dorf

Chief Inspector Joseph Clapperton, Kriminalbeamter

Lennard Waxflatter, Geschäftsführer der lokalen Gin-Destillerie

Alice Waxflatter, Lennards Ehefrau

Craigory Valentine, Historiker und TV-Moderator

Ernest Tattlebrook, Buchhändler und Dorfchronist

Lionel Crabtree, Vikar

Tiberius Liskard, pensionierter Militärarzt

Audrey Morelli, Bäckerin, betreibt *Audreys Pasteten-Paradies* und das Café *Zum singenden Kessel*

Massimo Morelli, Audreys Ehemann, Besitzer eines Wassertaxiunternehmens

Jack Whitley, Angestellter von Morellis Wassertaxiunternehmen

Gavin Duddman, Audreys Bruder, betreibt Pub *Zum betrunkenen Esel*

Daniel Pyne, Gemischtwarenhändler

Lord Archibald Edgecombe, Hausherr von Limestone Manor

Roderick Edgecombe, Enkel des Lords
Detective Sergeant Navin Chakraborty, Kriminalbeamter
Superintendent Warren McQueen, Joseph Clappertons Vorgesetzter
Abigaile Clapperton, Tochter des Chief Inspectors
Bobby Clapperton, Sohn des Chief Inspectors
Lucas Wilder, Angestellter der Gin-Destillerie
Margery Chapel, Haushälterin des Vikars

Die Esel

Miss Marple, Gandalf, Galadriel, Merlin, Joker, Poseidon, Hubble, Edison, Oscar, Ferrari, Gilgamesch und viele mehr.

Kapitel 1

Chief Inspector Joseph Clapperton saß auf einem wackligen Stuhl im Rektorat der Mary Debbenham Middle School und grübelte über sein Leben nach. Egal, wie er es auch drehte und wendete, er kam immer zu dem gleichen Schluss: Er war an einem absoluten Tiefpunkt angelangt.

Niedergeschlagen dachte er an die vergangenen neun Monate, die sich vor ihm wie eine einzige Chronik des Scheiterns entblätterten.

Die Frau war ihm weggelaufen, die Kinder mutierten zu Ungeheuern, und beruflich hatte er auch schon bessere Zeiten erlebt. Von seinem körperlichen und seelischen Zustand ganz zu schweigen. Er fühlte sich kraftlos, ausgelaugt und verbraucht. Als ob ein Vampir ihm das Blut ausgesaugt und ihn dann wie ein leeres Trinkpäckchen in den Müll geworfen hätte. Bestimmt litt er an Eisenarmut. Und das war nicht der einzige Mangel, den er hatte.

Er atmete geräuschvoll aus. Am liebsten hätte er sich in sein Bett verkrochen und sich die Decke über den Kopf gezogen. Einfach mal schlafen und an nichts denken. An gar nichts. Eine Woche lang. Oder einen Monat.

So lange, bis alles endlich wieder gut war und sich die trüben Wolken verzogen hätten. Doch so einfach war es leider nicht.

An Flucht war nicht zu denken. Geschweige denn an Schlaf. Seine Kinder Bobby und Abigaile, beide mitten in der Pubertät, nahmen den größten Teil seiner Aufmerksamkeit in Beschlag. Wenn sie nicht gerade damit beschäftigt waren, ihren Mitmenschen Streiche zu spielen, trieben sie sich in der Gegend herum und dachten sich eine Dummheit nach der anderen aus. Nur mit Mühe unterdrückte Clapperton ein Seufzen. Die beiden machten eine besonders hartnäckige rebellische Phase durch, und das war auch der Grund, warum er schon zum zweiten Mal in dieser Woche in das Rektorat der Schule zitiert worden war.

Gegenüber saß ihm die Rektorin Mrs. Miller, eine energische, drahtige Frau um die fünfzig. Seit gestrichenen zehn Minuten redete sie ohne Punkt und Komma auf ihn ein und überschüttete ihn mit Vorwürfen – so harsch, dass er nur noch auf Durchzug hatte schalten können, um die Situation einigermaßen zu ertragen. Nun prallten die Worte an ihm ab wie an einer Wand.

Nichtsdestotrotz bemühte sich Joseph Clapperton um einen einigermaßen aufmerksamen Gesichtsausdruck. Er hatte in letzter Zeit schon genug Kritik einstecken müssen. Von Linda, seiner Noch-Ehefrau. Von den Kindern. Von seinem Vorgesetzten und den Kollegen. Im Grunde von jedem, der ihm begegnet war. Alle trampelten permanent auf ihm herum.

Er kam sich vor wie ein Fußabtreter. Von niemandem gewollt und gemocht. Das konnte so nicht mehr weitergehen.

Frustriert dachte er an Linda, die sich nach über einundzwanzig Jahren Ehe von ihm getrennt und ihn mit den Kindern hatte sitzen lassen. Von einem Tag auf den anderen hatte sie ihr gesamtes gemeinsames Leben zuerst infrage und dann auf den Kopf gestellt. Nun war sie auf einem Selbstfindungstrip in Indien, und niemand wusste, ob oder wann sie zurückkehren würde.

Zugegeben, dachte Clapperton, er hatte in ihrer Beziehung bestimmt auch nicht alles richtig gemacht. Er hätte aufmerksamer sein und sich mehr Zeit für Linda nehmen müssen. Doch das war noch lange kein Grund, alles einfach hinzuwerfen. Zu so einem radikalen Schritt wäre er niemals fähig gewesen. Schon allein der Kinder wegen nicht.

Ein lautes Geräusch riss ihn aus seinen Gedanken. Er zuckte zusammen und sah, wie die Rektorin mit der flachen Hand auf den Schreibtisch schlug.

»Hören Sie überhaupt, was ich sage?«

Clapperton blinzelte. »Wie?«

»Es ist bereits das zweite Mal, dass Ihre Tochter derart auffällig geworden ist!« Die Stimme der Rektorin überschlug sich fast. »In einer einzigen Woche, wohlgemerkt!«

»Ja, ich weiß.«

»Erst die Sache mit der toten Ratte, mit der sie Miss Atkins beinahe zu Tode erschreckt hat. Und nun Sekundenkleber auf dem Lehrerstuhl.« Am Hals der

Rektorin waren rötliche Flecken zu erkennen. »Die arme Miss Atkins musste mit einem Stuhl an ihrem Hintern durch das gesamte Schulhaus rennen!«

Der Anflug eines Schmunzelns huschte über Joseph Clappertons Gesicht.

»Das finde ich gar nicht komisch!« Mrs. Millers Nasenflügel bebten.

»Ich auch nicht«, flunkerte Clapperton, denn er musste stark an sich halten, um nicht laut loszulachen. Er dachte an eine Comedy-Serie, die er in seiner Jugend oft geschaut hatte und in der die Schüler ihren Lehrern am laufenden Band genau solche Streiche gespielt hatten. Er hatte die Schauspieler damals wie Helden verehrt.

Die Rektorin schnaubte verärgert. »Miss Atkins' Hose ist völlig ruiniert.«

Clappertons Mundwinkel zuckten. Die unerwartete Erinnerung an die Idole seiner Sturm-und-Drang-Zeit setzte Endorphine frei. »Das bedauere ich zutiefst«, sagte er, während seine Miene zunehmend verriet, dass ihn das Bild amüsierte. »Ich werde den Schaden selbstverständlich ersetzen.«

»Das ist das Mindeste.« Die Rektorin faltete die Hände und zog eine Augenbraue hoch. »Außerdem erwarte ich, dass sich Ihre Tochter bei Miss Atkins entschuldigt.«

Clapperton entwich ein leises Glucksen, was Mrs. Miller mit einem Ausdruck absoluter Missbilligung quittierte.

»Die Hose ist eine Sache«, bemerkte sie. »Der seelische Schock, den Miss Atkins durch dieses Vorkommnis erlitten hat, ist eine andere.«

Er nickte rasch. »Natürlich!«

Die Rektorin verengte die Augen zu Schlitzen. »Und sollte es noch ein weiteres Mal zu einem Regelverstoß kommen – egal, wie klein er auch sein sollte –, droht Abigaile der Schulverweis!«

Die negativen Emotionen holten Clapperton im Nu wieder ein. Der Anflug von Heiterkeit, der ihn so unvermittelt ereilt hatte, zerplatzte wie eine Seifenblase. »Ich verspreche Ihnen, ich rede mit ihr.«

Mrs. Miller verschränkte die Arme vor der Brust. »Das haben Sie auch schon beim letzten Mal gesagt.«

Joseph Clapperton verlagerte sein Gewicht, woraufhin der Stuhl hin und her wackelte. »Bitte geben Sie ihr eine Chance. Sie hat es im Moment nicht leicht.«

»Da geht es ihr wie uns allen!«, entgegnete die Rektorin ungerührt.

»Es ist wahrlich keine einfache Situation für sie«, beharrte Clapperton. Wollte oder konnte diese Frau ihn denn nicht verstehen?

Für einen Moment betrachtete Mrs. Miller ihn schweigend. Dann beugte sie sich ein wenig vor. »Ihr Mitgefühl in allen Ehren. Aber Abigaile ist nicht das einzige Kind, dessen Eltern sich getrennt haben. Beinahe einem Drittel ihrer Klassenkameraden geht es ganz ähnlich, und die müssen auch damit klarkommen.« Sie zog nachdenklich die Stirn kraus. »Das Leben ist nun mal kein Wunschkonzert. Abigaile muss lernen, sich anzupassen. Die Welt dreht sich nicht nur um sie. Je eher sie das begreift, desto besser. Meinen Sie nicht auch?«

Clapperton seufzte. »Ich bitte Sie doch nur, dass Sie ein wenig Verständnis für uns haben.«

»Es tut mir leid, aber für Eskapaden solcher Art gibt es keine Rechtfertigung.« Mrs. Millers Mund war nun so schmal wie ein Strich. »Ihre Tochter muss ihr Verhalten grundlegend ändern, sonst wird sie an dieser Schule keine Zukunft haben.« Sie nickte in Richtung der Tür. »Das wäre alles für heute.«

Clapperton, der ebenfalls spürte, dass vorerst alles gesagt war, verließ das Rektorat. Vielleicht gelang es ihm ja in den bevorstehenden Sommerferien, seine Familie zu kitten? Irgendetwas musste er jedenfalls tun.

Er trat aus dem Schulgebäude ins Freie hinaus und atmete tief durch. Zum Glück war Bobby etwas pflegeleichter als seine große Schwester. Der Junge dachte sich zwar auch allerhand Blödsinn aus, doch er ließ sich wenigstens nicht andauernd dabei erwischen.

Erschöpft lief Clapperton über das Schulgelände bis zu einem kleinen Teich und setzte sich in den Schatten eines großen Ginkgobaumes, dessen leuchtend grüne Blätter geheimnisvoll raschelten.

Er lehnte sich an den Baumstamm und schloss die Augen. Jetzt bloß nicht einschlafen! Wenn er jetzt einschlief, wachte er so schnell nicht wieder auf. Er hatte noch knapp eine halbe Stunde, bis die Kinder aus der Schule kommen würden. Bestimmt würden sie ihn wieder wie Luft behandeln – daran war er schon gewöhnt. Undank ist der Väter Lohn.

Entschlossen kämpfte Clapperton gegen die Müdigkeit an. Sosehr er das Verhalten seiner Kinder auch bemängelte, er konnte es ihnen nicht verübeln. Sie rebellierten, weil Linda, ihre Mutter, sie alle im Stich gelassen hatte.

Er selbst weinte Linda keine Träne nach. Er kam klar, auch ohne sie – zumindest redete er sich das ein. Aber den Kindern hatte sie mit ihrer egoistischen Entscheidung das Herz gebrochen – und das würde er ihr niemals verzeihen. Sollte sie doch bleiben, wo der Pfeffer wächst! Alles, was jetzt zählte, war, dass Bobby und Abigaile wieder zurück zur Normalität fanden. Er wollte und musste ihnen das Gefühl von Sicherheit und Stabilität vermitteln, selbst wenn er dadurch seine Arbeit als Detective Chief Inspector vernachlässigen musste. Bobby und Abigaile waren wichtiger als alles andere. Wichtiger als sein eigenes Seelenheil. Und ganz bestimmt wichtiger als seine Arbeit und sein nerviger, egozentrischer Chef.

Er dachte an Superintendent McQueen, dem er nie etwas recht machen konnte. Ganz anders als sein Kollege, der übereifrige Detective Sergeant Chakraborty, der seine Aufgaben bereits erledigt hatte, bevor sie ihm überhaupt gestellt wurden. Es war nur eine Frage der Zeit, bis der junge aufstrebende Mann, der die gesamte Polizeidienststelle regelmäßig mit den kulinarischen Curry-Kreationen seiner Mutter beglückte, die nächste Beförderung erhalten würde.

Joseph Clapperton seufzte leise, während er über seine eigene berufliche Zukunft grübelte. Superintendent McQueen suchte nur nach einer Gelegenheit, ihn endlich in die Pampa schicken zu können. Der alte Sturkopf wartete doch bloß darauf, ihn endlich loszuwerden. Möglich, dass man ihn versetzte. Oder er wurde degradiert. Wenn es nach McQueen ging, passierte sicher beides gleichzeitig.

Aber all das war Clapperton mittlerweile völlig gleichgültig – er würde auch am anderen Ende der Welt als einfacher Streifenpolizist seinen Dienst verrichten, solange es seinen Kindern nur wieder gut ging.

Im Grunde hatte er beruflich nur den einen Wunsch, dass er nicht noch mal nach Hillbrush gerufen werden würde. Das Dorf der Esel war die Wurzel allen Übels. Dort hatte seine Frau eine verhängnisvolle Begegnung mit einem Einheimischen gehabt, die alles aus dem Lot gebracht hatte. Waxflatter hieß der Mann. Lennard Waxflatter. Clapperton knirschte mit den Zähnen, und eine unbändige Wut kochte in ihm hoch. Normalerweise waren ihm Mordgedanken völlig fremd. Aber bei diesem Typ hätte er sehr gerne mal eine Ausnahme gemacht.

Auch der Rest der Dorfbevölkerung, inklusive der starrsinnigen Hobbydetektivin Stella Honeycut, ging ihm gewaltig auf die Nerven. Das konnte er jetzt alles nicht gebrauchen. Von Eseln und Frauen hatte er die Nase gestrichen voll.

Zum Glück hatte er die Einladung zur Einweihung des Eselbrunnens rechtzeitig ausgeschlagen. All die Leute und das stundenlange Palaver – das hätte er nicht ertragen.

Ein leises klingelndes Geräusch ließ ihn aufhorchen. Es war sein Handy. Er zog es aus der Hosentasche und betrachtete das Display. Na klasse! Der Superintendent. Der hatte ihm gerade noch gefehlt.

Widerwillig nahm er das Gespräch an. »Joseph Clapperton.«

»McQueen hier.« Die tiefe Stimme seines Vorgesetzten klang gereizt. »Wann haben Sie denn vor, sich mal wieder an Ihrem Arbeitsplatz blicken zu lassen?«

»Sobald ich meine Kinder von der Schule abgeholt habe«, erwiderte Clapperton, ohne mit der Wimper zu zucken.

Am anderen Ende der Leitung schnappte der Superintendent nach Luft. »Das hätte ich mir denken können. Sie sind mal wieder um keine Ausrede verlegen, was?«

Joseph Clapperton wollte etwas erwidern, doch McQueen kam ihm zuvor.

»Ich habe einen Auftrag für Sie, und ich rate Ihnen, dass Sie es diesmal nicht vermasseln.«

Ein flaues Gefühl machte sich in Clappertons Eingeweiden breit. Was war denn nun schon wieder passiert? Hoffentlich nicht wieder ein Mord.

»Sie fahren nach Hillbrush!«, verkündete McQueen.

Clapperton zuckte unwillkürlich zusammen. Nein. Er hatte jetzt nicht wirklich Hillbrush gesagt.

»Sind Sie noch dran?« Jetzt klang der Superintendent ungeduldig.

Joseph Clapperton überlegte, ob er das Handy nicht besser im hohen Bogen in den nahegelegenen Teich befördern sollte. Doch damit wäre es auch nicht getan. Er räusperte sich. »Ich habe den Namen des Ortes nicht ganz verstanden, Sir.«

»Hill-brush!«, donnerte McQueen nun so laut, dass Clapperton das Handy auf Abstand halten musste. »Haben Sie Bohnen in den Ohren, Mann?«

»Gewiss nicht.« Clapperton konnte es nicht fassen. »Also Hillbrush.« Das Dorf der Esel und aller, die es werden wollten, fügte er in Gedanken hinzu.

»Dort findet morgen Vormittag die Einweihung des legendenumwobenen Eselbrunnens statt«, sagte McQueen.

»Davon habe ich gehört.«

»Ausgezeichnet.« Sein Vorgesetzter klang beschwingt. »Dann muss ich Ihnen ja nicht mehr viel erklären.«

Clapperton rieb sich die Stirn. »Warum?«

»Wie?«

»Weshalb soll ich nach Hillbrush fahren?«

»Das kann ich Ihnen sagen.« Der Superintendent schnaufte ungeduldig. »Da es in letzter Zeit in dieser Gegend immer wieder zu unvorhergesehenen Zwischenfällen gekommen ist, möchte ich, dass Sie für die Dauer der Feierlichkeit für Sicherheit sorgen. Haben Sie verstanden?«

Clapperton holte tief Luft. »Aber ich …«

Der Superintendent schnitt ihm das Wort ab. »Es ist mir egal, wie Sie es machen, aber machen Sie es! Kinder hin oder her. Ich werde keine Ausreden dulden!«

Ein Klicken verriet Clapperton, dass sein Vorgesetzter aufgelegt hatte.

Verdrossen schob er das Handy in die Tasche zurück.

Hillbrush! Schon wieder! Ihm blieb aber auch gar nichts erspart!

Er dachte an die sogenannten unvorhergesehenen Zwischenfälle, auf die sein Vorgesetzter angespielt hatte. Eiskalter Mord wäre eine treffendere Bezeichnung gewesen. Das kam in der Gegend tatsächlich gehäuft vor. Zuletzt hatte Edna Inglethorpe, die Haushälterin des Vikars, dran glauben müssen. Konnte dieser narzisstische Waxflatter nicht der Nächste sein?

Na gut, er würde dem Dorf der Esel einen weiteren Besuch abstatten. Die Einweihung eines Brunnens konnte ja auch nicht ewig dauern. Ein, zwei Stunden. Allerhöchstens. In der Zeit würde schon nichts passieren.

Clapperton schüttelte stöhnend den Kopf. Er hatte es so was von satt, von McQueen herumgeschubst und wie ein Domestik behandelt zu werden. Aber was konnte man schon von einem Mann erwarten, der mit der Maxime *Die Arbeit muss immer an erster Stelle stehen* durchs Leben schritt? So was von bescheuert!

Family first!, war Joseph Clappertons Credo. Schon immer gewesen. Daran würde auch der Superintendent nichts ändern.

Kapitel 2

»Ich werde ihn umbringen!« Alice Waxflatter hockte mit geröteten Wangen auf dem Sofa in Janes Wohnzimmer und klammerte sich an einer Teetasse fest. »Ich werde ihn kaltmachen! Aus dem Weg räumen! Töten!«

Stella, die sich in einen Sessel gesetzt hatte, fuhr bei diesen Worten der Schreck durch alle Glieder. Sie sah zu ihrer Tante Jane, die neben der aufgebrachten Besucherin saß und ihr eine Hand auf die Schulter legte.

»Aber meine Liebe!« Jane betrachtete Alice mit kummervoller Miene. »Das meinst du doch sicher nicht ernst!«

»Todernst sogar!«, entgegnete Alice trotzig. Sie knallte die Tasse auf den Beistelltisch, so heftig, dass etwas Tee auf die Tischplatte schwappte. »Der Mistkerl muss ein für alle Mal weg!« Sie ballte die Hände zu Fäusten und bebte am ganzen Körper. »Fort ohne Wiederkehr!«

Jane seufzte. »Dann setz ihn vor die Tür. Jeder hier im Ort würde es verstehen.«

»Genau«, stimmte Stella ihr zu. »Trenn dich von ihm. Lass dich von ihm scheiden.«

Alice schüttelte energisch den Kopf.

»Wir unterstützen dich auch«, fügte Jane rasch hinzu. »Wir alle hier.«

Stella lächelte Alice aufmunternd zu. »Zusammen werden wir eine Lösung finden.«

»Nein, er muss sterben!«, beharrte Alice und raufte sich die Haare. »Es gibt keine andere Möglichkeit.«

Stella und Jane tauschten besorgte Blicke. Die Aufregung um die Ermordung von Edna Inglethorpe vor knapp drei Monaten war ihnen beiden noch gut im Gedächtnis. Bahnte sich nun bereits die nächste Tragödie an?

Alice sprang vom Sofa hoch und begann, im Raum auf und ab zu gehen. »Ich ertrage es nicht länger!«

Nervös rutschte Stella im Sessel hin und her. So aufgewühlt hatte sie Alice noch nie erlebt. Die Frau schien völlig verändert. Ihre hübschen dunkelbraunen Locken waren zerzaust und standen in alle Richtungen ab. Das sonst so blasse Gesicht glühte förmlich, und ihr schmaler, fast schmächtiger Körper war bis in die letzte Faser angespannt. Am unheimlichsten war jedoch der fieberhafte, mörderische Ausdruck in ihren Augen.

»Betrügt er dich schon wieder?«, wollte Jane wissen.

»Ach, wenn es nur das wäre!« Alice zitterte vor Zorn. »Seine ständigen Affären sind mir mittlerweile so was von egal. Genau wie seine andauernden Gemeinheiten und Sticheleien.« Sie fuchtelte mit den Händen theatralisch in der Luft herum. »Aber mit seinen bescheuerten Geschäftsaktionen treibt er uns bald alle noch in den Ruin!«

Jane neigte den Kopf zur Seite. »Dann gibt es Probleme mit der Destillerie?«

Alice schnaubte und tigerte weiter auf und ab. »Wir schreiben rote Zahlen. Seit Monaten schon. Alle paar Tage kommt er mit einer neuen hirnrissigen Idee, um, wie er sagt, den Karren aus dem Dreck zu ziehen. Er verändert willkürlich Rezepturen, bestellt minderwertige Zutaten und zieht die Preise an. Dadurch kaufen natürlich noch weniger Leute unseren Gin.« Sie stampfte wütend mit dem Fuß auf. »Egal, was er anfasst, er macht es nur noch schlimmer – und er merkt es nicht einmal.«

»Das ist zwar nicht schön, aber es ist auch kein Weltuntergang«, entgegnete Jane und klopfte auf das Sofapolster. »Bitte setz dich. Du machst mich ganz nervös.«

Alice schnappte nach Luft. »Kein Weltuntergang? Es geht um das Lebenswerk meines Vaters!« Ein Ausdruck der Verzweiflung trat in ihr Gesicht. »Er hat die Destillerie sicher nicht aufgebaut, damit sein unfähiger Schwiegersohn sie in Rekordzeit herunterwirtschaftet.« Sie ließ sich neben Jane auf das Sofa fallen und verbarg das Gesicht in ihren Händen.

»Warum berufst du nicht eine Anteilseigner-Konferenz ein?«, schlug Jane vor. »Ihr könntet Lennard feuern und einen eigenen Geschäftsführer benennen.«

Stella erinnerte sich, einmal gehört zu haben, dass Alices verstorbener Vater die Anteile unter dem Vikar und anderen Dorfbewohnern aufgeteilt hatte. Damit hatte er sowohl seine Tochter als auch die Destillerie vor Lennards Bosheit beschützen wollen.

Alice schaute Jane irritiert an. »Kannst du vielleicht so jemanden aus dem Hut zaubern?«

Jane griff nach ihrer Hand. »Du könntest selber den Posten übernehmen.«

Ein schwaches, bitteres Lachen entwand sich Alices Kehle. »Möglicherweise gibt es in einem Paralleluniversum eine Alice, die damit fertigwerden würde. Aber ich bin definitiv nicht gemacht für diesen Job.«

»Da unterschätzt du dich aber«, entgegnete Jane. »Du musst es nur wollen.«

Stella hingegen war anderer Meinung. Sie hatte Alice als zurückgezogene Tagträumerin kennengelernt, die die meiste Zeit in ihrer eigenen Welt lebte.

»Ich will aber nicht!«, rief Alice.

»Auch kein Problem«, meinte Jane und zuckte mit den Schultern. »Schreib die Stelle aus.«

Alice sah sie aus großen Augen an. »Wer soll sich denn da bewerben? In dieses abgelegene Dorf will doch keiner.«

Ein tadelnder Ausdruck trat in Janes Gesicht. »Wenn ich dich daran erinnern darf, meine Liebe, bin ich selbst vor einigen Jahren hierhergezogen, gerade weil es so schön abgelegen ist. Genau wie auch Daniel und Massimo.« Sie zwinkerte ihrer Nichte zu. »Und Stella würde bestimmt auch am liebsten hierbleiben.«

Alice sah zu Stella, die etwas verhalten nickte.

»Es ist toll hier, keine Frage.« Stella hob abwehrend die Hände. »Aber nach meinem Freisemester muss ich dann wirklich wieder nach Australien zurück.« Ursprünglich hatte sie ja nur über die Semesterferien bleiben wollen, so lange, bis Janes gebrochenes Bein verheilt war. Nun sprang ihre Tante schon längst wieder wie ein junges Reh durch die Gegend, und sie war immer noch hier.

Das hing in erster Linie mit dem spannenden Forschungsprojekt zusammen, das sich während ihres Aufenthaltes ergeben hatte. Es ging um niemand Geringeren als ihre Lieblingsschriftstellerin Agatha Christie, die laut dem Buchhändler Ernest Tattlebrook zum Zeitraum ihres Verschwindens im Dezember 1926 im Dorf der Esel gewesen war. Nach dem Freisemester würde sie jedoch an die *University of Queensland* zurückkehren, um weiter Literaturwissenschaften zu lehren, da war Stella nach wie vor fest entschlossen.

»Schade«, murmelte Alice. »Ich habe mich schon richtig an dich gewöhnt.«

»Zurück zur Destillerie«, wechselte Stella das Thema. »Was ist denn mit eurem Mitarbeiter Lucas? Würde er sich nicht auch als Geschäftsführer eignen?«

»Ich weiß nicht.« Alice zuckte mit den Schultern. »Kann schon sein. Aber das ist jedenfalls nicht der Grund, warum ich hier bin!«

Jane runzelte die Stirn. »Ja, das hast du bereits deutlich gemacht.«

»In erster Linie will ich meinen fiesen Ehemann loswerden!«, sagte Alice mit so viel Nachdruck, dass Stella fröstelte.

Erneut tauschten Stella und Jane Blicke.

»Bitte, Jane! Gegen diesen Schuft muss doch ein Kraut gewachsen sein.« Alice faltete die Hände wie zu einem Gebet. »Du bist meine letzte Hoffnung! Hast du nicht etwas, das mir helfen kann?« Ein unheilvolles Grinsen trat in ihr Gesicht. »Am besten etwas, das sich hinterher nicht nachweisen lässt. Du weißt schon.« Sie klimperte mit den Wimpern, so wie sie es immer tat, wenn sie etwas haben wollte.

Jane atmete schwer. »Das geht nicht. Ich kann und werde dir nicht helfen, einen Mord zu begehen.« Sie fasste nach Alices Hand. »Wenn du willst, jagen wir Lennard Waxflatter gemeinsam aus dem Dorf hinaus.«

Alice entwand sich dem Griff und ließ enttäuscht die Schultern hängen. Sie schaute erst Stella, dann Jane an. Etwas abgrundtief Dunkles lag in ihren Augen. »Du verstehst mich nicht.« Ihre Stimme war nun voller Hass. »Ich will ihn nicht bloß davonjagen. Ich will ihn leiden und krepieren sehen!«

»Das ist der falsche Weg«, sagte Jane sanft. »Das würde auch dein Vater nicht wollen.«

»Lass meinen Vater da raus!«, rief Alice völlig außer sich. »Er war der Einzige, der immer zu mir gehalten hat.« Ihre Augen füllten sich mit Tränen. »Bis ihn irgendjemand von der Klippe gestoßen hat.«

»Er ist gesprungen, Alice«, sagte Jane, um Fassung bemüht. »Das wurde damals bei der Untersuchung festgestellt.«

»Schwachsinn!« Alices Gesicht war feuerrot. Sie sah aus, als ob sie gleich explodieren würde. »Mein Vater hat sich nicht umgebracht!«

»Warte kurz.« Jane erhob sich. »Ich glaube, ich habe etwas für dich.« Sie wieselte aus dem Zimmer hinaus.

Während Stella ihrer Tante irritiert nachsah, wischte Alice die Tränen fort, und ein Hauch von Hoffnung mischte sich in ihre finstere Miene.

Nur wenige Augenblicke später kehrte Jane zurück. Sie hielt ein kleines Fläschchen mit einer dunklen Flüssigkeit in der Hand und reichte es Alice.

Stella hielt den Atem an.

»Tausend Dank.« Alice fiel Jane um den Hals. »Ich wusste, dass du mich nicht im Stich lassen würdest.« Sie betrachtete das Fläschchen voll unverhohlener Vorfreude. »Ich werde es Lennard in den Kaffee mischen.«

»Das ist nicht für deinen Mann«, sagte Jane lächelnd und nahm wieder auf dem Sofa Platz. »Das ist für dich. Eine beruhigende Mischung aus Lavendel, Hopfen und Baldrian. Nimm dreimal täglich zwanzig Tropfen davon, und es wird dir bestimmt schnell besser gehen.«

Alices heitere Miene gefror zu Eis. »Mehr hast du nicht?«

»Nein, meine Liebe.« Jane seufzte. »Das ist alles, was ich dir geben kann.«

»Schade, Jane. Ich hätte mehr von dir erwartet. Ich dachte, wir sind Freundinnen.« Alice knallte das Fläschchen auf den Beistelltisch und marschierte ohne sich noch einmal umzublicken zur Tür hinaus.

Stella holte sich eine Tasse Tee aus der Küche. Darjeeling, heiß und so stark, dass man damit Tote aufwecken konnte. »Das war ja ein schräger Auftritt.«

»Alice eben«, meinte Jane bloß. »Na, sie beruhigt sich auch wieder.«

Manchmal beneidete Stella ihre Tante um ihre unerschütterliche Zuversicht. Ganz besonders in Momenten wie diesem. Ihr selbst war nach diesen sehr offenherzig vorgetragenen Mordgedanken ziemlich mulmig zumute. »Aber was, wenn sie ihren Mann tatsächlich umbringt?«

»Aber nein!« Jane schüttelte den Kopf. »Ich kenne Alice schon seit vielen Jahren. Sie kann keiner Fliege etwas zuleide tun.«

»Auf mich hat sie sehr entschlossen gewirkt«, konterte Stella. »Zu allem bereit, könnte man sagen.«

»Ach was!« Jane vollführte eine wegwerfende Handbewegung. »Sie redet schon seit Jahren davon, dass sie Lennard am liebsten umbringen will – und er andersherum übrigens auch. Aber das ist nur heiße Luft. Diese momentane Wut verebbt auch wieder, du wirst schon sehen.«

Stella nippte an ihrem Tee. »Hoffentlich hast du recht.«

»Klar.« Jane lächelte ihr aufmunternd zu. »Außerdem habe ich nicht vor, sie mit ihrer angestauten Wut alleine zu lassen. Ich gehe ihr gleich hinterher und kümmere mich um sie.«

Erleichtert breitete Stella die Arme aus. »Ach Jane, du bist einfach die Beste!«

Sie umarmten sich herzlich. Die gemeinsame Zeit hatte ihnen beiden gutgetan, und Stella verspürte Wehmut bei dem Gedanken, ihrer Tante bald wieder Lebewohl sagen zu müssen. Überhaupt würde sie das Dorf der Esel samt seiner menschlichen wie tierischen Bewohner bestimmt sehr vermissen. Die letzten Wochen, die sie sehr genossen hatte, waren wie im Flug vergangen.

Jane tätschelte Stellas Schulter. »Da fällt mir ein, könntest du mir einen Gefallen tun?«

Stella nickte. »Selbstverständlich! Was liegt denn an?«

»Könntest du bitte mal nach Ernest sehen?« Jane massierte sich die Schläfen. »Der Gute kränkelt seit gestern wieder, und ich mache mir Sorgen um ihn.«

»Na klar, Jane«, sagte Stella. »Ich mache mich gleich auf den Weg.« Sie warf ihrer Tante eine Kusshand zu. »Treffen wir uns nachher beim Brunnen?«

»Das hängt davon ab, wie es Alice geht«, meinte Jane. »Versprechen kann ich es nicht, aber ich schaue mal, was ich machen kann.«

Kapitel 3

Beschwingt verließ Stella das behagliche, mit gelben Kletterrosen überwucherte Cottage ihrer Tante. Der Weg zu Ernests kleinem verwinkelten Buchladen war ihr mittlerweile so vertraut, dass sie sich selbst im Schlaf mühelos zurechtgefunden hätte. Auch das steile Gefälle brachte sie schon längst nicht mehr aus dem Gleichgewicht. Im Gegenteil – sie bewegte sich auf dem abschüssigen Gelände so sicher, als ob sie ihr Leben lang nichts anderes getan hätte.

Mit schnellen Schritten marschierte sie die schmale Gasse entlang und bog in die breite, gepflasterte Hauptstraße ein, der sie eine Weile bergab folgte. Vor ihr erstreckte sich das kobaltblaue Meer, das heute ungewöhnlich ruhig, wie ein seidig schimmernder Teppich, zu Füßen des Dorfes lag. Ihr Blick wanderte zum Horizont, wo sie mehrere große Containerschiffe erkennen konnte. Möwen zogen am Himmel ihre Kreise, und von irgendwo ertönte der fröhliche Ruf eines Esels. Ein salziger Geruch, der vom Hafen herkam, vermischte sich mit den Aromen von Sägespänen, Heu und frisch gekochter Orangenmarmelade.

Stella bog erneut ab und lief leichtfüßig auf Ernest Tattlebrooks Buchhandlung zu. Der kleine Laden gehörte zu ihren absoluten Lieblingsplätzen im Dorf, was nicht nur an den vielen Agatha-Christie-Romanen lag, die Ernest besaß. Sie mochte auch besonders den vanilleartigen Duft, den die Bücher verströmten. Und Ernest, der von den meisten seiner Freunde Hemingway genannt wurde, wusste auch immer irgendeine spannende oder herzerwärmende Geschichte zu erzählen. Schon allein deswegen kam sie fast täglich hier vorbei.

Voller Erwartung auf das Seemannsgarn, das der freundliche Buchhändler wie kein anderer zu spinnen vermochte, griff Stella nach der Türklinke und drückte sie nach unten. Seltsamerweise rührte sich die Tür keinen Zentimeter.

Merkwürdig. Normalerweise war Ernest doch immer um diese Uhrzeit in seinem Laden anzutreffen. Er war ein Mann mit Gewohnheiten. Spontane Ausflüge waren eher nicht sein Ding.

Ein leises Schnauben ließ Stella aufhorchen. Sie drehte sich um. Vor ihr stand Miss Marple, Lord Edgecombes zierliche blaugraue Eselstute, die regelmäßig durch das Dorf stromerte. Sie war Stella bereits sehr ans Herz gewachsen.

»Hallo, meine Hübsche!« Stella kraulte die langen weichen Eselsohren. »Weißt du vielleicht, wo unser Freund Hemingway gerade steckt?«

Zu ihrer Überraschung setzte sich Miss Marple umgehend in Bewegung. Nicht zum ersten Mal kam Stella der Gedanke in den Sinn, dass die Esel in diesem Dorf äußerst pfiffig waren und jedes Wort verstanden.

Sie folgte Miss Marple auf verschlungenen Wegen steil bergauf, bis sie vor dem Pfarrhaus stand. Die kleine Eselstute machte vor der Tür halt und blickte sie mit ihren großen treuen Augen an.

Stella tätschelte Miss Marples Hals. Ein ungutes Gefühl keimte in ihr auf, als die Erinnerung an Edna Inglethorpe sie einholte. Die frühere Haushälterin des Vikars war hier im Pfarrhaus vor knapp drei Monaten vor Stellas Augen vergiftet worden. Obwohl sie den Fall gemeinsam mit ihren Freunden aufgeklärt und dadurch einen weiteren Mord verhindert hatte, steckte ihr die Aufregung um die schreckliche Tat noch immer tief in den Knochen.

Die blaugraue Eselstute stupste sanft gegen ihren Arm und brachte sie ins Hier und Jetzt zurück.

Rasch schob Stella die düstere Erinnerung beiseite, machte noch einen Schritt auf die Tür zu und klingelte.

Nur ein paar Sekunden später wurde ein Fenster im Erdgeschoss geöffnet, und Margery Chapel, die dem Vikar seit ein paar Wochen den Haushalt führte, streckte den Kopf heraus. Margery war Ende vierzig, rund wie ein Sahnebaiser und immer gut gelaunt. Und sie war, wie der Vikar stets zu betonen pflegte, ein Hausdrachen mit Herz.

»Hallo, Stella«, rief sie fröhlich. »Prima, dass du vorbeikommst. Da kannst du gleich von meinem Birnenkuchen kosten, den ich gebacken habe.« Sie verschwand und tauchte gleich darauf wieder im Türrahmen auf. Auf ihrer himmelblauen Schürze fanden sich Spuren von

Zucker und Mehl, und in ihren blonden Korkenzieherlocken klebten winzige Krümel Kuchenteig.

»Hallo, Margery«, grüßte Stella. »Ich hoffe, ich störe nicht, aber kann es sein, dass Ernest hier ist?«

Die Haushälterin gluckste. »Da liegst du goldrichtig. Lionel und er spielen gerade eine Partie Bridge.« Sie musterte Stella mit unverhohlener Neugierde. »Hat dir das etwa deine Spürnase verraten?«

Stella deutete auf ihre tierische Begleiterin, die das Geschehen noch immer interessiert beobachtete. »Wenn hier einer eine Spürnase hat, dann Miss Marple.«

»Ein Esel als Detektivin.« Margery klopfte sich lachend auf die Oberschenkel. »Nein, die Idee ist doch zu drollig!«

Miss Marple stieß ein lautes I-ah aus, das ganz ähnlich wie Margerys Lachen klang.

»Dann komm mal herein«, rief die Haushälterin beschwingt. »Oder willst du da draußen Wurzeln schlagen?«

Stella trat ein und folgte Margery in das gemütliche Wohnzimmer, das sie immer ein wenig an die Behausung von Sherlock Holmes in der Londoner Baker Street 221B erinnerte.

Ernest und der Vikar, die in zwei gepolsterten Ohrensesseln saßen, waren ganz in ihr Kartenspiel vertieft.

»Lionel! Ernest!« Margerys Stimme donnerte wie Drachengebrüll durch den Raum. »Schaut mal, wer uns besuchen kommt.«

Die beiden Männer blickten auf.

»Stella!«, rief Ernest mit einem breiten Lächeln. »Das ist aber eine Überraschung.«

Der Vikar schaute über den Rand seiner halbmondförmigen Brillengläser hinweg. »Bitte, nimm dir einen Stuhl, und setz dich zu uns.«

Rasch kam Stella der Aufforderung nach.

»Ich bringe dir ein Stück von meinem Birnenkuchen«, säuselte Margery. »Und dazu eine schöne Tasse Tee.« Sie huschte aus dem Zimmer.

»Ich wollte nur kurz Hallo sagen und schauen, wie es euch geht«, sagte Stella und musterte den Buchhändler, der tatsächlich recht blass um die Nase war. Er hatte dunkle Schatten unter den Augen und sah aus, als ob er schon mehrere Nächte schlecht geschlafen hatte. Tante Janes Befürchtungen, dass er kränkelte, waren also durchaus begründet.

»Das ist aber lieb von dir«, entgegnete Lionel, der seine Aufmerksamkeit wieder auf das Kartenspiel richtete.

Ernest hingegen war ganz auf Stella konzentriert. »Jane macht sich mal wieder Sorgen, nicht wahr?«

»Da ist sie nicht allein«, gestand Stella mit besorgter Miene. »Geht es dir gut?«

»Aber sicher geht es mir gut.« Der Buchhändler lächelte. »Ein paar Zipperlein hier und da, doch das ist in meinem Alter völlig normal.«

»Warte noch mal zwanzig Jahre«, murmelte Lionel, der auf die achtzig zuging und damit ein ganzes Stück älter als Ernest war. »Da tun dir plötzlich Knochen weh, von denen du bis dahin noch nie etwas gehört hast.« Er ließ kurz die Schultern kreisen, und seine Knochen knackten wie morsches Holz. »Von der senilen Bettflucht ganz zu schweigen.«

»Also wirklich, Lionel«, rief Margery, die soeben mit einem Tablett in den Händen zurückkehrte. »Stella ist bestimmt nicht hergekommen, um sich eure geriatrischen Schauergeschichten anzuhören.« Sie stellte eine Tasse mit dampfend heißem Tee und einen Teller mit einem großen quadratischen Kuchenstück auf einem kleinen Beistelltisch ab. »Hier, meine Liebe! Ich habe dir noch eine schöne Portion Sahne auf den Kuchen gemacht.« Sie schmunzelte und zwinkerte Stella zu. »Du kannst ein paar Extrapfunde gut gebrauchen.«

Stella zog eine Augenbraue hoch. So unterernährt war sie ja nun auch nicht. Und Margery war nicht die Einzige im Dorf, die es sich anscheinend zur Aufgabe gemacht hatte, sie nach allen Regeln der Kunst zu verwöhnen. Vielleicht erhofften sie sich damit ja, dass Stella so viel zunahm, dass jede Fluggesellschaft ihre Beförderung ablehnen würde und sie in England würde bleiben müssen. Vielleicht waren sie aber auch einfach nur gastfreundlich.

»Danke«, erwiderte Stella mit einem Lächeln. »Es sieht köstlich aus.« Sie nahm den Teller und probierte ein Stück des himmlisch duftenden Gebäcks. Es schmeckte hervorragend.

Derweil holte Margery sich einen Stuhl und setzte sich zu ihnen. Zufrieden beobachtete sie, wie Stella genüsslich den Kuchen vertilgte. »Du bist zu einer ziemlich turbulenten Zeit zu uns ins Dorf gekommen.« In ihrer Stimme schwang Bewunderung mit. »All die Aufregung, und die Gefahr, in die du dich begeben hast, um den Mord an Edna aufzuklären.«

»Das habe ich ja nicht alleine gemacht«, sagte Stella rasch. »Tiberius, Jane und viele weitere Leute haben mir dabei sehr geholfen.«

Die Haushälterin grinste. »Umso mehr freut es uns, dass du dich entschlossen hast, zu bleiben.«

»Nur vorrübergehend«, erwiderte Stella. Warum gingen eigentlich alle immer davon aus, dass sie sich dauerhaft im Dorf der Esel niederlassen würde?

»Jaja.«

»Es ist mein Ernst.«

Margery nickte. »Da habe ich nicht den geringsten Zweifel.«

»Auf jeden Fall haben wir den Eindruck, dass dir der Aufenthalt hier bei uns guttut«, warf Ernest ein.

Der Vikar fächelte sich mit seinem Spielkartenfächer Luft zu. »Es ist immer schön, mal die Seele baumeln zu lassen.«

»Ich habe ein Freisemester genommen, um Agatha Christies Aufenthalt hier in Hillbrush weiter erforschen zu können«, sagte Stella und trank einen Schluck Tee.

Lionel runzelte die Stirn. »Und ich dachte, du bist geblieben, um Mordfälle zu lösen.«

Welche Mordfälle?, dachte Stella, doch bevor sie die Frage laut aussprechen konnte, ergriff Ernest das Wort.

»Sie kann ja auch beides machen.« Er lächelte. »Da spricht doch nichts dagegen.«

Der Vikar wiegte nachdenklich den Kopf hin und her. »Ein bisschen viel Arbeit, findest du nicht? Wo bleibt denn da der Spaß?«

»Das ergibt sich von allein«, meinte Ernest. »Außerdem kann auch die Arbeit Freude bereiten.«

»Ich bitte dich!« Lionel legte die Karten auf den Tisch zurück. »Mörder zu fangen, hört sich für mich nicht nach einem Vergnügen an. Geschweige denn über alten Schriftstücken zu brüten.« Er seufzte. »Das ist doch nun wirklich nicht die richtige Beschäftigung. Besonders nicht für eine Frau. Eine junge Frau in ihrem Alter.«

Ernest hob mahnend den Zeigefinger. »Vorsicht, jetzt setzt du dich aber in die Nesseln.«

»Nein, sei unbesorgt«, erklärte der Vikar lächelnd. »Ich sitze hervorragend.«

»Also wirklich, Lionel.« Margery schüttelte den Kopf. »Deine Vorstellungen über Frauen stammen anscheinend noch aus dem Mittelalter.«

Lionel setzte eine gleichgültige Miene auf. »In dieser Hinsicht sind die Menschen sehr verschieden.«

»Freut ihr euch auch schon so auf die morgige Einweihung?«, wechselte Ernest das Thema. »Endlich erstrahlt unser schöner Merlinbrunnen wieder in seiner vollen Pracht.«

»Na klar freu ich mich darauf«, antwortete Stella. »Ich bin nachher mit Audrey verabredet, wir wollen gemeinsam den Brunnen schmücken.«

»Und später findet die Generalprobe mit diesem schnuckeligen Moderator statt«, fügte Margery fröhlich hinzu. »Da kommt bestimmt das halbe Dorf zusammen.«

»Jane wird doch sicher auch dabei sein?«, fragte Ernest hoffnungsvoll.

Stella zuckte mit den Schultern. »Keine Ahnung, ob sie es schafft.«

»Ist etwas passiert?« Ernest neigte den Kopf zur Seite und schaute sie fragend an.

»Alice war vorhin da, und Jane kümmert sich gerade um sie«, erzählte Stella.

Ernest und Margery tauschten Blicke.

»Hat Alice wieder Ärger mit Lennard?«, wollte Lionel wissen.

Stella nickte.

»Wann hat sie den mal nicht«, murmelte Margery. »Sie kann einem aber auch wirklich leidtun.«

Die Miene des Vikars verfinsterte sich. »Lennard Waxflatter ist der Schandfleck unserer Gemeinde. Wenn man diesen Hallodri nur irgendwie loswerden könnte.«

»Alice könnte ihn als Geschäftsführer der Gin-Destillerie entlassen«, schlug Stella vor. »Und sie könnte sich von ihm trennen.«

»Ja, aber das macht sie nicht«, entgegnete Ernest. »Niemals.«

Stella runzelte die Stirn. »Wieso eigentlich nicht?«

»Alice ist trotz allem altmodisch«, erklärte Margery.

»Genau«, stimmte Lionel ihr zu. »Bis dass der Tod euch scheidet – das hat sie versprochen, und dazu fühlt sie sich verpflichtet. Bevor die sich scheiden lässt, geht ein Kamel durch ein Nadelöhr.«

»Was ist denn mit den anderen Anteilseignern?«, hakte Stella nach. »Könnten die Lennard nicht kündigen?«

»Stimmt«, rief Margery. »Der alte Jim hat ja damals die Anteile an verschiedene Leute im Dorf vermacht. Darunter auch dir, nicht wahr, Lionel?«

»Das ist richtig«, bestätigte der Vikar. »Bislang haben wir uns aber nie in die laufenden Geschäfte eingemischt.«

»Wer sind denn diese anderen Anteilseigner?«, wollte Stella wissen.

Ernest hob die Hand. »Ich, zum Beispiel.«

»Außer uns besitzen auch Audrey und Jane Anteile«, erzählte der Vikar. »Und Alice natürlich. Jeder genau ein Fünftel.«

»Der arme Jim.« Margery machte ein betrübtes Gesicht. »Morgen werden es schon zwei Jahre, dass er ... na ja, ihr wisst schon ... von den Klippen gesprungen ist.«

Lionel bekreuzigte sich. »Der Herr sei seiner armen Seele gnädig.«

Neugierig schaute Stella von einem zum anderen. »Dann war es ganz sicher Selbstmord?«

»Aber ja«, sagte Margery prompt. »Warum fragst du?«

»Alice zweifelt es nach wie vor an. Sie behauptet, dass ihr Vater ermordet wurde.«

Lionel atmete geräuschvoll aus. »Sie hatte schon immer eine blühende Fantasie.«

»Ist es denn erwiesen, dass es Suizid war?«, hakte Stella nach.

»Es gab einen Abschiedsbrief.« Margery zupfte sich einen Krümel aus ihrem lockigen Haar. »Für Chief Inspector Clapperton war es eine klare Sache.«

»Jim litt an schweren Depressionen«, fügte der Vikar hinzu. »Sein Ende kam für niemanden überraschend.«

Sie schwiegen eine Weile.

»Ich weiß nicht«, meinte Stella schließlich.

Ernest sah sie an. »Hast du denn Zweifel?«

Stella griff nach ihrer Teetasse. »Er wusste um Lennards Bosheit. Deshalb ist es für mich nur sehr schwer nachvollziehbar, dass er seine einzige Tochter mit ihm alleine gelassen haben soll.«

»Wer weiß, welche Dämonen ihn geritten haben«, warf Lionel stirnrunzelnd ein. »Man kann in die Menschen nun mal leider nicht hineinsehen.«

Stella umklammerte die Teetasse mit beiden Händen. »Was denkst du, Ernest?«

Der Buchhändler lächelte geheimnisvoll. »Ich denke, dass du die Detektivin von uns bist. Wenn jemand die Wahrheit herausfinden kann, dann du. Solltest du also Zweifel haben, dann folge deinem Instinkt.«

Den Ratschlag werde ich beherzigen, dachte Stella und trank ihren Tee.

Kapitel 4

Als Stella das Pfarrhaus verließ, war Miss Marple bereits wieder verschwunden. Die blaugraue Eselstute kam und ging, wie sie wollte, daran war jeder im Dorf gewöhnt. Niemand wusste jedoch genau, was sie den ganzen Tag so trieb. Es gab Gerüchte, dass sie im Dorf herumspionieren und die Menschen beobachten würde. Vermutlich genoss sie aber auch einfach nur ihr schönes Eselleben. Auf jeden Fall war Miss Marple sehr galant und aufmerksam. Sie würde zur Stelle sein, wann immer man sie brauchte. Da hatte Stella, die sich mit dem Tier auf wundersame Weise verbunden fühlte, nicht den geringsten Zweifel.

Sie sah auf die große Uhr, die an der Nordseite der Kapelle angebracht war. Es war gleich halb fünf. Stella beschleunigte ihre Schritte. Sie musste sich beeilen. Schließlich wollte sie Audrey nicht warten lassen.

Zügig näherte sie sich dem runden gepflasterten Platz, an dem sich inmitten einer kleinen Häuserschar *Audreys Pasteten-Paradies* und das Café *Zum singenden Kessel* befanden. Vor der Bäckerei herrschte ein irrer Andrang wie gewöhnlich. Die Leute liebten Audreys köstliche Backkreationen und drückten sich regelmäßig an der Auslage die Nasen platt.

Stella steuerte zielstrebig auf die Mitte des Platzes zu, wo bereits ihre Freundin stand und ihr fröhlich zuwinkte. Flankiert von zwei großen stämmigen Eseln, einem weißen und einem grauen, legte sie einen kleinen Freudentanz hin. Ihr herzförmiges Gesicht, das von winzigen Sommersprossen übersät war, strahlte, und ihre roten schulterlangen Haare wehten sanft im Sommerwind.

»Hi, Audrey!«

»Hi, meine Liebe!«

Sie umarmten sich. Dann hob Audrey einen wuchtigen Karton, der zu ihren Füßen gestanden hatte, hoch, packte ihn auf den Rücken des weißen Esels und zurrte ihn fest.

»Hallo, Galadriel.« Stella kraulte liebevoll die weiche weiße Eselstirn, was Galadriel mit einem zufriedenen Schnauben quittierte. Anschließend wurde auch der graue Esel mit Streicheleinheiten bedacht. »Guten Tag, Gandalf.« Auf seinem breiten Rücken waren bereits zwei große Weidenkörbe festgeschnallt, aus denen Blumen, Fähnchen, Wimpel und Strohornamente ragten.

»Auf zum Brunnen!«, rief Audrey euphorisch und hakte sich bei Stella unter. »Du glaubst gar nicht, wie sehr ich mich auf dieses Fest freue.«

Mit den Eseln im Schlepptau setzten sie sich in Bewegung, verließen den Platz und folgten einer schmalen, parallel zur Küste verlaufenden Gasse.

»Ich habe das Gefühl, dass ich Bäume ausreißen könnte«, jubelte Audrey. Sie breitete die Arme aus und drehte sich einmal um die eigene Achse. »Wir leben doch wirklich am schönsten Ort, den man sich nur vorstellen kann.«

Lächelnd legte Stella ihrer Freundin einen Arm um die Schulter, und alle ihre Sorgen verflogen augenblicklich. Audreys übersprudelnde Lebensfreude war wie immer äußerst erquickend.

Nach wenigen Minuten erreichten sie ihr Ziel. Vor ihnen, auf einer kleinen Anhöhe, erhob sich der pittoreske Zierbrunnen. Da er an einem Rand der Ortschaft lag, wo Stella so gut wie nie vorbeikam, hatte sie ihm bislang wenig Beachtung geschenkt. Nun aber nahm sie das Kunstwerk neugierig in Augenschein. Der Brunnen war ovalförmig und maß ungefähr zwei mal drei Meter. Die Umrandung war aus schroffen grauen Natursteinen gefertigt und stieg nach hinten bis auf Hüfthöhe an. Am eindrucksvollsten war jedoch die prächtige bronzene Eselskulptur, die in der Sonne glänzte. Dargestellt war ein zierlicher Eselhengst, der, beinahe in Originalgröße, auf einem sich an den hinteren Teil der Umrandung anschmiegenden Felsen thronte. Sowohl seine Körperhaltung als auch sein Blick strahlten etwas wahrhaft Majestätisches aus.

»Ein hübscher Kerl, unser Merlin, nicht wahr?«, fragte Audrey vergnügt, während sie die gefüllten Weidenkörbe auf Gandalfs Rücken losband.

Stella besah sich das Brunneninnere. Der Brunnen ging nicht in die Tiefe, sondern schloss ebenerdig ab. Das Wasser war nur knapp zehn Zentimeter tief. »Merlin, wie der Zauberer bei Artus von Camelot?«

»Nein, nicht ganz. Merlin, wie der Esel von Artus von Camelot«, entgegnete Audrey.

Flink wandte sich Stella ihrer Freundin zu. »König Artus hatte einen Esel?«

Audrey grinste verschmitzt. »Ja, und zwar unseren Merlin hier.« Sie deutete auf die Skulptur. »Er stammte aus unserem Dorf. Und er hat Artus das Leben gerettet.«

»Aber ist Artus nicht bloß eine Legende?« Stella rieb sich das Kinn. »Meines Wissens gibt es bis heute keinen schlüssigen Beweis, dass es ihn tatsächlich gegeben hat.«

»Unseren Merlin hat es gegeben, das steht außer Frage«, sagte Audrey und zuckte mit den Schultern. »Was den Schluss nahelegt, dass auch Artus existiert haben muss.«

So kann man es auch sehen, dachte Stella, obwohl es aus wissenschaftlicher Sicht natürlich eine etwas blauäugige Folgerung war.

Audrey stellte die Weidenkörbe auf dem Boden ab und kramte eine bunte Wimpelkette hervor. »Hast du eigentlich das mit Jacks Esel mitbekommen?«

Stella runzelte nachdenklich die Stirn. »Er war gestern krank, oder? Jane hat mir erzählt, dass sie eine Medizin für ihn zubereiten musste, die aber zum Glück schnell gewirkt hat. Es geht ihm doch wieder gut?«

»Ja, es geht ihm wieder gut. Aber wenn Jane mit ihrer Heilkunst nicht gewesen wäre? Nicht auszudenken.«

»Wie genau ist das denn passiert?«

Ein düsterer Ausdruck verdrängte jegliche Freude aus Audreys Gesicht. »Der arme Joker ist mit Rhododendronblättern vergiftet worden. Und nun rate mal, von wem.« Sie wartete keine Antwort ab, sondern sprach gleich weiter. »Von Lennard Waxflatter.«

»Wie bitte?« Stella blickte sie aus großen Augen an. »Bist du sicher?«

Ihre Freundin zog die Wimpelkette ein Stück auseinander. »Na, von wem denn sonst? Außer diesem Scheusal wäre zu so etwas doch niemand in der Lage.«

»Dann wird Jack sicher außer sich sein«, mutmaßte Stella, während sie den Pappkarton von Galadriels Rücken hob.

Audrey nickte. »Fuchsteufelswild. Bislang hat er Lennard noch nicht zu Gesicht bekommen, aber falls sich die beiden über den Weg laufen sollten, fliegen sicher die Fetzen.« Sie band ein Ende der Wimpelkette an einem zerklüfteten Teil der Brunnenumrandung fest. »Ich hoffe nur, dass das nicht gerade morgen während der Einweihung passiert.«

Stella half Audrey, die Wimpel am Brunnen zu befestigen. »Das würde zu Waxflatter passen, dass er uns auch noch das Fest ruiniert.«

»Dann drehe ich ihm eigenhändig den Hals um!«, rief Audrey energisch.

»Wenn das mal nicht schon seine Frau bis dahin erledigt hat«, erwiderte Stella. Es gab schon echt eine Menge Leute, die Lennard Waxflatter ans Leder wollten. Der Mann lebte sehr ungesund, um nicht zu sagen gefährlich.

»Wie genau meinst du das?«, wollte Audrey wissen.

Stella berichtete ihr von Alice Waxflatters eigenartigem Besuch. »Sie will ihren Mann ermorden. Davon war sie einfach nicht abzubringen.«

»Ich kann es ihr nicht verdenken«, sagte Audrey leicht melancholisch.

Sie zogen kleine, mit Petunien bepflanzte Blumenkästen aus den Körben und stellten sie vor dem Brunnen auf.

Stella schüttelte den Kopf. »Mord ist keine Lösung.«

»Ein nicht nachweisbares Gift wäre vermutlich am praktischsten«, warf Audrey ein, als ob sie gar nicht zugehört hätte. »Meinst du nicht?«

»Jetzt fang du nicht auch noch damit an.«

Audrey widmete sich bereits den Strohornamenten, die sie mit kleinen Klebepunkten am Brunnen fixierte. »Im Fall von Lennard Waxflatter müsste das als Notwehr durchgehen, so gemein wie er zu aller Welt ist.«

»Lass das bloß nicht Alice hören.« Stella unterdrückte ein Stöhnen. »Ernsthaft. Wir sollten versuchen, die Situation zu entschärfen und nicht noch weiter anzuheizen.«

»Natürlich.« Audrey spießte ein Strohherz auf einen kleinen Zweig, dessen anderes Ende sie in einen Blumenkasten steckte.

Stella angelte sich die Union-Jack-Fähnchen und fing an, sie ebenfalls in den Kästen zu verteilen. »Ich möchte nicht noch mal einen Mordfall an der Backe haben. Die Ermittlungen zu Edna Inglethorpes Tod haben mir voll und ganz gereicht.«

Audrey musterte sie neugierig. »Aber ein klein wenig hat dir die Detektivarbeit doch auch Spaß gemacht, oder?«

»Spaß?« Stella schaute ihre Freundin entsetzt an. »Das ist doch kein Spiel, bei dem man Spaß haben kann.«

»Nicht mal ein ganz kleines bisschen?«

Stella schwenkte eines der Fähnchen herum, als wolle sie damit ein Seenotzeichen geben. »Es war aufregend, ja, und einiges war auch recht eindrucksvoll und faszinierend. Aber Spaß? Das ist wirklich nicht der richtige Begriff.«

»Du hast jedenfalls eine sehr gute Figur dabei gemacht«, erwiderte Audrey schmunzelnd. »Es passt eben zu dir.«

»Wenn du meinst.«

»Du solltest die Detektivarbeit ernsthaft in Erwägung ziehen.« Ein breites Lächeln trat in Audreys Gesicht. »Du könntest da echt was reißen.«

»Eine so große berufliche Veränderung kann ich mir ehrlich gesagt nicht vorstellen.« Stella drückte den Stab des letzten Fähnchens in die feuchte Blumenerde. »Ich bin Literaturwissenschaftlerin. Ich möchte mich mit Büchern beschäftigen und ganz sicher nicht mit Leichen.«

Sie traten beide einen Schritt zurück, um ihr Werk zu begutachten.

»Kannst du denn nicht beides machen?« Audrey zwinkerte ihr keck zu. »Ich betreibe ja auch zwei Geschäfte. Ein Café und eine Bäckerei.«

»Hat alles im weitesten Sinne mit Backwaren zu tun«, konterte Stella.

»Das ist der gemeinsame Nenner, stimmt. Und bei dir sind es eben die Kriminalfälle.«

Als Stella nichts erwiderte, fuhr Audrey fort. »Na ja, du forschst zu Agatha Christie und jagst Mörder. Du bist, wenn ich so sagen darf, ziemlich krimiaffin.«

Zugegeben, dachte Stella, wenn sie zwischen einem Liebesroman und einem Krimi wählen müsste, würde sie sich immer für Letzteres entscheiden. Das bedeutete jedoch nicht, dass sie ihre Arbeit in Australien an den Nagel hängen und von nun an nur noch Kriminalfälle lösen würde.

»Meinst du, das passt so?« Audrey betrachtete kritisch den geschmückten Brunnen.

»Auf alle Fälle«, entgegnete Stella. »Sieht doch schön aus.«

Ihre Freundin wirkte nicht überzeugt. »Wir haben zu Hause auch noch Luftballons.«

»Die brauchen wir nicht. Wird sonst zu viel.«

»Lampions? Konfetti?«

Stella schüttelte entschieden den Kopf.

Bevor Audrey weitere Dekorationsmöglichkeiten aufzählen konnte, trudelten aus allen Richtungen Leute ein. Der Vikar und Margery kamen auf Eseln angeritten. Alice und Jane schritten fröhlich miteinander plaudernd heran. Audreys Bruder Gavin rollte gemeinsam mit Massimo ein Bierfass die Gasse entlang.

Stella entdeckte Tiberius, der wie immer einen breitkrempigen Hut trug. Der pensionierte Militärarzt war ihr bei den Nachforschungen zu Edna Inglethorpes Tod eine große Hilfe gewesen. Neben ihm lief ein großer, gut aussehender Mann mittleren Alters, den sie noch nie zuvor gesehen hatte.

»Wer ist das?«, raunte sie ihrer Freundin zu.

Audrey grinste. »Das ist Craigory Valentine. Er moderiert die History-Show auf BBC und wird morgen zur Einweihung eine Rede halten.« Sie packte Stella am Arm. »Komm, wir holen uns ein Autogramm von ihm.«

Stella entwand sich ihrem Griff. »Geh ruhig. Ich warte hier.« Sie war noch nie eine Autogrammjägerin gewesen, und diesen Mann kannte sie ja überhaupt nicht.

Amüsiert beobachtete sie, wie Audrey auf den Moderator zusteuerte. Der Vikar, der noch immer auf seinem Esel thronte, erreichte den Mann jedoch zuerst.

»Willkommen im steilsten Ort Großbritanniens«, rief er und breitete die Arme aus.

»Herzlichen Dank.« Craigory Valentine legte die Handflächen aneinander und deutete eine Verbeugung an. »Ich fühle mich geehrt, dass Sie mich eingeladen haben und diesen historischen Moment mit mir teilen möchten.«

Lionel Crabtree lächelte huldvoll. »Wir freuen uns, dass Sie hier sind, und sind schon gespannt auf Ihre Rede morgen.« Ächzend, weil ihm offenbar sein morscher Rücken schmerzte, kraxelte der Vikar aus dem Sattel und schüttelte Valentine die Hand.

Der Moderator wandte sich dem Brunnen zu. »Wirklich, ein herrlicher Anblick.«

»Ja, und wir sind mächtig stolz darauf«, entgegnete Lionel. »Welcher Ort sonst kann von sich behaupten, dass einer der ihren mal einem König das Leben gerettet hat.«

Hinter der versammelten Menge ertönte ein lautes, bösartiges Lachen. »Du meine Güte, hier sieht's ja aus wie auf einem Kindergeburtstag.«

Stella musste sich gar nicht umdrehen, um zu wissen, wer da gerade eingetroffen war. Es war Lennard Waxflatter, der meistgehasste Mann des Dorfes, und er schäumte fast über vor Gehässigkeit.

»Verzieh dich!«, knurrte Massimo.

Waxflatter baute sich vor ihm auf. »Wie läuft es denn mit der Familienplanung? Kann man endlich gratulieren?«

Audrey trat an Massimos Seite. »Ignorier ihn einfach.«

Mit einem süffisanten Grinsen nahm Lennard Waxflatter Audrey ins Visier. »Wenn dein Mann es nicht bringt, dann kann ich ja für ihn einspringen.«

Das hat er jetzt nicht wirklich gesagt, dachte Stella. Der Kerl machte ja wirklich vor gar nichts halt.

In den Gesichtern der anderen spiegelte sich eine ähnliche Mischung aus Fassungslosigkeit und Entsetzen wider.

Massimo preschte nach vorn, die Hände zu Fäusten geballt. »Ich bringe dich um!« Er holte aus, um Waxflatter einen Boxhieb zu verpassen, doch Audrey hielt ihn zurück.

»Willst du wegen dem ins Gefängnis gehen? Das ist der doch gar nicht wert.«

Nur langsam beruhigte sich Massimo wieder. »Halte dich von meiner Frau fern! Verstanden?« Er hob drohend den Zeigefinger. »Und mir gehst du besser auch aus dem Weg.«

Lennard Waxflatter schob die Hände in die Hosentaschen und feixte bloß. »Jetzt hab ich aber Angst.«

Massimo schubste ihn derb beiseite. »Mach, dass du Land gewinnst.«

»Oder was?« Waxflatters Augen funkelten angriffslustig.

»Hast du nicht verstanden?«, mischte sich Jane lautstark ein. »Wir wollen dich hier nicht! Also verzieh dich!«

»Hau ab, und komm nicht wieder!«, fügte Audrey hinzu, und die Menge stimmte mit ein.

»Verschwinde!«

Waxflatter wich einen Schritt zurück.

»Das ist für Joker!« Jack, der wie aus dem Nichts aufgetaucht war, schlug ihm mit der Faust ins Gesicht. »Das mit dem Rhododendron warst doch du.«

Taumelnd presste sich Waxflatter eine Hand gegen die Nase. »Ich weiß nicht, was du meinst.« Er betrachtete die Hand, an der etwas Blut haftete. »Das wirst du mir büßen!«, keifte er. »Ihr alle!« Er warf Jack einen vernichtenden Blick zu, fluchte noch einmal laut und stapfte wütend davon.

»Soll ihn doch der Teufel holen«, murmelte Lionel Crabtree und bekreuzigte sich.

Kapitel 5

Am nächsten Morgen war Stella früh auf den Beinen. Wie jeden Tag ging sie als Erstes zu Hubble und Edison, um den Stall auszumisten und die Tiere mit frischem Wasser und Futter zu versorgen. Janes freche Esel hatten in Rekordzeit Stellas Herz erobert.

Wie immer drängten sie sich ihr auch heute wieder freudig entgegen, stupsten sanft gegen ihre Schultern und knabberten an ihren Klamotten. Edison, der größere der beiden, scharrte ungeduldig mit den Hufen. Kaum hatte Stella Heu in die Raufe gefüllt, machten sich die zwei auch schon darüber her. Sie kannte niemanden, der verfressener war.

Glücklich kraulte sie Hubbles mausgraues Fell. Esel zu streicheln, war einfach der beste Start in den Tag!

Vom Stall ging sie direkt in die Küche, wo ihre Tante schon das Frühstück für sie beide hergerichtet hatte. Es gab Eier, Tomaten und Speck sowie Janes berühmtes Porridge mit Jogurt und Blaubeeren.

Rasch wusch sie sich die Hände und setzte sich zu Jane an den Tisch.

»Hast du gut geschlafen, Liebes?«, erkundigte sich ihre Tante, so wie es ihre Gewohnheit war.

»Wie ein Stein«, erwiderte Stella. Seitdem sie im Dorf der Esel angekommen war, gehörten Schlaflosigkeit und Alpträume der Vergangenheit an.

»Ach, wie schön!« Jane schenkte ihnen heißen Ceylon-Tee ein. »Ich bin schon ganz aufgeregt wegen der Brunnen-Einweihung. Ein so großes Fest haben wir hier bei uns im Dorf selten.« Sie gab etwas Akazienhonig in ihren Tee. »Das ist mal was anderes, auch für mich. Mein Alltag besteht ja sonst eher aus Dorftratsch und den ewigen Konsultationen wegen irgendwelcher Unpässlichkeiten und Zipperlein.«

Die Erinnerung an Alice Waxflatters Besuch drängte sich in Stellas Bewusstsein.

»Tiberius holt uns übrigens nachher ab«, plauderte Jane munter weiter. »Freust du dich auch schon auf die Feier?«

Stella nickte leicht, schaute jedoch geistesabwesend aus dem Fenster.

»Wo bist du denn mit deinen Gedanken?«, fragte Jane und musterte ihre Nichte aufmerksam.

Für einen kurzen Moment schwieg Stella. Dann wandte sie sich ihrer Tante zu. »Ich mache mir Sorgen um Alice.«

»Das brauchst du nicht.« Jane tätschelte ihr lächelnd die Hand. »Es ging ihr doch gut, als wir sie gestern Abend nach Hause gebracht haben. Sie war für ihre Verhältnisse sogar erstaunlich gut gelaunt.«

»Genau das macht mir ja Sorgen«, sagte Stella. »Würdest du etwa so reagieren, wenn sich dein Mann gerade derart unmöglich aufgeführt hätte?«

Jane zuckte mit den Schultern. »Ich weiß es nicht. Vermutlich nicht.«

Stella kostete vom Porridge und trank einen Schluck Tee. »Vielleicht tüftelt sie ja schon weiter an ihrem mörderischen Plan herum.« In dieser Gegend giftige Pflanzen zu finden, war jedenfalls nicht das Problem. Eisenhut wuchs hier praktisch überall.

»Ich glaube nicht, dass sie Lennard etwas antun wird.«

Das sah Stella anders. »Er hat vor ihr und dem ganzen Dorf Audrey angebaggert. Er …« Sie mochte gar nicht weitersprechen, so angewidert war sie.

»Ja, diesmal ist er wirklich ausgesprochen ekelhaft gewesen«, stimmte Jane ihr zu. »Noch ekelhafter als gewöhnlich, und das will was heißen.«

Stella schnaubte. »Er muss komplett geistesgestört sein, wenn er denkt, dass sein anstößiges Verhalten keine Konsequenzen hat.« Sie schüttelte den Kopf. »Alice sollte ihn vor die Tür setzen. Am besten heute noch.«

Ihre Tante nickte. »Sag du ihr das. Vielleicht hört sie ja auf dich.«

»Worauf du dich verlassen kannst.« Stella machte sich über die Eier, die Tomaten und den Speck her. »Kommt sie eigentlich gleich zur Einweihung?«

»Na, sicher.« Jane schenkte noch einmal Tee nach. »Es werden alle da sein.«

»Auch Lennard Waxflatter, der Klappspaten«, murmelte Stella mit vollem Mund.

Jane widmete sich ihrem Porridge. »Ich hoffe, er hält sich heute mal ein wenig zurück.«

»Darauf wetten würde ich nicht.«

»Von wem redet ihr?«, fragte eine Männerstimme.

Stella schaute zur offenen Tür, wo Tiberius stand und sich den Hut vom Kopf zog. Er hob grüßend die Hand.

»Von Lennard«, erklärte Jane und deutete auf einen freien Stuhl. »Magst du vielleicht noch etwas mit uns frühstücken?«

»Nein danke, mein Magen verträgt um diese Zeit noch nichts.« Der pensionierte Militärarzt schüttelte Stella und Jane die Hand und setzte sich zu ihnen.

»Wir denken, dass Waxflatter sich zur Einweihung heute mal wieder fürchterlich danebenbenehmen und Ärger provozieren wird«, sagte Stella.

»Es sähe ihm ähnlich«, ergänzte Jane.

Tiberius lachte bloß. »Macht euch darum mal keine Sorgen. Sollte er versuchen, das Fest zu sabotieren, ziehen wir ihn aus dem Verkehr.«

»Wie?«, fragte Stella.

»Das entscheiden wir spontan«, erwiderte Tiberius. »Wir sperren ihn ein oder binden ihn irgendwo am anderen Ende des Dorfes fest. Zur Not ziehen wir ihm eins über den Schädel.« Er vollführte eine entsprechende Handbewegung.

Stella sah ihn erschrocken an. Seit wann neigte Tiberius denn zu Gewalt?

Rasch zwinkerte er ihr zu. »Das war ein Witz. Aber gefallen lassen werden wir uns nichts.«

»Genug gescherzt«, meinte Jane und räumte eilig den Tisch ab. »Wir müssen los.«

»Es ist doch noch genügend Zeit«, erwiderten Stella und Tiberius wie aus einem Mund.

Jane grinste. »Rechtzeitiges Erscheinen sichert die besten Plätze.«

Schon wieder einer ihrer Kalendersprüche, dachte Stella und warf einen Blick auf die Küchenuhr. Es war gerade erst kurz nach neun, und die Einweihung war für zehn Uhr geplant. Kein Grund, gleich in Hektik zu verfallen. Sie wollten doch nicht ins Theater.

Jane hüpfte jedoch bereits zur Tür hinaus. Wenn sie sich einmal etwas in den Kopf gesetzt hatte, war sie nur schwer davon abzubringen.

Keine zehn Minuten später erreichten die drei den Brunnen. Zu Stellas Überraschung herrschte dort bereits ein Andrang, wie sie es sonst nur von Audreys Bäckerei gewohnt war. Knapp zwanzig Leute hatten sich zusammengefunden, darunter auch Massimo, Jack und Alice. Am seltsamsten aber war die Stille. Niemand sagte ein Wort. Niemand rührte sich, als ob sie alle erstarrt und zu Eis gefroren wären. Die versammelte Menschenschar stand bloß da und starrte gemeinschaftlich in den Brunnen hinein.

Stella überlegte kurz, ob das vielleicht irgendein dorfinternes Ritual war, von dem sie nichts wusste. Dann erst bemerkte sie, dass die Eselskulptur nicht an ihrem Platz stand.

Gemeinsam mit Jane und Tiberius bahnte sie sich ihren Weg bis zum Brunnenrand.

Merlin, der bronzene Esel, lag mit der linken Seite

nach unten in der Mitte des Brunnens. Und er war nicht allein. Lennard Waxflatter, der sich rücklings im flachen Wasser befand, war unter ihm begraben.

»Grundgütiger!«, entfuhr es Tiberius.

»Seht ihr das auch?«, wisperte Jane, als fürchte sie, einer optischen Illusion erlegen zu sein.

Stella griff nach der Hand ihrer Tante und nickte.

»Der ist hin!«, murmelte jemand.

Sekunden verstrichen, ohne dass sich etwas regte.

»Hat jemand denn schon mal nachgeschaut, ob er noch atmet?«, fragte Stella. Auch wenn Lennard Waxflatter nicht sehr lebendig aussah, war es dennoch möglich, dass es noch Lebenszeichen gab. Immerhin ragten seine Nase und der Rest seines totenbleichen Gesichts aus dem flachen Wasser heraus.

Stella schaute in die Runde, erntete jedoch bloß Kopfschütteln.

»Der atmet nicht mehr«, sagte Massimo. »Das sieht man doch von hier.«

Wie auf ein Stichwort schwang sich Tiberius über den Brunnenrand und watete durch das Wasser, hockte sich neben Lennard und befühlte dessen Hals.

»Exitus«, verkündete er, und ein Raunen ging durch die Menge.

Stella bemerkte, dass sich immer mehr Leute um den Brunnen scharten. Sie sah Audrey und Daniel, dahinter Margery, Gavin und Craigory Valentine.

»Ist das ein Traum?«, fragte Alice, die sich nicht von Lennards Leichnam abwenden konnte.

Jane trat an ihre Seite und legte ihr eine Hand auf die Schulter. »Nein, Alice. Es ist wahr.«

Tränen liefen über Alices gerötete Wangen. Stella war sich sicher, dass es Freudentränen waren.

Überhaupt konnte Stella unter den versammelten Menschen eine Mischung aus Bestürzung und Erleichterung wahrnehmen. Zwei sehr gegensätzliche Emotionen, die sich hier auf erstaunliche Weise ergänzten.

»Was machen wir denn jetzt?«, wollte Jack Whitley, der neben Massimo stand, wissen.

Tiberius schob sich den Hut in den Nacken. »Wir müssen die Polizei rufen.«

Eine Vielzahl genervter Gesichter verriet, wie wenig erpicht die Dorfbewohner darauf waren.

»Können wir denn ... nicht einfach ... aufräumen?«, fragte eine ältere Dame mit silbergrauen Locken.

»Nein, das geht nicht«, entgegnete Tiberius.

»Und die Einweihung?«

»Die müssen wir verschieben.«

»Verdammter Mist!«, rief ein dürrer Mann mit buschigem Bart und stampfte wütend auf dem Boden auf.

Einige Leute warfen dem Toten im Brunnen giftige Blicke zu. Sogar im Tode machte Lennard Waxflatter nur Ärger!

Craigory Valentine, der das Geschehen bislang schweigend beobachtet hatte, räusperte sich. »Ich verständige die Polizei.« Er zückte sein Handy, drückte ein paar Tasten und hielt es sich ans Ohr. So blieb er eine ganze Weile stehen.

»Warteschleife«, brummte er schließlich.

»Weiter werden Sie auch nicht kommen«, bemerkte die Dame mit dem silbergrauen Haar. »Die Polizisten in dieser Gegend sind hoffnungslos überfordert.«

Das ist noch maßlos untertrieben, dachte Stella und zog ihr Smartphone aus der Tasche. Sie wählte die Handynummer von Chief Inspector Joseph Clapperton, die Jane nach ihrem ersten Detektivabenteuer bei ihr eingespeichert hatte. Für alle Fälle, hatte Jane damals gesagt.

Es klingelte zweimal, dann knackte es. »Clapperton.« Die Stimme des Chief Inspectors klang schlecht gelaunt wie immer.

»Stella Honeycut hier. Aus Hillbrush. Es hat wieder einen Toten gegeben.« Das Wort Mord vermied sie bewusst. Schließlich wusste man noch nichts Genaues.

Am anderen Ende der Leitung war es ganz still.

»Hallo?«, fragte Stella und vergewisserte sich mit einem raschen Blick auf das Display, dass sie nicht gerade in einem Funkloch steckte. Es wurden drei volle Balken angezeigt. »Haben Sie verstanden?«

»Ich komme«, sagte Clapperton und legte auf.

Stella, die irgendwie eine ganz andere Reaktion erwartet hatte, steckte das Handy zurück in die Tasche. Normalerweise war der Chief Inspector doch nie um eine Ausrede verlegen. Na ja, so schnell tauchte der trotzdem nicht hier auf. Beim Mord an Edna Inglethorpe hatte er fast vierundzwanzig Stunden gebraucht, und wenn man den Geschichten der Dorfbewohner glaubte, war das auch früher schon immer so gewesen. Demzufolge würde es auch diesmal nicht anders sein. Vierundzwanzig Stunden, in denen sie hier schalten und walten konnten, wie sie wollten. Genügend Zeit, um herauszufinden, was geschehen war.

»Die Polizei ist informiert«, rief Stella, woraufhin sich ein Teil der Leute wieder in alle Winde verstreute. Sie sah zu Jane, die sich noch immer um Alice kümmerte, und warf einen Blick auf den Leichnam im Brunnen. Dann drehte sie sich um – und wäre beinahe vor Schreck erstarrt. Chief Inspector Joseph Clapperton stand direkt vor ihr.

Kapitel 6

Stella musterte den Chief Inspector von oben bis unten. Für den Bruchteil einer Sekunde fragte sie sich, ob er nur eine Fata Morgana war. Hatte Jane vielleicht ein halluzinogenes Kraut in das Blaubeerporridge getan? Sie blinzelte, doch Joseph Clapperton stand noch immer da, wie bestellt und nicht abgeholt.

Ein Ausdruck der Verwirrung machte sich auf Stellas Gesicht breit. Sie sah aus, als hätte sie einen Geist gesehen.

»Das ging aber schnell!«, murmelte sie.

Joseph Clapperton zog eine Augenbraue hoch. »Ich war bereits vor Ort.«

»Chief Inspector!«, rief Jane. »Wie gut, dass Sie meiner Einladung gefolgt sind.« Sie deutete auf den Brunnen. »Hier ist ein ziemlicher Schlamassel passiert.«

Clapperton warf einen flüchtigen Blick in die Runde. »Eigentlich bin ich dienstlich herbeordert worden. Um für Sicherheit zu sorgen.«

Na, das hat ja mal so gar nicht funktioniert!, dachte Stella und biss sich auf die Unterlippe. Sie sah Clapperton an, dass ihn ein ähnlicher Gedanke plagte.

»Mein Vorgesetzter wird mir den Kopf abreißen«, jammerte er mit kummervoller Miene.

Jane vollführte eine wegwerfende Handbewegung. »Ach, so schlimm wird's schon nicht werden.«

»Das sagen Sie so leicht.« Der Chief Inspector seufzte herzzerreißend. »Ich bringe es am besten gleich hinter mich.« Er zückte sein Mobiltelefon, drückte ein paar Tasten und hielt es sich ans Ohr.

»Clapperton hier.« Während er sprach, versteiften sich sowohl seine Körperhaltung als auch sein Gesicht. »Ja, ich bin in Hillbrush. Nein, hier wird heute nichts mehr eingeweiht, Sir.« Er tigerte unruhig auf und ab, die Augen starr auf den Boden gerichtet. »Ein ungeklärter Todesfall. Ja, sehr bedauerlich. Damit hat niemand rechnen können. Die genauen Umstände? Die müssen erst noch untersucht werden. Möglicherweise Mord. Ich gehe der Sache nach.« Er nickte knapp. »Ja. Ja, Sie erhalten meinen Bericht. So schnell ich kann.« Er lauschte angestrengt, schnappte nach Luft und schaute noch eine Spur verkniffener drein. »Ich bin auch nur ein Mensch und keine Maschine, Sir.« Entnervt drückte er auf eine der Tasten.

»Ärger?«, fragte Jane.

Der Chief Inspector rieb sich grimmig das Kinn. »Der Superintendent war nicht erfreut. Er hat einen Tobsuchtsanfall und brüllt die ganze Polizeidienststelle zusammen.«

»Das kann auf die Dauer aber auch nicht sehr gesund sein«, erwiderte Jane. »Vielleicht sollte er sich mal von mir beraten lassen.«

Clapperton schnaubte. »Glauben Sie mir, mit dem wollen Sie nichts zu tun haben.« Er straffte die Schultern und marschierte zum Brunnen. »Wer ist der Tote?«

»Es ist Lennard Waxflatter, der Geschäftsführer der hiesigen Gin-Destillerie«, sagte Stella, die am Rand des Brunnens verharrt war und Clapperton nicht aus den Augen gelassen hatte.

Der Chief Inspector zuckte kurz zusammen, als ob er von einem elektrischen Schlag getroffen worden wäre. »Ach, na sieh mal einer an.«

»Kannten Sie ihn?« Stella runzelte die Stirn.

»Nein.« Clapperton schüttelte energisch den Kopf. »Mit Sicherheit nicht.« Er beugte sich über den Brunnenrand und betrachtete den Toten. Sein Gesicht nahm einen zutiefst hasserfüllten Ausdruck an.

Jane kam neugierig näher. »Das ist nicht wahr, oder? Sie verabscheuen ihn ja richtig.«

»Was?« Der Chief Inspector krallte sich am Brunnenrand fest. »Wie kommen Sie denn auf so was? Ich verschaffe mir bloß einen Überblick.«

»Uns müssen Sie nichts vormachen«, entgegnete Alice Waxflatter milde. »Niemand hier im Dorf konnte Lennard leiden.«

»So ist es«, stimmte Jack Whitley ihr zu. »Er war ein ekelhafter Widerling.«

Ein bestätigendes Raunen ging durch die Menge.

Massimo Morelli fuhr sich durch das dichte schwarze Haar. »Und der Feind unseres Feindes ist unser Freund.«

Joseph Clapperton schaute irritiert von einem zum anderen, bevor er sich wieder dem Inhalt des Brunnens zuwandte.

»Ein ganz schöner Brocken!«, murmelte er nachdenklich vor sich hin.

ICH LIEBE DICH!
ICH MICH AUCH! DA HABEN WIR JA SCHON WIEDER WAS GEMEINSAM!!
STEIN

Alice kräuselte die Stirn. »So dick ist Lennard nun auch wieder nicht.«

»Ich meine den Esel«, brummte der Chief Inspector.

»Das ist unser Esel Merlin, der König Artus das Leben gerettet hat«, bemerkte Lionel Crabtree stolz.

Clapperton zog eine Augenbraue hoch. »Artus mag er das Leben gerettet haben, aber Mr. Waxflatter hier hat er das Leben gekostet.«

»Den Esel trifft keine Schuld«, entgegnete der Vikar sofort. »Das hat sich Waxflatter ganz alleine zuzuschreiben.«

Jack Whitley nickte energisch. »Ja, wahrscheinlich hat er sich an der Statue zu schaffen gemacht, um sie zu stehlen oder um die Einweihung zu sabotieren, und dann ist der Streich nach hinten losgegangen und er ist umgeknickt oder so.«

»Es war ein Unfall, könnte man sagen«, pflichtete Massimo Morelli ihm bei.

»Das ist Karma«, meinte Alice und gab sich keine Mühe, ihre Begeisterung über diese Entwicklung zu verbergen. »Höhere Gerechtigkeit.«

»Ganz genau.« Lionel Crabtree nestelte nachdenklich an seinem Rosenkranz. »Der Herr hat ihn gerichtet und ihn zu sich geholt. Im Jenseits nun wird Lennard sich für seine Sünden verantworten müssen.«

»Genau«, echote es von allen Seiten.

Massimo reckte das Kinn vor. »Sie werden hier keinen finden, der das anders sieht.« Er trat an Joseph Clappertons Seite. »Was halten Sie von folgendem Vorschlag: Sie schreiben Ihren Bericht, und wir räumen derweil schon mal auf.« Er wedelte mit den Händen in der Luft herum, als wollte er einen Schwarm lästiger Fliegen verscheuchen. »Wenn wir gemeinsam an einem Strang ziehen, sind wir schneller fertig.«

Stella räusperte sich. Das konnten sie doch nicht ernsthaft in Erwägung ziehen? Zugegeben, Lennard Waxflatter war ein zutiefst unsympathischer Mensch gewesen, doch auch er verdiente, dass man die Umstände seines Todes aufklärte.

Sie sah erwartungsvoll zu Clapperton, der schweigend die im Wind flatternden Fähnchen betrachtete. Warum sagte er denn nichts? Als Chief Inspector war er doch dazu verpflichtet, den Dingen auf den Grund zu gehen.

Als keine erkennbare Reaktion kam, nickte Massimo Jack Whitley zu, der Anstalten machte, in den Brunnen zu klettern.

»Moment!«, rief Stella und hob Einhalt gebietend die Hand.

Jack und Massimo hielten inne.

Alle Augen waren auf Stella gerichtet.

»Da ist eine recht große Wunde an Waxflatters Kopf«, bemerkte Stella.

Jack zuckte mit den Schultern. »Vermutlich wird er irgendwo dagegen gestoßen sein.«

»Er war sicher wieder einmal betrunken«, fügte Alice lapidar hinzu.

»Oder jemand hat auf ihn eingeschlagen«, sagte Stella und verschränkte die Arme vor der Brust. »Dann reden wir nicht mehr von einem Unfall, sondern von Mord.«

Der Chief Inspector rieb sich die Schläfen. »Ich habe es fast schon befürchtet.«

Stella machte ein paar Schritte auf den pensionierten Militärarzt zu. »Was meinst du, Tiberius?«

Tiberius stieg erneut in den Brunnen, um sich die Wunde genauer anzuschauen. »Die Verletzung ist nicht nur oberflächlich. Es sieht eher nach einer Fraktur des Schädels aus. So stößt sich niemand den Kopf an.«

»Also ist er ermordet worden«, murmelte Jane.

»Ich bin kein Rechtsmediziner«, sagte Tiberius. »Möglicherweise ist ihm die Verletzung auch nach seinem Tod beigebracht worden. Es sieht jedoch sehr danach aus, als müssten wir von Fremdeinwirkung ausgehen.«

Massimo kickte einen kleinen Stein beiseite. »Und der Tag hatte so vielversprechend angefangen.«

»Okay, lassen Sie uns das Beste daraus machen.« Zur Überraschung aller krempelte der Chief Inspector plötzlich die Ärmel hoch. »Mit Ausnahme von Miss Honeycut und Mr. Liskard möchte ich alle bitten, den Tatort nun zu verlassen.« Er sprach ruhig und wirkte ungewohnt souverän. »Und ich möchte Sie alle bitten, sich für Befragungen zur Verfügung zu halten.« Mit hochgezogener Augenbraue ließ er den Blick über die Menge schweifen. »Das bedeutet, niemand verlässt das Dorf, bis wir fertig sind.«

Einige Leute nickten, bevor sie sich, einer nach dem anderen, zurückzogen.

Jane zwinkerte Stella zu, bevor sie verschwand.

»Würden Sie beide mir bei den Nachforschungen helfen?«, wollte Clapperton von Stella und Tiberius wissen.

»Na klar, selbstverständlich!«, entgegnete Stella und war selbst überrascht, mit welcher Innbrunst ihr die Worte über die Lippen kamen.

Tiberius fächelte sich mit seinem Hut Luft zu. »Gerne.« Ein Hauch von Skepsis schwang in seiner Stimme mit. »Aber wie kommen wir denn zu der Ehre?«

Der Chief Inspector lächelte matt. »Sie, Mr. Liskard, sind, wenn ich mich recht entsinne, Mediziner. Und Sie, Miss Honeycut, sind die einzige selbstständige Detektivin in einem Umkreis von hundert Meilen.«

Stella öffnete den Mund, um etwas zu erwidern. Sie wollte einwerfen, dass sie gar keine offizielle Detektivin, sondern Literaturwissenschaftlerin sei. Doch aus irgendeinem Grund ließ sie es bleiben.

»Personalmangel macht auch vor der Polizei nicht halt«, fuhr Joseph Clapperton unbeirrt fort. »Ich kann wirklich jede Hilfe gebrauchen.«

»Wenn das so ist, stehen wir Ihnen natürlich gern zur Verfügung«, sagte Tiberius und stülpte sich den Hut wieder auf den Kopf.

Clapperton trat an Stellas Seite und nickte in Richtung des Brunnens. »Was kommt Ihnen als Erstes in den Sinn, wenn Sie das sehen?«

Stella nahm sich einen Moment Zeit mit der Antwort. Sie holte tief Luft. »Colonel Protheroe.«

Der Chief Inspector sah sie fragend an. »Wer?«

»Colonel Lucius Protheroe«, erklärte Stella lächelnd. »Eine Figur aus Agatha Christies Roman *Mord im Pfarrhaus*. Er war der meistgehasste Mann des Dorfes und wurde durch einen Pistolenschuss getötet.«

»Nun, Lennard Waxflatter ist definitiv nicht erschossen worden«, murmelte Tiberius. »Aller Wahrscheinlichkeit nach wurde er erschlagen.«

»Genau wie Lady Tressilian«, sagte Stella.

Clapperton grinste. »Ich nehme an, das ist auch eine Figur, die sich die Queen of Crime ausgedacht hat?«

»Ja, in ihrem Roman *Kurz vor Mitternacht.*« Stella schloss die Augen und rief sich die erwähnte Geschichte ins Gedächtnis. »Wenn ich mich recht entsinne, wurde die Lady mit einem Golfschläger erschlagen.«

»Ein Golfschläger?« Tiberius runzelte die Stirn. »Ja, wäre denkbar. Aber es kann auch ein völlig anderer Gegenstand gewesen sein.«

Ein Ruck ging durch den Körper des Chief Inspectors. Er hechtete unvermittelt in den Brunnen hinein. »Wie wäre es damit?« Er bückte sich, zog etwas aus dem Wasser und reckte seinen Fund triumphierend in die Höhe.

Fasziniert betrachtete Stella den großen, silberfarbenen Schraubenschlüssel in Clappertons Hand.

»Wenn mich nicht alles täuscht, dürfte das die Tatwaffe sein«, sagte Clapperton.

Ein halbherziges Klatschen erklang.

Es war Jack Whitley, der an den Stamm einer nahen Eiche gelehnt war. »Im Brunnen mit dem Schraubenschlüssel. Ist ja beinahe wie bei Cluedo.« Er setzte sich mit einem verschmitzten Lächeln in Bewegung und schlurfte am Brunnen vorbei in Richtung der kleinen Bäckerei.

Stella blickte ihm nach. Dabei entging ihr nicht, dass sein rechter Ärmel voller kleiner roter Flecken war.

»Nichtsnutziger Naseweis«, murmelte der Chief Inspector und tütete das Werkzeug in einen durchsichtigen Plastikbeutel ein.

»Jack Whitley muss immer zu allem seinen Senf dazugeben«, meinte Tiberius. »Daran sind wir hier im Dorf längst gewöhnt.«

Clapperton rieb sich nachdenklich das Kinn. »Wie stand er denn zu dem Opfer?«

»Na ja, er mochte Lennard nicht.« Tiberius schob sich den Hut in den Nacken. »Genau wie der Rest von uns.« Er und Stella tauschten kurz Blicke.

»Bitte halten Sie keine Informationen vor mir zurück«, sagte Clapperton, der die beiden ganz genau beobachtete.

Tiberius zögerte. »Nur wenn Sie uns versprechen, keine voreiligen Schlüsse zu ziehen.« Er fächelte sich mit dem Hut Luft zu. »Jack hatte gestern eine recht unschöne Auseinandersetzung mit Lennard. Genau genommen hat er Waxflatter einen ordentlichen Fausthieb verpasst.«

Der Chief Inspector nickte. »Vielleicht ja auch noch etwas mehr als nur einen Hieb.« Er deutete auf den Leichnam. »Was denken Sie, wie lange das Opfer schon tot ist?«

Erneut nahm Tiberius die Leiche in Augenschein. »Die Totenstarre ist bereits kräftig ausgebildet. Also, sechs bis acht Stunden etwa.«

»Demzufolge muss der Mord zwischen zwei und vier Uhr nachts geschehen sein«, erwiderte Clapperton und kratzte sich am Kopf. »Ich frage mich, was Mr. Waxflatter um diese Zeit hier gemacht hat.«

»Etwas Gutes kann es nicht gewesen sein«, knurrte Tiberius.

Stella stimmte ihm wortlos zu.

Kapitel 7

Das Café *Zum singenden Kessel* platzte fast aus allen Nähten. Beinahe das gesamte Dorf war dort versammelt, um über die Geschehnisse am Brunnen zu plaudern und sich mit Kaffee, Tee und Audreys Backkreationen zu stärken.

Stella und der Chief Inspector hatten an einem Tisch in der Ecke Platz genommen. Ihnen gegenüber saß Alice Waxflatter mit rosigen Wangen.

»Ich will Ihnen keine Trauer oder sonst irgendein Theater vorspielen, Chief Inspector«, sagte sie und schaufelte sich Kandis in den Tee. »Ich habe Lennard zutiefst verachtet, wie alle hier im Dorf.«

Die Erleichterung über den Tod ihres Mannes ist ihr deutlich anzusehen, dachte Stella, während sie in eine herzhafte, nach Knoblauch und Koriander duftende Hähnchenpastete biss. Seltsamerweise nahm sie auch beim Chief Inspector ein ganz ähnliches Gefühl wahr.

»Warum haben Sie sich nicht von ihm getrennt?«, fragte Joseph Clapperton.

Alice zuckte mit den Schultern. »Ich weiß nicht, aber aus irgendeinem Grund kam das nie infrage für mich.« Sie rührte in ihrem Tee herum.

»Wäre das nicht das Logischste gewesen?«, hakte der Chief Inspector nach.

Stella ließ sich einen weiteren Bissen der köstlichen Geflügelpastete auf der Zunge zergehen. Alice und Logik waren zwei verschiedene Paar Schuhe – aber das konnte Joseph Clapperton natürlich nicht wissen.

Ein seltsam melancholischer, fast schon verträumter Ausdruck trat in Alice Waxflatters Gesicht. »Bis dass der Tod euch scheidet«, rief sie in Richtung des Nachbartisches, an dem Jane, Tiberius, Margery und Lionel Crabtree saßen. »So heißt es doch, nicht wahr, Vikar?«

Lionel, der gerade einen riesigen Scone mit Erdbeermarmelade und Clotted Cream bestrich, nickte enthusiastisch. »Ganz recht, mein Kind.«

Alice sah Clapperton mit großen Reh-Augen an. »Das haben Lennard und ich uns jedenfalls am Tag unserer Hochzeit versprochen.« Ihre Stimme nahm einen bittersüßen Ton an. »Und ich halte stets meine Versprechen – ohne Ausnahmen.«

Stella rieselte ein gewaltiger Schauer über den Rücken. Diese Frau, die auf den ersten Blick oft so zerstreut und schwach wirkte, hatte es in Wahrheit faustdick hinter den Ohren. Es war durchaus denkbar, dass sie ihr Vorhaben, ihren Mann zu töten, wahrgemacht hatte.

Der Chief Inspector verschränkte die Arme vor der Brust. »Wollten Sie, dass er stirbt?«

Es wurde merklich ruhiger im Café. Bis auf ein leises Flüstern hier und da und das zischende Dampfen des großen Samowars war kaum mehr etwas zu hören.

»Ich würde lügen, wenn ich es verneinen würde«, gab Alice unumwunden zu. Sie runzelte die Stirn. »Meinen Sie etwa, dass ich Lennards Tod durch meine mordlüsternen Gedanken … wie soll ich sagen … ausgelöst habe?« Sie umklammerte ihre Teetasse mit beiden Händen. »Dass ich so sehr daran gedacht und es mir so eindringlich gewünscht habe, dass es dann tatsächlich passiert ist?«

Joseph Clapperton zog eine Augenbraue hoch. »Ein übersinnliches Geschehen habe ich eher nicht in Betracht gezogen.«

»Warum eigentlich nicht?« Alice sah ihn herausfordernd an. »Es wäre immerhin eine Möglichkeit.«

»Wo waren Sie in der vergangenen Nacht?«, setzte Clapperton die Befragung fort.

»Zu Hause, in meinem Bett«, sagte Alice.

»Kann das jemand bezeugen?«

Alice kicherte leise. »Ich glaube nicht. Ich war ja allein, na ja, bis auf Poseidon, aber der hat die Nacht auf der Veranda verbracht.«

»Poseidon?« Joseph Clapperton schaute noch eine Spur irritierter drein.

»Mein Esel.«

»Ach so. Na, ich fürchte, dass Esel als Zeugen nicht anerkannt werden.«

»Das sollten sie aber«, entgegnete Alice. »Wenn jemand weiß, was hier im Dorf vor sich geht, dann sind es die Esel.«

Zustimmendes Gemurmel setzte ein, was den Chief Inspector nur noch mehr verwirrte.

»Sie haben also geschlafen«, versuchte er, das Gespräch wieder in eine geordnete Bahn zu lenken.

»Ja, was soll man denn sonst tun in der Nacht?« Alice bedachte Clapperton mit einem tadelnden Blick. »Ich habe geschlafen wie ein Murmeltier – und in meinem Traum war vielleicht was los!« Ein teuflisches Grinsen huschte über ihr Gesicht. »Zuerst habe ich Lennard eine Machete in den Bauch gerammt, dann habe ich ihn garottiert, gevierteilt, in Brand gesetzt und mit einer Kalaschnikow erschossen.« Sie trank einen großen Schluck von ihrem Tee. »Ich glaube, ich habe ihn auf jede nur erdenkliche Weise umgebracht – und das hat sich wirklich verdammt gut angefühlt.« Sie lächelte selig, als würde sie sich an etwas sehr Angenehmes erinnern.

»Hast du ihn zufällig auch erschlagen?«, fragte Stella, die sich bei dem Gespräch bislang zurückgehalten hatte.

Grübelnd fixierte Alice einen Punkt an der Decke. »Lass mich kurz nachdenken.« Sie hielt inne und schüttelte schließlich vehement den Kopf, sodass ihre braunen Locken in alle Richtungen stoben. »Nein, ich glaube, Erschlagen ist nicht dabei gewesen. Wie seltsam.«

Joseph Clapperton beugte sich ein wenig vor. »Sind Sie sich im Klaren darüber, dass Sie sich mit dieser Aussage sehr verdächtig machen?«

»Und wenn schon«, entgegnete Alice gleichgültig. »Ich wasche meine Hände in Unschuld. Außerdem haben sich auch noch andere Lennards Tod gewünscht.«

Stella ließ den Finger über den Rand ihrer Kaffeetasse kreisen. »Wer denn zum Beispiel?«

»Das weiß ich nicht«, antwortete Alice. »Ich weiß bloß, dass Massimo und Jack gestern mit ihm aneinandergeraten sind. Überhaupt wird die Zahl von Lennards Feinden in einem utopischen Bereich liegen.« Sie lächelte so breit, dass man ihre Zähne sehen konnte. »Da werdet ihr eine Menge zu tun haben, wenn ihr die alle befragen wollt.«

»Keine Sorge«, brummte der Chief Inspector. »Wir finden den Täter schon.«

Schwungvoll stellte Alice ihre Tasse auf den Tisch zurück. »Wer auch immer es war, hat mir einen großen Dienst erwiesen.« Sie sprach nun so laut, dass sie jeder im Raum hören konnte. »Deshalb bekommt er oder sie Gin aus meiner Gin-Destillerie – und das lebenslänglich.«

Die Dorfbewohner reagierten mit euphorischem Applaus. Offenbar dachte hier jeder, dass Lennards Mörder eine Auszeichnung verdient hätte.

Fünf Minuten später hatte Alice das Café verlassen, und Stella holte Jack und Massimo an ihren Tisch.

»Stimmt es, dass Sie beide Streit mit Mr. Waxflatter hatten?«, wollte der Chief Inspector wissen.

»Streit?« Massimo Morelli hob die Hände, bebend vor Zorn. »Der Mistkerl hat mir in aller Öffentlichkeit angeboten, meine Frau zu schwängern.« Er gestikulierte wild in der Luft herum, als wolle er ein unsichtbares Orchester dirigieren. »Hätten Sie da etwa ruhig bleiben können?«

»Ich verstehe nicht, warum Massimo sich hier rechtfertigen muss«, kam Jack seinem Freund und Arbeitgeber zu Hilfe. »Er war doch vollkommen friedfertig und beherrscht.«

Joseph Clapperton musterte ihn mit kühler Besonnenheit. »Anders als Sie, Mr. Whitley?«

Jack warf angriffslustig den Kopf in den Nacken. »Ich habe mich genauso zurückgehalten.«

»Da habe ich aber etwas anderes gehört«, sagte der Chief Inspector. »Sie sollen Lennard Waxflatter gestern geschlagen haben.«

»Er hat meinen Joker mit Rhododendronblättern vergiftet«, knurrte Jack. »Da habe ich ihm nur eine kleine Retourkutsche verpasst. Das Veilchen hat er sich redlich verdient.«

Der Chief Inspector strich über die weiße Damasttischdecke. »Würden Sie beide mir bitte mitteilen, wo Sie sich in der vergangenen Nacht aufgehalten haben?«

»Wir waren im Bootshaus«, erwiderte Massimo. »Bis gegen vier Uhr morgens.«

»Was haben Sie da so lange gemacht?«, fragte Clapperton und schaute abwechselnd zwischen den beiden hin und her.

Massimo fuhr sich durch das schwarze Haar. »Wir haben die Boote gewartet. Getüftelt, geschraubt, über Motoren gefachsimpelt und solche Dinge.«

»War jemand zugegen, der das bezeugen kann?«

»Nein, wir waren zu zweit.«

Clapperton verengte die Augen zu Schlitzen. »Dann geben Sie sich also gegenseitig ein Alibi?«

»Si«, sagte Massimo.

»Genau so war es«, stimmte Jack ihm zu. »Das können Sie uns glauben.«

»Ich glaube, dass Sie mich an der Nase herumführen wollen«, entgegnete der Chief Inspector streng. »Ich denke, dass Sie sich zusammengetan haben, um sich gemeinsam an Lennard Waxflatter zu rächen.«

»Nun machen Sie aber mal halblang!«, mischte sich Audrey, die gerade den Samowar auffüllte, ein. »Wir reden hier von Jack und Massimo. Die beiden sind vielleicht leicht reizbar, doch sie sind keine Mörder.«

Massimo warf ihr eine Kusshand zu. »Grazie, Amore.«

»Wenn wir es getan hätten, dann wären wir völlig anders vorgegangen«, bemerkte Jack.

»Ach ja?« Erneut zog Joseph Clapperton die Augenbraue hoch. »Wie denn?«

Jack zuckte mit den Schultern. »Wir hätten es zum Beispiel niemals mitten im Dorf und schon gar nicht an einem so öffentlichen Ort wie dem Brunnen gemacht. Da wäre uns aber was ganz anderes eingefallen.«

»Stimmt.« Massimo nickte energisch. »Wir hätten Waxflatter auf dem offenen Meer über Bord gehen lassen, und den Rest hätte die Natur erledigt. Dann hätten die Haie ein Frühstück gehabt, und er wäre nie wieder aufgetaucht.«

»Vielleicht war das ja Ihr ursprünglicher Plan«, mutmaßte der Chief Inspector ohne Zögern. »Doch dann hat sich Ihnen unverhofft eine andere Gelegenheit geboten – und Sie haben sie beim Schopf gepackt.«

»Unsinn!«, rief Massimo empört. »Die Einweihung unseres Eselbrunnens ist uns heilig! Wir ruinieren doch nicht unser eigenes Dorffest.«

Für einen Moment starrten sich Clapperton und der italienische Wassertaxibetreiber finster an.

Der Vikar ergriff das Wort. »Glauben Sie mir, Chief Inspector, für diese beiden Männer würde ich jederzeit meine Hand ins Feuer legen.«

Stella, die die meisten Bewohner der kleinen Ortschaft bereits in ihr Herz geschlossen hatte, konnte sich ein Schmunzeln nicht verkneifen. Sie waren eine verschworene Dorfgemeinschaft und beschützten sich gegenseitig. Ganz besonders, wenn es um den allseits verhassten Lennard Waxflatter ging.

»Das mag sein«, brummte Clapperton. »Aber es hat sich auch schon mal jemand die Hand verbrannt.«

»Wer im Glashaus sitzt, der sollte nicht mit Steinen werfen!«, murmelte Lionel und erntete reichlich fragende Blicke.

Stella kräuselte die Stirn. Warum sprach der Vikar nur immerzu in Rätseln?

Sie wandte sich Jack zu. »Woher stammen eigentlich diese Flecken an deiner Kleidung?«

Jack besah sich den rechten Ärmel seines Sweatshirts, der mit rötlichen Sprenkeln versehen war. »Das ist Bootsfarbe.«

Clapperton trank einen Schluck Kaffee. »Ich muss Sie bitten, uns das Kleidungsstück auszuhändigen, damit wir Ihre Angaben im Labor überprüfen können.«

»Kein Problem«, rief Jack. »Ich hole mir nur schnell etwas anderes. Ich will ja schließlich nicht oben ohne im Café sitzen.«

Einige Leute lachten.

Der Chief Inspector hob protestierend die Hand, doch Jack war bereits von seinem Stuhl aufgesprungen und sprintete mit großen Sätzen zur Tür hinaus.

Kapitel 8

Kaum dass Jack Whitley das Café verlassen hatte, betrat ein weiterer Gast das Lokal.

Neugierig musterte Stella den jungen, adrett gekleideten Mann. Er war drahtig und klein, mit zimtfarbener Haut und kurzem tiefschwarzem Haar.

Für einen Moment spähte der Neuankömmling suchend durch den Raum, dann steuerte er zielstrebig auf den Chief Inspector zu.

»Ich melde mich zur Stelle, Sir.«

Ein Ausdruck der Verwunderung trat in Joseph Clappertons Gesicht. »Chakraborty! Mit Ihnen habe ich ja gar nicht gerechnet.« Er schaute abwechselnd zwischen dem Mann und Stella hin und her. »Das ist Detective Sergeant Navin Chakraborty. Und das ist die private Ermittlerin Stella Honeycut.«

»Hallo, Sergeant«, grüßte Stella.

DS Chakraborty nickte freundlich. »Guten Tag, Miss.« Er wandte sich seinem Vorgesetzten zu. »Der Superintendent schickt mich. Ich soll den Abtransport der Leiche veranlassen und …« Er stockte.

»Und was?«, knurrte Clapperton. »Mich im Auge behalten, in der Hoffnung, dass ich irgendeinen Fehltritt begehe?«

Der Sergeant schaute leicht verlegen drein. »McQueen wünscht einen ausführlichen Bericht über die Angelegenheit. Er möchte, dass ich ihm alles haarklein dokumentiere.«

Joseph Clapperton verzog angewidert das Gesicht, als hätte er in eine faule Tomate gebissen. »Na, dann berichten Sie ihm mal schön.«

»Das ist meinerseits in keinster Weise gegen Sie gerichtet«, versicherte Chakraborty hastig. »Ich befolge lediglich die Anweisungen des Superintendent. So, wie es nun mal von mir erwartet wird.«

»Sicher tun Sie das«, entgegnete der Chief Inspector mit leicht verächtlicher Miene. »Im Befolgen von Befehlen sind Sie ja auch Klassenbester.«

DS Chakraborty runzelte die Stirn. »Sir, ich kann Sie auch gerne bei den Befragungen unterstützen.«

»Danke, aber das wird nicht nötig sein.« Joseph Clapperton lächelte gönnerhaft. »Ich war ja nicht untätig. Im Gegenteil – ich habe bereits die ersten Verdächtigen in diesem Fall ausfindig gemacht.«

Der Sergeant nickte erst verständnisvoll und zuckte anschließend mit den Schultern. »Ich werde mir trotzdem ein paar Notizen machen. Das kann ja nicht schaden. Außerdem habe ich mir vorhin bereits den Tatort angesehen.« Rasch zog er einen Kugelschreiber und einen kleinen Schreibblock aus der Westentasche. »Wer ist überhaupt das Opfer, das da im Brunnen liegt?«

»Lennard Waxflatter, der Geschäftsführer der örtlichen Gin-Destillerie«, sagte Stella.

Chakraborty biss sich auf die Unterlippe. Anstatt sich den Namen zu notieren, stand er einfach nur da und rieb sich nachdenklich das Kinn. Er warf Clapperton einen fragenden Blick zu, den dieser jedoch gar nicht zu bemerken schien.

Der Sergeant räusperte sich. »Der Waxflatter, der Ihre Ehe auf dem Gewissen hat?«

Stella zog die Augenbrauen hoch. Verrückt, was man hier alles quasi nebenbei erfährt. Sie sah zu Clapperton, der einen tiefen Atemzug nahm.

»Wie kommen Sie auf die Idee?«

Der Sergeant hob abwehrend die Hand. »Verzeihen Sie, aber Sie haben das in letzter Zeit öfters vor sich hin gemurmelt.« Ein gequältes Lächeln umspielte seine Lippen. »Also, den Namen Waxflatter. Und den Namen Ihrer Frau, Linda.« Er trat unruhig von einem Bein aufs andere. »Manchmal fielen dazu auch die Worte Schweinehund und Ehebrecher.«

Ein Tuscheln und Raunen ging durch den Raum.

Clapperton schluckte.

»Ist es denkbar, dass es sich dabei um dieselbe Person handelt?«, hakte Chakraborty nach.

»Möglich«, knurrte Clapperton.

»Dann dürfen Sie in dem Fall nicht ermitteln, Sir. Man könnte Ihnen Befangenheit vorwerfen.«

»Ach ja? Tja, tut mir leid, aber falls Sie es noch nicht mitbekommen haben, wir sind chronisch unterbesetzt.« Der Chief Inspector krallte sich an der Tischkante fest. »Wer soll die Ermittlungen denn sonst leiten? Sie etwa?

Oder denken Sie, dass Superintendent McQueen sich aus seinem Büro hierher bequemen wird?«

»Das ist erst einmal zweitrangig«, konterte Navin Chakraborty. »Sie müssen sich an die Vorschriften halten, Sir. Genau wie jeder andere.«

Clappertons Körperhaltung versteifte sich immer mehr. Er schaute derart frustriert drein, dass Stella befürchtete, er würde gleich in die Tischkante beißen.

»Ich bin mir sicher, dass der Chief Inspector vollkommen objektiv an seine Nachforschungen herangeht«, warf Jane vom Nachbartisch aus ein. »Und er hat garantiert nichts mit den aktuellen Ereignissen in unserem Dorf zu tun.« Sie lachte laut. »Das ist doch lächerlich.«

»Nein, es ist sehr ernst.« Chakraborty senkte die Stimme. »Sir, Sie haben ein Motiv. Ein sehr starkes, wenn ich das so sagen darf.«

Stella nahm Joseph Clapperton grübelnd ins Visier. Obwohl sie ihn nur oberflächlich kannte, hatte sie das Gefühl, ihm in dieser Situation beistehen zu müssen. »Solange Sie zu Hause keine Dartscheibe mit Waxflatters Konterfei darauf haben, ist doch alles in Ordnung.«

Clapperton schluckte erneut.

Der Sergeant packte Stift und Schreibblock weg. »Von einer Dartscheibe weiß ich nichts.« Er sah zu seinem Vorgesetzten. »Aber was ist mit der Voodoo-Puppe, die Ihnen vor einigen Tagen aus der Tasche gefallen ist?«

»Spionieren Sie mir etwa nach, Sergeant?«, fuhr Clapperton ihn frostig an.

»Ich versuche eben, stets aufmerksam zu sein«, rechtfertigte sich DS Chakraborty. »Ich habe es rein zufällig bemerkt, Sir. Es war keine Absicht.«

»Was für eine Voodoo-Puppe denn?«, fragte Stella. Sie konnte sich beim besten Willen nicht vorstellen, dass der Chief Inspector sich ernsthaft mit okkulten Praktiken beschäftigte.

Zu ihrer Überraschung kramte Clapperton ein kleines, unförmiges Püppchen hervor. Es war aus grobem beigefarbenem Leinenstoff gefertigt, und an der Vorderseite des Kopfes war ein schief lächelndes Gesicht aufgemalt.

»Die Sache ist völlig harmlos«, beteuerte er. »Ich wollte lediglich meine Wut abreagieren.«

Stella beugte sich näher heran. »Soll das Lennard Waxflatter sein?« Bis auf das schiefe Lächeln entdeckte sie nicht den Hauch einer Ähnlichkeit.

»Ich habe dem Mann kein Haar gekrümmt«, versicherte der Chief Inspector und vergrub das Gesicht in seinen Händen. »Das schwöre ich, bei allem, was mir heilig ist!«

Chakraborty straffte die Schultern. »Bitte warten Sie hier. Ich muss kurz telefonieren.« Er ging nach draußen, wo er, wie Stella durch das Fenster sehen konnte, auf und ab lief und sich sein Mobiltelefon ans Ohr presste.

Clapperton beugte sich zu Stella. »Ich habe mir mehr als ein Mal gewünscht, dass ich den Mut gehabt hätte, diesem Lennard Waxflatter den Hals umzudrehen«, flüsterte er. »Doch ich habe es nicht über mich gebracht.« Er umklammerte die Voodoo-Puppe, als wollte er sie zerquetschen. »Ich habe lediglich die Puppe malträtiert.«

Stella lächelte ihm aufmunternd zu. »Mord ist niemals eine mutige Tat. Im Gegenteil, Mord ist immer ein Zeichen von Feigheit und Schwäche. Sie haben Mut bewiesen, indem sie Waxflatter verschont und ihre negativen Gefühle kontrolliert haben.« Sie blickte zu ihrer Tante, die seltsam in sich gekehrt, ja fast schon verlegen wirkte.

Sergeant Chakraborty betrat wieder das Café. Seine Miene war ein einziger Ausdruck des Bedauerns. »McQueen sagt, dass ich Sie sofort verhaften und zur Polizeidienststelle bringen soll, Sir.« Er fuhr sich durch das schwarze pomadige Haar. »Was mache ich denn jetzt?«

»Hören Sie nicht auf ihn«, entgegnete Clapperton harsch. »Oder wollen Sie nichts weiter sein als seine Marionette?«

»Das kann ich doch nicht machen.« Navin Chakraborty knetete sich unruhig die Hände. »Damit würde ich ja meine eigene Karriere riskieren.« Er wog seinen Kopf unschlüssig hin und her, dann griff er nach Clappertons Schulter. »Wir sollten uns besser gleich auf den Weg zur Dienststelle begeben.«

Der Chief Inspector erhob sich langsam von seinem Stuhl. »Soll das heißen, Sie verhaften mich?«

»Es tut mir leid, Sir.« DS Chakraborty zog ihn mit sich. »Mir sind die Hände gebunden.«

»Das passt mir gar nicht«, rief Clapperton, halb verärgert, halb irritiert. »Ich muss meine Kinder später noch von der Schule abholen.«

Der Sergeant seufzte. »Vielleicht sorgen Sie besser für einen Ersatz?« Während er seinen Vorgesetzten durch das Café zerrte, sprang Jane von ihrem Stuhl auf.

»Machen Sie sich keine Sorgen, Chief Inspector. Wir kümmern uns darum. Stella und ich holen die Kinder zu uns ins Dorf.«

Fassungslos blickte Stella den beiden Polizisten hinterher. Da war Clapperton einmal rechtzeitig zu einer Ermittlung vor Ort – und nun wurde er wegen des Verdachts des Mordes von seinem eigenen Kollegen abgeführt. Der Mann hatte aber auch ein Pech!

Kapitel 9

Zielstrebig steuerte Stella den in die Jahre gekommenen Landrover den breiten Feldweg entlang. Schon seit sie vom Parkplatz auf dem Plateau gestartet waren, nahm sie ein leises, gleichmäßiges Klopfen wahr. Sie konnte jedoch nicht die Quelle des Geräusches ausmachen, egal wie sehr sie sich auch darauf konzentrierte. Sie wusste lediglich, dass es nicht das Pochen ihres eigenen Herzens war.

»Ich glaube, mit dem Motor stimmt etwas nicht. Hörst du auch dieses klopfende Geräusch?«

Jane, die auf dem Beifahrersitz saß, tätschelte liebevoll das Armaturenbrett des Wagens, woraufhin das Klopfen abebbte und schließlich ganz verstummte.

»Das ist nicht weiter dramatisch. Der gute Albert hat hin und wieder seine Anwandlungen.« Sie lächelte und kuschelte sich entspannt in den gepolsterten Sitz. »Mach dir keine Sorgen, Jack hat sich den Motor erst letzte Woche angesehen. Er funktioniert einwandfrei.«

»Das Auto heißt Albert?«, fragte Stella irritiert.

Jane kicherte. »Jeder braucht einen Namen – da bildet ein Auto keine Ausnahme. Und deinem Onkel hätte das mit Sicherheit gefallen.«

Onkel Albert war Janes verschollener Ehemann, der von einer Forschungsreise zum indigenen Volk der Andamanen nicht zurückgekehrt war. Stella hatte ihn nie getroffen und kannte ihn nur von Fotos und Erzählungen. Obwohl Alberts Verschwinden bereits Jahrzehnte zurücklag, war er in Janes Leben nach wie vor allgegenwärtig. Sie hielt die Erinnerung an ihn aufrecht, und Ernest Tattlebrook, der Buchhändler, mit dem Jane seit einiger Zeit liiert war, unterstützte sie dabei.

Stella warf einen raschen Blick aus dem rechten Seitenfenster, wo sie bereits das große graue Herrenhaus und den weitläufigen Park von Limestone Manor erkennen konnte. Der Wohnsitz von Lord Archibald Edgecombe und seiner, wie er es selbst zu nennen pflegte, missratenen Nachkommenschaft bot wie immer einen äußerst malerischen Anblick. Doch Stella wusste längst, dass die Idylle nur Fassade war. Sie war während der vergangenen Monate rund ein Dutzend Mal dort gewesen, immer in der Sorge, dass dem alten Lord etwas zustoßen könnte. Das Gerücht, dass seine Kinder und Enkel ihm nach dem Leben trachteten, hatte sie zwar bislang weder beweisen noch widerlegen können, aber die angespannte und bisweilen feindselige Stimmung, die hinter den Mauern herrschte, drängte sie zu Vorsicht und Wachsamkeit.

Sie ließen Limestone Manor hinter sich und passierten kurz darauf den Eselhändler, der wie immer seinen alten Karren und mehrere Esel bei sich hatte und ihnen lächelnd zuwinkte.

Stella dachte an ihre erste Begegnung mit dem seltsamen Mann zurück. Damals hatte er ihr einen Esel verkaufen wollen und war dabei recht aufdringlich gewesen.

Nach einer Weile erreichten sie eine Weggabelung und bogen auf eine schmale asphaltierte Straße Richtung Exeter ein.

»Meinst du wirklich, es ist eine gute Idee, Clappertons Kinder zu uns zu holen?«, fragte Stella, der das Thema seit dem Fiasko im Café unter den Nägeln brannte.

Jane nickte energisch. »Selbstverständlich. Man muss sich doch gegenseitig beistehen in der Not.«

»Aber die Kinder kennen uns doch gar nicht«, hielt Stella dagegen. »Sind wir nicht vollkommen fremd für sie?«

»Mich kennen sie«, rief Jane. »Bobby und Abigaile sind absolut reizend. Ich habe sie getroffen, als ich Joseph letztens eine meiner Tinkturen vorbeigebracht habe.«

»Joseph?« Stella zog die Augenbrauen hoch. »Seit wann nennst du den Chief Inspector beim Vornamen?«

»Na und?« Jane fuhr sich durchs Haar. »Du tust ja gerade so, als ob das ein Verbrechen wäre.«

»Ich wundere mich bloß«, entgegnete Stella. »Ich dachte immer, du seist nicht besonders gut auf ihn zu sprechen.«

Ihre Tante runzelte die Stirn. »Da musst du etwas verwechseln. Ich habe überhaupt nichts gegen ihn.« Sie nestelte am Sicherheitsgurt herum. »Gut, er ist vielleicht nicht gerade der fähigste Kriminalist – aber vermutlich wäre er besser, wenn er den Kopf freihätte. Doch davon einmal abgesehen, halte ich ihn für einen ehrlichen, integren Menschen und einen sehr guten und fürsorglichen Vater.«

Stella spähte in den Rückspiegel. Sowohl vor als auch hinter ihr bohrte sich die leere Landstraße wie ein gerader Strich in den Horizont.

»Warum kann seine Frau sich denn eigentlich nicht um die Kinder kümmern?«

Jane seufzte theatralisch. »Weil sie sich aus dem Staub gemacht hat. Sie hat sich nach Indien abgesetzt und ihn mit den Kindern allein gelassen.«

»Okay. Das ist heftig.«

»Genau. Kein Wunder, dass er überfordert ist.«

Stella nickte. »Da musstest du natürlich einspringen.«

Jane zuckte mit den Schultern. »Der arme Teufel tut mir eben leid. Und die Kinder können am allerwenigsten dafür.«

Lächelnd gab Stella ihrer Tante recht. Jane hatte schon immer ein ausgeprägtes Helfer-Syndrom gehabt.

»Weißt du, was mir nicht aus dem Kopf geht?«, fragte Stella und schickte die Antwort gleich selbst hinterher. »Die Sache mit der Voodoo-Puppe.«

Ein nachdenklicher, leicht verlegener Ausdruck trat in Janes Gesicht. »Das kann ich mir vorstellen.«

Stella bog in eine weitere Landstraße ab. »Ich meine, das passt doch irgendwie gar nicht zu ihm, oder? Er macht jetzt jedenfalls nicht den Eindruck, als ob er an schwarze Magie glaubt. Wo hat er dieses Ding überhaupt her?«

»Fragen über Fragen«, murmelte Jane leise und schaute aus dem Fenster zu einer Herde Schafe, die sich friedlich am grünen Gras labten.

»Jane?«

»Ja?«

»Du verhältst dich komisch.« Stella hielt das Lenkrad mit beiden Händen fest. »Ich hatte schon vorhin im Café das Gefühl, dass du mehr darüber weißt.«

Ihre Tante biss sich auf die Unterlippe.

»Willst du mir irgendetwas sagen, Jane?«

Für einen Moment schien Jane wie erstarrt. Dann atmete sie tief durch. »Also gut, die Voodoo-Puppe war meine Idee. Ich habe sie ihm gegeben.«

»Jane!«

»Er war so verzweifelt. Versetz dich doch bitte mal in seine Lage.«

Stella hob abwehrend die Hand, mit der anderen hielt sie weiter das Lenkrad umklammert. »Lieber nicht.«

»Ich wollte eben etwas tun, um ihm zu helfen.«

»Und da fällt dir als Erstes eine Voodoo-Puppe ein?« Stella zog die Stirn kraus. »Wäre ein Baldriantrank oder dergleichen nicht besser gewesen?«

»Die Puppe funktioniert doch gar nicht«, erwiderte Jane.

»Bist du sicher?«

»Natürlich! Sie kann ja gar nicht funktionieren, weil ich keine Voodoo-Priesterin bin.«

»Trotzdem.« Stella schob das Kinn vor. »Von solchen Dingen sollte man besser die Finger lassen.«

»Ach, jetzt sei doch bitte nicht so furchtbar streng mit mir«, murmelte Jane und schaute betreten drein. »Sieh es lieber als eine kleine, verrückte Aktion an, die ich mit den besten Absichten in Gang gesetzt habe.«

Stella nickte verständnisvoll. Ihr war nun klar, dass ihre Tante ein schlechtes Gewissen wegen der Voodoo-Puppe hatte und dass sie versuchte, es wiedergutzumachen, indem sie sich um die Kinder des Chief Inspectors kümmerte.

»Wie fandest du eigentlich Alices Auftritt vorhin?«, wollte Jane wissen. »Ich hatte jedenfalls eine Gänsehaut.«

Rasch rief sich Stella die Szene im Café in Erinnerung. »Ihre Erleichterung über Lennards Tod kann man sicher verstehen. Aber diese überschwängliche Freude hatte ich nicht erwartet. Na ja, immerhin war sie ehrlich.«

Jane nestelte an ihrem Sicherheitsgut herum. »Wusstest du, dass sie im Schlaf herumwandelt? Sie hat dabei schon die verrücktesten Dinge getan.«

»Was denn zum Beispiel?«

»Einmal hat sie ein Blumenbeet verwüstet, ein anderes Mal einen Handwagen demoliert. Und sie hat mal eine Wäscheleine zerschnitten und ein Windspiel geklaut.«

»Das heißt, sie wird im Schlaf kriminell?«, hakte Stella irritiert nach.

»Nicht immer, aber hin und wieder schon«, erwiderte Jane. »Sie ist da natürlich nicht zurechnungsfähig.«

Stella unterdrückte ein genervtes Stöhnen. Warum nahm Jane diese Frau in Schutz? »Meinst du, sie hat ihren Mann im Schlaf ermordet?«

»Wer weiß.« Jane zuckte mit den Schultern. »Auszuschließen ist es nicht.«

»Ich glaube ja eher, dass Alice an einer gespaltenen Persönlichkeit leidet«, meinte Stella. »Wie Dr. Jekyll und Mr. Hyde.« Das war von Anfang an ihr Eindruck gewesen. »Auf jeden Fall gehört sie zum Kreis der Verdächtigen.«

Jane nickte nachdenklich. »Vielleicht ist sie ja wirklich schlafgewandelt und hat gesehen, wie Lennard, der etwas Schäbiges mit dem Brunnen vorhatte, unter der schweren Skulptur begraben liegt. Sie nimmt sich den Schraubenschlüssel, den Lennard wohl dabeigehabt haben muss, und schlägt zu.«

»Gelegenheit macht Mörder«, fügte Stella hinzu. »Für den Anfang eine ganz brauchbare Theorie.«

Sie passierten das Ortseingangsschild von Merryweather, einer Kleinstadt im Herzen der Grafschaft Devon.

Jane deutete nach links. »Die Mary Debbenham Middleschool liegt in dieser Richtung.«

»Mary Debbenham?« Stella war sofort wie elektrisiert. »Etwa wie die Gouvernante in *Mord im Orientexpress*?«

Ein breites Lächeln umspielte Janes Lippen. »Ich glaube, die Schule wurde nach einer ehemaligen Direktorin benannt, die meines Wissens nicht in einem Poirot-Film mitgespielt hat.«

Ein wenig enttäuscht bog Stella nach links ab. Sie fragte sich, ob eigentlich schon mal eine Schule nach ihrer Lieblingsschriftstellerin Agatha Christie benannt worden war, und wenn nein, warum nicht.

Wenige Minuten später erreichten sie die Schule, ein

altes, von Wiesen und Bäumen umgebenes Backsteingebäude. Über dem Eingangsportal hing ein großes Willkommensbanner. Bunte Basteleien zierten die Fensterscheiben. Kinder tollten auf einem Sportplatz herum.

Nachdem Stella den Wagen geparkt hatte, stiegen sie aus und sahen sich um.

Stella entdeckte zwei Teenager, die im Schatten eines Ginkgobaumes saßen.

»Huhu!«, rief Jane fröhlich und schritt bereits auf die beiden zu.

Einer der Teenager, ein molliger Junge mit Brille und Mondgesicht, sprang auf und musterte die Neuankömmlinge kritisch. Das Mädchen, spindeldürr und mit langem zerzaustem Haar, fläzte weiterhin im Gras und starrte in den Himmel.

»Hallo, ihr zwei«, sagte Jane. »Euer Vater hat mich gebeten, euch abzuholen. Er ist … beruflich verhindert und schafft es leider nicht.«

Die beiden Kinder tauschten kurz Blicke.

»Okay«, murmelte Bobby.

Jane lächelte ihnen freundlich zu. »Ihr erinnert euch doch sicher an mich. Ich bin Jane.«

»Na klar«, meinte Bobby. »Die Kräuterhexe.«

Seine Schwester lachte.

Ohne Zögern stimmte Jane in das Gelächter ein. Als Hexe bezeichnet zu werden, fasste sie garantiert nicht als Beleidigung auf. Ganz im Gegenteil.

»Das ist meine Nichte Stella«, erklärte sie, nachdem das Lachen verebbt war. »Sie ist eine Detektivin.«

Bobby grinste. »Cool.«

»Arbeiten Sie mit unserem Vater zusammen?«, wollte Abigaile, die sich nun auch erhoben hatte, wissen.

Stella konnte sich immer noch nicht so richtig daran gewöhnen, als Detektivin vorgestellt zu werden. Das war ja damals bei Edna eigentlich nur eine Notlösung gewesen. Und diesmal, bei Lennard Waxflatter, handelte sie hauptsächlich aus persönlichem Interesse. »Also, eigentlich …«

»Auf ein Wort, Mrs. Clapperton«, schnitt eine Stimme ihr das Wort ab.

Jane und Stella drehten sich um. Vor ihnen stand eine junge schwarzhaarige Frau. Ihre angespannte Haltung und ernste Miene verhießen nichts Gutes.

»Huffkins«, stellte Jane sich vor. »Jane Huffkins.«

»Pardon. Mrs. Huffkins. Ich nehme an, Sie sind die Großmutter der beiden.« Es klang wie eine Feststellung, nicht wie eine Frage.

Jane kräuselte die Stirn. »Ähm …«

»Ja, sie ist unsere Oma«, rief Bobby euphorisch.

Abigaile trat an Stellas Seite und legte ihr eine Hand auf den Arm. »Und das ist unsere Tante.«

Die beiden kicherten.

Bevor Stella oder Jane etwas erwidern konnten, ergriff die schwarzhaarige Frau erneut das Wort. »Ich bin Miss Atkins, die Klassenlehrerin.« Sie verzog das Gesicht. »Leider ist Abigaile heute schon wieder auffällig geworden. Sie hat den Tafelschwamm und die Kreide entwendet und versucht, beides im Klo herunterzuspülen.«

»Das war ich nicht!«, entgegnete Abigaile postwendend.

Miss Atkins hob den Zeigefinger. »Leugnen ist zwecklos. Das kannst nur du gewesen sein.«

»Das will mir jemand anhängen«, rief Abigaile und stemmte empört die Hände in die Hüften.

»Haben Sie denn irgendwelche Beweise?«, wollte Jane wissen und verschränkte die Arme vor der Brust.

»Abigaile spielt mir ständig Streiche«, sagte Miss Atkins. »Ich habe schon aufgehört, sie zu zählen.«

Abigaile stampfte mit dem Fuß auf. »Das bin ich aber diesmal nicht gewesen.« Sie starrte ihre Lehrerin feindselig an, die den Blick erwiderte.

»Tja, tut mir leid, sie bestreitet die Tat«, sagte Stella. »Da müssen Sie schon konkrete Beweise vorlegen, ansonsten gilt die Unschuldsvermutung. Im Zweifel für den Angeklagten.«

Mit einem Ausdruck der größten Entrüstung machte Miss Atkins kehrt. »Sie werden noch von mir hören!«, rief sie und marschierte davon.

Abigaile applaudierte begeistert. »Wenn Sie als Detektivin mal pleitegehen sollten, können Sie immer noch als Anwältin durchstarten.«

»Was meine Schwester eigentlich sagen will, ist Danke«, fügte Bobby hinzu. Er knuffte Abigaile in die Seite.

»Danke«, murmelte das Mädchen.

»Ist schon gut«, meinte Stella. »Ich hoffe nur, dass du wirklich unschuldig bist.«

Ein Grinsen war Abigailes einzige Reaktion.

Bobby räusperte sich. »Steckt unser Vater denn in Schwierigkeiten?«

Jane vollführte eine wegwerfende Handbewegung. »Nichts, was sich nicht aufklären lässt. Macht euch keine Sorgen.« Sie fasste die Kinder bei der Hand. »Was haltet ihr davon, wenn ihr mit uns ins Dorf der Esel kommen würdet?«

Bobby rückte seine Brille gerade. »Leben da nur Esel, oder was?«

Seine Schwester lachte laut. »Oder sind die Leute dort so störrisch wie Esel?«

Jane blickte die beiden lächelnd an. »Warum findet ihr es nicht selbst heraus?«

Kapitel 10

Als sie Hillbrush erreichten, hatte die Abenddämmerung bereits eingesetzt. Unaufhaltsam näherte sich die glutrote Sonne dem unendlich weiten Horizont. Die Temperatur war angenehm mild, und ein leichter Wind wehte ihnen um die Nasen. Der wolkenlose Himmel glich einem orangeroten Flammenmeer.

Mit den beiden Kindern im Schlepptau betraten Stella und Jane das Plateau, von wo sich ihnen ein spektakulärer Blick über das Dorf bot. Die windschiefen Cottages, die an den steilen Felsen wie festgeklebt zu sein schienen, strahlten eine einladende Beschaulichkeit aus. Dazu die schmalen, abschüssigen Gassen. Und ganz unten der kleine malerische Hafen und das wunderschöne wild schäumende Meer.

Stella, die sich an dem eindrucksvollen Panorama noch immer kaum sattsehen konnte, atmete tief die salzhaltige Luft ein. Nie hätte sie gedacht, dass sie sich jemals in ein englisches Dorf verlieben würde. Aber so war es tatsächlich, und dieses Gefühl von Heimat, das sie immer durchströmte, sobald sie die Schwelle der Ortschaft passierte, würde ihr die Rückkehr nach Australien nicht leicht machen.

»Willkommen in Hillbrush!«, sagte Jane und breitete beschwingt die Arme aus. »Dem schrägsten Ort Großbritanniens.« Sie gluckste fröhlich und fasste Stella, die ihr glücklich zulächelte, an der Hand.

»Echt schräg«, murmelte Abigaile, während sie den steilen Abhang hinunterschaute.

Bobby wandte sich schmollend ab. »Zu dumm, dass ich mein Skateboard nicht dabeihabe.«

»Ja!« Seine Schwester nickte aufgeregt. »Oder wenigstens Inlineskates.«

Jane runzelte die Stirn. »Das ist das Erste, was euch in den Sinn kommt?« Sie neigte den Kopf zur Seite. »Solch draufgängerische Ideen würde euer Vater bestimmt nicht gutheißen. Wollt ihr euch etwa den Hals brechen?«

»Ach, uns passiert schon nichts«, rief Abigaile mit einer wegwerfenden Handbewegung. »Aber das versteht Daddy nicht – und ihr auch nicht. Ihr Erwachsenen habt einfach verlernt, wie man Spaß hat.«

Die beiden Geschwister sahen sich grinsend an.

»Ich glaube, da irrst du dich aber gewaltig«, entgegnete Jane mit einem schelmischen Lächeln. »Das wissen wir immer noch ganz genau.«

»Ja, klar«, rief Abigaile und lachte höhnisch. Sie boxte ihren Bruder scherzhaft in die Seite, woraufhin er in das Lachen einstimmte.

»Wenn ihr wollt, können wir nach unten reiten«, schlug Jane postwendend vor.

Abigaile verschränkte die Arme vor der Brust. »Sehen wir aus, als wären wir fünf?«

»Ponyreiten ist was für Babys!«, stimmte Bobby ihr zu.

Ein geheimnisvolles Schmunzeln huschte über Janes Gesicht. »Hier gibt es keine Ponys, sondern Esel.« Sie zuckte mit den Schultern. »Aber gut, ich habe mir ja schon gedacht, dass ihr euch das nicht zutraut.«

»Hey, das haben wir nie gesagt!«, rief Bobby.

»Ja, natürlich trauen wir uns das!«, fügte Abigaile mit grimmiger Miene hinzu. »Das wäre ja gelacht!«

Jane schüttelte den Kopf. »Wir lassen es lieber sein. Es ist sowieso viel zu gefährlich für euch.« Sie zwinkerte ihrer Nichte zu, und gemeinsam setzten sie sich in Bewegung und liefen in Richtung der Eselställe.

Die beiden Kinder holten sie rasch wieder ein.

»Also gut«, sagte Abigaile. »Wir sind dabei.«

Kurz darauf betraten sie das flache Gebäude aus grauem Stein, in dem sich die Stallungen befanden. Sie folgten einem schmalen Gang, während von rechts und links die Esel neugierig aus ihren Boxen lugten.

Schließlich öffnete Jane eine der Boxentüren, und zwei Esel – ein großer brauner mit zerklüfteten Ohren und ein kleiner mit mausgrauem Fell – drängten sich ihr entgegen.

Stella trat an die Seite ihrer Tante und tätschelte Hubble und Edison, die sie vor der Fahrt nach Merryweather hier untergestellt hatten.

»Das ist Hubble«, sagte Jane und strich dem kleineren Esel über den mausgrauen Rücken.

Bobby trat vorsichtig einen Schritt näher. »Wie das Weltraumteleskop?«

»Ganz genau«, sagte Stella und schlang einen Arm um den großen braunen Esel. »Und dieser Frechdachs hier ist Edison.«

»Wie der berühmte Erfinder Thomas Edison?«, fragte Bobby.

Jane nickte. »Stimmt.«

Abigaile, die nur zögerlich näher kam, musterte die Esel kritisch. »Der Typ, der die Glühlampe erfunden hat?«

»Thomas Edison hat die Glühlampe patentieren lassen«, korrigierte sie ihr Bruder. »Erfunden hat sie ein anderer.« Er streckte seine Hand aus, und Hubble schnupperte daran.

»Beißen die?«, wollte Abigaile, die noch immer unschlüssig herumstand, wissen.

»Nur, wenn man sie ärgert«, erwiderte Jane schmunzelnd. Sie winkte das Mädchen zu sich heran. »Nur zu, ihr könnt die Esel gern streicheln. Sie mögen es besonders, wenn man sie hinter den Ohren krault.« Sie strich behutsam über Edisons zerklüftete Ohren, was der Esel mit einem wohligen Schnauben quittierte.

Bobby vergrub bereits seine Hände in Hubbles zotteligem Fell. Seine Schwester zögerte noch immer.

»Probier mal!«, rief Bobby ihr zu. »Die sind ganz weich und flauschig.«

Vorsichtig berührte Abigaile Edisons kurze, bürstenartige Mähne. Dann ließ sie ihre Hände zu den langen Ohren wandern, die sie ausgiebig kraulte.

Erstaunt beobachtete Stella das Geschehen. Die sonst so frechen und ungestümen Esel verharrten vollkommen ruhig und gaben sich ganz den Streicheleinheiten hin. Ebenso schienen auch die Kinder ganz von der Begegnung mit den Eseln eingenommen zu sein.

»Schau mal, wer zu Besuch kommt«, murmelte Jane und tippte Stella auf die Schulter.

Rasch schaute Stella in den Gang, wo Miss Marple ihnen entgegenkam. Die blaugraue Eselstute blieb vor Stella stehen und schaute sie aus ihren großen treuen Augen an.

Jane öffnete die gegenüberliegende Stalltür. »Na, Oscar, wie wär's? Lust, die Hufe zu schwingen?«

Oscar, ein großer pechschwarzer Esel, gab ein lang gezogenes I-ah von sich.

Wenig später ritten sie die steile Hauptstraße hinab. Stella preschte auf Miss Marple voran, gefolgt von Bobby und Abigaile auf Hubble und Edison. Jane, die mit Oscar einen eher behäbigen Eselwallach gewählt hatte, bildete das Schlusslicht.

»Haltet euch gut an der Mähne fest«, rief Stella, während sie sich ebenfalls an Miss Marples Mähne festkrallte.

Hinter ihr jauchzten die Kinder vor Begeisterung.

»Das ist definitiv besser als Skateboard fahren!«, bemerkte Bobby fröhlich.

»Und auf jeden Fall besser als Inlineskates«, stimmte seine Schwester ihm zu.

Sie passierten den kleinen gepflasterten Platz, an dem sich Audreys Café und Bäckerei befanden, ließen den Gemischtwarenladen und den Pub hinter sich und kamen erst am Ende des Kais, der sich wie eine Sichel auf dem Meer erstreckte, zum Stehen.

»Noch mal!«, riefen Bobby und Abigaile wie aus einem Mund.

»Ein andermal gern«, entgegnete Jane und nickte in Richtung der untergehenden Sonne. »Es wird bald dunkel, weshalb wir uns lieber auf den Weg zu meinem Cottage machen werden.« Als die Kinder protestieren wollten, hob sie die Hand. »Kommt, ich koche uns ein leckeres Abendessen.«

»Reitet doch schon vor«, sagte Stella und schwang sich flugs von Miss Marples Rücken herunter. »Ich will noch mal im Pub vorbeischauen. Vielleicht erfahre ich dort noch etwas, das uns bei den Nachforschungen zu Lennard Waxflatters Tod behilflich sein kann.«

Bobby beugte sich neugierig vor. »Ermitteln Sie gerade in einem Mordfall?«

Stella nickte. »Notgedrungen.«

»Wieso ist Daddy dann nicht hier?«, fragte Abigaile.

Jane und Stella tauschten kurz Blicke.

»Er war schon am Vormittag da«, antwortete Jane. »Jetzt … wird er anderweitig gebraucht.«

»Er hat gerade ein paar Probleme mit seinem Chef,« fügte Stella hinzu. »Er muss etwas mit ihm klären. Deshalb hat er mich gebeten, ihm zu helfen. Und das werde ich auch.«

»Danke«, erwiderte Bobby. »Das ist nett von Ihnen.«

Abigaile verdrehte die Augen. »Schleimer!«, zischte sie und schnitt ihrem Bruder eine Grimasse. »Merkst du denn nicht, dass die uns irgendwas verheimlichen?«

Bobby rutschte unruhig auf dem Eselrücken hin und her.

»Ist er abgehauen wie unsere Mutter?«, platzte es aus Abigaile heraus.

Jane schüttelte vehement den Kopf. »Nein, ganz bestimmt nicht. Er …«

»Er wurde verhaftet«, sagte Stella. Die Kinder hatten ein Recht darauf, die Wahrheit zu erfahren.

Die Geschwister sahen sich erschrocken an.

»Hä?« Abigailes Gesichtsausdruck war ein einziges Fragezeichen. »Wieso?«

»Wegen dem, was hier passiert ist«, murmelte Bobby und nickte nachdenklich, als wüsste er über alles Bescheid. »Wegen des Toten.«

»Macht euch keine Sorgen, Kinder«, sagte Jane hastig. »Die Anschuldigungen gegen euren Vater sind haltlos. Er wird schon bald wieder bei euch sein.«

Bobby rückte seine Brille gerade. »Wir möchten bei den Nachforschungen gerne mithelfen.« Er warf seiner Schwester einen auffordernden Blick zu, doch Abigaile starrte bloß grimmig zu Boden.

»Danke«, entgegnete Stella, »aber im Moment helft ihr mir am meisten, wenn ihr mit Jane nach Hause geht und euer Abendessen zu euch nehmt.«

Der Junge zog ein enttäuschtes Gesicht, und seine Schwester murmelte etwas Unverständliches vor sich hin.

»Kommt, ihr müsst doch einen Bärenhunger haben«, meinte Jane und winkte ihrer Nichte zu. »Bis später!« Sie tätschelte sanft Oscars Hals und ritt mit den Kindern davon.

Stella sah ihnen nach, bis sie aus ihrem Blickfeld verschwunden waren. Dann lief sie geradewegs auf den Pub zu.

Miss Marple ging leichtfüßig neben ihr her. An der Tränke hielt sie an, um ihren Durst zu stillen.

»Bis später, wenn du magst«, sagte Stella und strich der Eseldame sanft über die Stirn. Miss Marple schnaubte leise.

Der Pub *Zum betrunkenen Esel* machte seinem Namen wieder einmal alle Ehre. Gut zwei Dutzend Dorfbewohner bevölkerten den Gastraum, die meisten waren stark alkoholisiert.

Stella winkte Gavin, der hinter dem Tresen stand und Bier zapfte. Der junge Pub-Betreiber nickte ihr lächelnd zu.

»Auf Merlin, einen Superhelden in Eselgestalt, der uns von diesem scheußlichen Tyrannen befreit hat!«, rief Massimo Morelli, der mit Jack Whitley und einigen anderen an einem Tisch in der Mitte des Gastraums saß. Er stemmte sein halb volles Bierglas in die Höhe und rülpste leise.

»Auf Merlin!«, echote es von allen Seiten.

»Er ist eben ein echter Zauberer«, lallte Jack. Er ahmte mehr schlecht als recht Massimos Bewegung nach und leerte sein Glas in einem Zug.

Gavin kam mit einem voll beladenen Tablett und teilte eine neue Ladung frisch gezapftes Bier aus. »Erst rettet er Artus, und nun rettet er uns.«

»Jeder Ort sollte einen Merlin haben«, rief Massimo euphorisch. Er reichte Gavin sein leeres Glas, nahm ein neues entgegen und betrachtete es so andächtig, als wäre es ein Siegerpokal.

Jack grinste wie ein Honigkuchenpferd. »Aber nur wir haben wirklich einen.«

»Der Frieden im Dorf ist endlich wiederhergestellt.« Gavin nickte schmunzelnd und drückte Stella ein volles Bierglas in die Hand. Er zwinkerte ihr zu. »Heute Abend geht das Bier aufs Haus.«

Normalerweise machte sich Stella nicht viel aus Alkohol, doch heute, nach all der Aufregung, beschloss sie, sich ein paar Schlucke zu gönnen. Ihr Blick fiel auf Craigory Valentine, der allein an einem Tisch in der Ecke saß und etwas in seinen Laptop tippte. Was mochte er als Außenstehender von dieser seltsamen Feiertagsstimmung halten? Sicher wusste er es gar nicht richtig einzuordnen.

Ohne Zögern ging sie zu ihm. »Darf ich mich zu Ihnen setzen?«

Valentine sah auf. »Aber gern.« Er deutete auf den freien Stuhl. »Miss Honeycut, richtig?«

Stella nickte. »Wie schön, dass Sie noch da sind.« Sie nahm Platz und stellte das Glas auf den Tisch. »Ich hatte vermutet, Sie seien bereits abgereist.«

»Der Vikar hat mich gebeten, noch zu bleiben«, entgegnete der Historiker. »Er ist sehr zuversichtlich, dass wir die Einweihung des Brunnens in ein bis zwei Tagen nachholen können.«

Ein breites Lächeln trat in Stellas Gesicht. »Darüber würden sich hier alle freuen.«

Craigory Valentine betrachtete die trinkfreudigen Dorfbewohner. »Im Moment ist der Grund für die Freude aber ein anderer, wie mir scheint.«

»Das muss Ihnen bizarr vorkommen, ich weiß«, sagte Stella.

»Bizarr – ja, das trifft es ganz gut.« Valentine berührte mit der Fingerkuppe den Rand einer Espressotasse, die neben seinem Laptop stand. »Ein Mensch wurde ermordet – und alle feiern.«

Stella hob abwehrend die Hände. »Sie feiern nicht, dass ein Mensch gestorben ist, sondern, dass sie diesen speziellen Zeitgenossen los sind und er sie nicht mehr drangsalieren kann.«

Der Historiker musterte sie neugierig. »War er denn wirklich so schlimm?«

»Schlimmer. Sie haben ihn ja gestern Nachmittag am Brunnen selbst kurz erlebt – so aggressiv und feindselig war er eigentlich immer.«

»Hatte dieser Mann denn gar keine Freunde?«, hakte Craigory Valentine nach.

»Da fällt mir niemand ein«, erwiderte Stella und zuckte mit den Schultern. »Zumindest nicht hier bei uns im Dorf.«

»Dann kann er mir nur leidtun. Dieser Mann muss sehr einsam gewesen sein.«

Stella trank einen Schluck Bier. Von dieser Seite hatte sie das noch nie betrachtet. Dennoch war sie nach wie vor der Meinung, dass sich Lennard Waxflatter seine Unbeliebtheit in erster Linie selbst zuzuschreiben gehabt hatte. Und doch: Ein solches Ende hatte nicht mal ein Scheusal wie er verdient.

Sie schaute zu Massimo, Jack und den anderen Leuten aus dem Dorf, die noch immer den Esel Merlin lobpreisten.

»Was hat es eigentlich mit dieser Esellegende auf sich?«, wollte sie wissen.

In den Augen des Historikers flammte sofort Begeisterung auf. »Es gibt in dieser Gegend zahlreiche mündliche Überlieferungen, die sich jedoch alle auf einen alten Liedtext aus dem 9. Jahrhundert beziehen. Demnach soll ein Junge, der später – so heißt es wörtlich – die Krone trug, von einer Schlange gebissen und schwer verwundet worden sein. Ein Esel fand den Jungen und trug ihn heim, wo man seine Verletzung versorgte und er wieder ganz genesen konnte. Als der Junge später zum Mann gereift war und sein Schwert zog, gab sich der Esel ihm in Gestalt eines Magiers zu erkennen.«

Also ein Esel, der über magische Fähigkeiten verfügte und seine Gestalt verändern konnte, dachte Stella. Sie hatte ja schon immer das Gefühl gehabt, dass an den Eseln in diesem Dorf mehr dran war, als man auf den ersten Blick erkennen konnte.

Ein Räuspern riss sie aus ihren Gedanken.

»Entschuldigung, darf ich kurz stören?«

Es war Gavin, der Pub-Besitzer. Er beugte sich zu Stella. »Ich muss dir unbedingt etwas zeigen«, raunte er ihr zu.

Stella sah zu Valentine. »Bitte entschuldigen Sie mich.«

Craigory Valentine nickte, und Stella folgte Gavin hinter den Tresen.

»Ich habe doch letzte Woche den Keller aufgeräumt. Da standen noch viele alte Sachen von den Vorbesitzern herum. Und weißt du, was ich gefunden habe?« Gavins Gesicht glühte förmlich vor Begeisterung.

»Keine Ahnung«, sagte Stella ein wenig irritiert.

Gavin musterte sie lächelnd und schien den Moment voll auszukosten. »Ein Schild.« Er grinste. »Ich denke, das wird dich interessieren.«

Wie aus dem Nichts zauberte er ein rechteckiges Emailleschild hervor, nicht größer als eine Postkarte. Darauf stand auf beigefarbenem Grund und in dunklen Lettern ein einziger kurzer Satz.

In diesem Gasthaus rastete Agatha Christie.

Stella schnappte nach Luft. »Ist dir klar, was du da gefunden hast?« Ihre Stimme überschlug sich fast. »Das ist eine echte Sensation!«

»Ich wusste, dass es dir gefallen wird«, sagte Gavin und wandte sich sehr zufrieden wieder dem Zapfhahn zu.

»Weißt du etwas über dieses Schild?«, hakte Stella nach. »Gibt es vielleicht irgendwelche Aufzeichnungen darüber? Einen Brief oder ein Gästebuch?«

Gavin zuckte mit den Schultern. »Tut mir leid, aber da kann ich dir leider nicht helfen. Falls es irgendwelche Dokumente gibt, werden sie wohl in der Bibliothek von Lord Edgecombe liegen. Da werden alle alten Schriftstücke des Dorfes aufbewahrt.«

Natürlich! Der Bibliothek von Lord Archibald Edgecombe hatte sie schon längst einen Besuch abstatten wollen. Zwar war sie schon einige Male zu Gast auf Limestone Manor gewesen, doch immer wenn sie sich der Bibliothek auch nur genähert hatte, war irgendetwas anderes dazwischengekommen.

»Du kannst das Schild gerne mitnehmen, wenn du möchtest«, sagte Gavin. »Ich schenke es dir von Herzen gern.« Seine Augen funkelten, als er sich näher zu ihr heranbeugte. »Wenn ich dir damit eine Freude machen kann, würde mich das sehr glücklich machen.«

»Danke, ich weiß, wie lieb du es meinst.« Stella drückte ihm einen Kuss auf die Wange. »Doch dieses Schild gehört genau hierher.« Sie legte es vorsichtig auf den Tresen. »Du solltest es irgendwo gut sichtbar anbringen, damit es den Besuchern auffällt. Das ist die beste Werbung für das Gasthaus.«

Gavin sah sie verträumt an. »Okay, aber dann suchst du den Platz dafür aus. Du kannst das besser als ich.«

»Einverstanden.« Stellas Herz hüpfte vor Freude, so wie es das immer tat, wenn sie sich mit ihrer Lieblingsschriftstellerin beschäftigte. Wer hätte gedacht, dass dieser stressige Tag einen solch schönen Ausgang nehmen würde?

Kapitel 11

Am nächsten Morgen machte sich Stella gleich auf den Weg zur Gin-Destillerie. Vorher hatte sie noch mit Tiberius telefoniert und ihn gefragt, ob er sie nicht begleiten wolle. Da sie die Nachforschungen zum Fall der ermordeten Edna Inglethorpe gemeinsam bestritten hatten, war Stella davon ausgegangen, dass er auch diesmal wieder mit von der Partie sein würde. Doch der pensionierte Militärarzt, der in seinem umgestalteten Garten seit Neuestem Rosen züchtete oder die Zeit mit seinen Eseln verbrachte, hatte dankend abgelehnt. Falls sie seinen Rat brauche, sei er gerne für sie da, hatte er beteuert. Alles Weitere schaffe sie sicher allein.

Entschlossen, die wahren Hintergründe zu Lennard Waxflatters Tod herauszufinden, betrat Stella die Destillerie.

Lucas Wilder, ein schmallippiger Hüne um die dreißig, stand hinter dem Verkaufstresen über einen Stapel Papiere gebeugt. Er trug nietenbesetzte Jeans, ein ausgewaschenes AC/DC-T-Shirt und hatte seine langen haselnussbraunen Haare zu einem Pferdeschwanz zusammengebunden.

Er sah auf und lächelte. »Hallo, Stella!« Er schob hastig die Papiere zusammen und verstaute sie in einer

Schublade. »Du bist bestimmt wegen der Sache mit Lennard hier.«

Stella zog die Stirn kraus. Warum scheuten sich die Menschen nur so oft davor, die Dinge beim Namen zu nennen? Es war nicht nur eine Sache, sondern Mord.

Sie nickte. »Ja, ich würde mir sehr gerne Lennards Büro anschauen.«

»Natürlich.« Lucas deutete auf einen Durchgang hinter dem Tresen, der in einen dunklen Flur führte. »Immer geradeaus, die Treppe hoch und dann links.«

»Außerdem möchte ich mich mit Alice unterhalten«, fügte Stella hinzu. »Ist sie da?«

Lucas schüttelte den Kopf. »Sie ist im Morgengrauen mit Poseidon zu einer Wanderung aufgebrochen.«

Eine Eselwanderung im Morgengrauen? Normalerweise kam Alice wegen ihrer Schlafmittel frühmorgens nur schwer aus dem Bett. »Weißt du, wann sie zurück sein wird?«

»Keine Ahnung.« Lucas wandte sich einem breiten Regal zu, in dem Dutzende von Ginflaschen aufgereiht waren. »Sie braucht jetzt vor allem ein wenig Zeit für sich, um das alles verarbeiten zu können.«

»Nur gut, dass du hier solange die Stellung hältst«, meinte Stella.

Lucas füllte einzelne Lücken mit neuen Ginflaschen auf und vergewisserte sich, dass sie in genau gleichem Abstand zueinander standen. »Das ist selbstverständlich. Ich halte ihr den Rücken frei, so gut ich kann.«

Stella musterte ihn nachdenklich. »Du hast sie sehr gern, nicht wahr?«

Er nickte. »Sie ist eine tolle Frau.« Vorsichtig verschob er eine der Flaschen um ein paar Millimeter und drehte sie, sodass das Etikett genau nach vorne zeigte. Dann trat er einen Schritt zurück und prüfte erneut sein Werk.

Über Alice, das wusste Stella, gingen die Meinungen im Dorf weit auseinander. Viele Dorfbewohner sahen in ihr nur eine schwache, bemitleidenswerte Frau, die sich wegen ihrer lieblosen und toxischen Ehe in eine selbst geschaffene Traumwelt zurückgezogen hatte. Die meisten hielten sie für ein hysterisches Nervenbündel, ein hoffnungsloses Wrack. *Alice im Wunderland* wurde sie deshalb von manchen genannt. Nur ganz wenige, darunter Jane und Stella, kannten Alices raue und entschlossene Seite. Eine Seite, die mit mordlüsternen Gedanken und sehr vielen negativen Gefühlen einherging.

»Außerdem hat sie es in den letzten Jahren wirklich nicht leicht gehabt«, fügte Lucas hinzu. »Aber zum Glück ist das nun ein für alle Mal vorbei.«

»Ja, es ist sicher eine Erlösung für sie«, stimmte Stella ihm zu. »Und für die Destillerie wird Lennards Ableben auch von Vorteil sein.«

»Es ist die Rettung vor dem Untergang«, bestätigte Lucas, während er an einen Packtisch trat und einen kleinen Pappkarton für den Versand vorbereitete. »Lennards Unternehmensführung war, gelinde gesagt, chaotisch und impulsiv. Er hatte keinerlei Ahnung, aber dafür jede Menge dummer Ideen.«

Das ist keine gute Kombination, dachte Stella, obwohl diese Information nicht neu für sie war. Alice hatte bei ihrem letzten Besuch ja bereits erwähnt, dass es wegen Lennards ständigem Richtungswechsel akute geschäftliche Probleme gab.

»Wie schlimm ist es?«, wollte sie wissen.

»Wir sind in den roten Zahlen«, gab Lucas offen zu, hob jedoch beschwichtigend die Hand. »Aber noch ist nichts verloren. Wenn wir uns jetzt auf unsere Wurzeln konzentrieren, ein paar gute Aufträge an Land ziehen und Qualität statt Masse produzieren, kriegen wir das schon wieder hin.«

»Deine Zuversicht ist wirklich bewundernswert.« Lächelnd steuerte Stella auf den Durchgang hinter dem Verkaufstresen zu. »Ich schaue mir mal das Büro an.«

»In Ordnung«, erwiderte Lucas. »Ich bin hier, falls du mich brauchst.«

Das Büro war ein winziges Kabuff, in dem ein klobiger vertäfelter Schreibtisch samt Drehstuhl den überwiegenden Platz einnahm.

Flugs streifte sich Stella die Gartenhandschuhe, die sie sich extra für diesen Besuch eingesteckt hatte, über. Für den unwahrscheinlichen Fall, dass es doch noch eine polizeiliche Untersuchung dieses Raumes gab, wollte sie auf gar keinen Fall ihre Fingerabdrücke hinterlassen. Sonst landete sie am Ende auch noch in Untersuchungshaft, genau wie Joseph Clapperton. Dem übereifrigen Sergeant Chakraborty war alles zuzutrauen.

Sie setzte sich in den Drehstuhl und ließ den Blick durch das kleine Zimmer schweifen. Die weiß tapezierten Wände waren bis auf eine runde, laut tickende Uhr nackt und kahl. Die graue Auslegeware zeigte deutliche Spuren von Abnutzung, und ein halb voller Papierkorb vegetierte einsam in der Ecke. Es gab eine Deckenleuchte und eine Schreibtischlampe, und durch ein Fenster fiel Tageslicht herein. Auf dem Schreibtisch befanden sich außerdem ein Computer sowie ein Organizer, in dem zwei Bleistifte, ein Kugelschreiber und ein Dutzend Büroklammern eine trostlose Gemeinschaft bildeten.

Stella schaltete den Computer ein, woraufhin auf dem Monitor eine Eingabemaske erschien, die sie nach Benutzernamen und Passwort fragte.

Mist! Ohne die Zugangsdaten kam sie nicht weiter.

Unterhalb der Tischplatte fiel ihr eine Schublade auf. Sie zog an dem Griff, doch nichts rührte sich. Abgeschlossen.

Was Lennard Waxflatter wohl darin aufbewahrt hatte?

Rasch ging Stella bis zum oberen Absatz der Treppe zurück. »Lucas?«, rief sie hinunter.

Gleich darauf tauchte der Hüne am Fuß der Treppe auf. »Ja?«

»Kennst du vielleicht Lennards Computerpasswort?«, fragte Stella. »Und weißt du, wo der Schlüssel für die Schublade an seinem Schreibtisch sein könnte?«

»Weder das eine noch das andere, tut mir leid.«

»Wo könnte er das aufbewahrt haben?«

»Ich weiß nicht.« Lucas rieb sich das Kinn. »Mit dem Passwort kann ich dir definitiv nicht helfen, aber um die Schublade könnte ich mich kümmern.«

Stella nickte lächelnd. »Das wäre fabelhaft.«

Keine drei Minuten später hebelte Lucas die Schublade mit einem Brecheisen auf.

So kann man es auch machen, dachte Stella, halb erschrocken, halb amüsiert. Lucas' unkonventionelle, beherzte Art hatte wahrlich etwas Erfrischendes.

»Ich bin wieder unten«, rief er ihr zu, während er das Brecheisen schulterte.

Vorsichtig zog Stella die Schublade auf. Ein schmales, in schwarzes Leder gebundenes Notizbuch kam zum Vorschein. Sie nahm es in die Hand und blätterte durch die ersten Seiten, die über und über mit Buchstaben und Zahlen beschrieben waren. Da stand zum Beispiel AM1200, HG2500 oder JW500. Immer zwei Buchstaben, gefolgt von drei oder vier Zahlen. Stella konnte sich keinen Reim darauf machen, doch beschlich sie ein beunruhigender Gedanke. Möglicherweise waren die Zahlen Geldbeträge und die Buchstaben Initialen. Es war durchaus denkbar, dass Lennard Waxflatter einige Leute aus dem Dorf und der näheren Umgebung erpresst hatte.

Stella zog ihr Smartphone aus der Tasche und fotografierte die beschriebenen Seiten ab. Anschließend packte sie das Notizbuch in die Schublade zurück.

Ihr Blick fiel erneut auf den Papierkorb in der Ecke. Aus einem Instinkt heraus ging sie hin und drehte ihn um, woraufhin sich der Inhalt auf der grauen Auslegeware ergoss. Neugierig wühlte sie sich durch leere Einwegkaffeebecher, zerknüllte Zettel und Papierservietten. Jeden einzelnen Zettel faltete sie sorgsam auseinander. Auf den meisten waren nur Kritzeleien und Geschmiere, doch einer erwies sich als sehr interessant. Da stand mit leicht zittriger Handschrift geschrieben:

Lennard, dafür, dass du mich und meine Familie in den Ruin getrieben hast, sollst du in der Hölle schmoren! Mein Gin war der beste des Landes, kein Vergleich zu deinem wässrigen Gepansche.

Ich werde nicht eher ruhen, bis ich dir das Handwerk gelegt habe! Du wirst es auf ewig bereuen!

Alistair

Sieht aus wie ein Drohbrief eines Konkurrenten, dachte Stella und fotografierte das Dokument. Dann räumte sie alles in den Papierkorb zurück.

Sie ging wieder nach unten in den Verkaufsraum.

»Hast du was gefunden?«, erkundigte sich Lucas, der emsig den Raum fegte.

»Ein paar Dokumente, die ich abfotografiert habe und noch auswerten will«, sagte Stella.

»Ah, du lässt dir nicht in die Karten gucken, wie?«

Ein Lächeln huschte über Stellas Gesicht. »Wie lange arbeitest du eigentlich schon hier?«

Lucas schwang den Besen. »Das werden bald fünf Jahre.«

»Eine ziemlich lange Zeit. Da hast du sicher auch das Drama um Alices Vater mitbekommen.«

»Ja, na klar.« Lucas hielt inne und stützte sich auf dem Besenstiel ab. »Unglaublich, das ist jetzt schon wieder zwei Jahre her.«

»Denkst du auch, dass es Selbstmord war?«, wollte Stella wissen.

Lucas zuckte mit den Schultern. »Ich weiß nicht.« Langsam, fast im Zeitlupentempo, setzte er seine Arbeit fort. »Jim litt zwar an Depressionen, aber dass er sich selbst das Leben nehmen würde, damit hätte ich niemals gerechnet.«

»Also zweifelst du an dieser Theorie?«, hakte Stella nach.

Ein Ausdruck des Misstrauens trat in Lucas' Gesicht. »Ist es denn überhaupt wichtig, was ich darüber denke?«

Stella nickte ernst. »Mich interessiert es.«

»Ich dachte, du willst herausfinden, wer Lennard umgebracht hat.«

Für einen Moment begegneten sich ihre Blicke.

»Das eine schließt das andere doch nicht aus«, entgegnete Stella.

Lucas seufzte. »Vielleicht ist es besser, die Angelegenheit mit dem alten Jim ruhen zu lassen.« Er lehnte den Besen an die Wand. »Besser für Alice, meine ich. Sie macht schon genug durch.«

»Alice hat vor allem das Recht, die Wahrheit zu erfahren«, sagte Stella und verschränkte die Arme vor der Brust. »Ich bin mir sicher, dass sie unbedingt wissen will, was damals mit ihrem Vater geschehen ist.«

Lucas atmete geräuschvoll aus. »Und wenn diese Wahrheit sie nur noch mehr erschüttern würde? Wäre es dann nicht unsere – oder eben meine – Pflicht, sie davor zu beschützen?«

»Man kann einen Menschen nicht in Watte packen«, erwiderte Stella. »Die Wahrheit mag schmerzhaft sein, aber alles ist besser, als ein Konstrukt aus Lügen aufzubauen, das früher oder später doch in sich zusammenfällt.«

Ein Ausdruck des Bedauerns trat in Lucas' Gesicht. »Angelogen habe ich Alice nie.«

Stella griff nach seiner Hand. »Wenn du also irgendetwas über den Tod von Alices Vater weißt, dann halte es bitte nicht länger zurück.«

Er nickte und trat von einem Bein aufs andere, als würde er abwägen, was er ihr erzählen sollte. »Es ist nicht viel, nur eine Kleinigkeit.«

»Kleinigkeiten sind manchmal entscheidend.« Das wusste Stella aus den vielen Kriminalromanen, die sie gelesen hatte. »Jedes noch so unbedeutend anmutende Detail kann zur Lösung eines Rätsels beitragen.«

Für einen Moment verharrte Lucas schweigend mit gesenktem Blick, dann schaute er Stella unvermittelt an. »Ich habe an dem Morgen, an dem es passierte, Jim und Lennard in Richtung der Klippen laufen gesehen.« Seine Miene war ein einziger Ausdruck von Seelenpein. »Sie haben miteinander gestritten. Das haben sie eigentlich immer.«

Stella runzelte die Stirn. »Hast du das der Polizei gesagt?«

»Ich wurde überhaupt nicht gefragt«, erwiderte Lucas. »Niemand hat mit mir darüber auch nur ein Wort gewechselt. Und Alice war sowieso schon mit den Nerven am Ende. Da wollte ich sie nicht auch noch damit belasten.«

»Dann hast du es also für dich behalten?«

Lucas massierte sich die Schläfen. »Na ja, ich habe Lennard einige Wochen später einmal darauf angesprochen.«

»Wie hat er reagiert?«, wollte Stella wissen.

»Er hat mich ausgelacht und mit seinen üblichen Beleidigungen um sich geworfen.«

Stella nickte. »Er war sicher sehr fies zu dir.«

»Das war er meistens, daran hatte ich mich längst gewöhnt.« Lucas lachte bitter. »Ich habe ein dickes Fell. Muss man haben, wenn man in diesem Laden nicht verrückt werden will.«

»Du hast Lennards Bosheiten einfach hingenommen, ohne dich zu wehren?«

»Das meiste ist an mir abgeprallt. Aber was ich wirklich unerträglich fand, war, wie er mit Alice umgegangen ist.« Lucas ballte die Hände zu Fäusten. »Dafür hätte ich ihn am liebsten …« Er boxte ein paar Mal theatralisch in die Luft.

»Ja? Bitte sprich weiter.«

»Ich hätte ihm am liebsten das dämliche Grinsen aus dem Gesicht geschlagen.«

Stella musterte ihn eindringlich. »Hast du?«

»Nein.« Lucas schüttelte den Kopf und blickte beschämt zu Boden. »Ich war zu feige dazu.«

Noch ein Mann, der Friedfertigkeit mit Feigheit verwechselte, dachte Stella. Genau wie Joseph Clapperton.

Was der Chief Inspector wohl gerade machte? Und wie lange er noch festgehalten werden würde? Hatten seine Kollegen etwas Handfesteres als diese Voodoo-Puppe gegen ihn vorzubringen? Wer war mit den Ermittlungen betraut worden? Fragen über Fragen.

Stella beschloss, als Nächstes dem Polizeirevier in Exeter einen Besuch abzustatten. Nur dort würde sie die Antworten finden, die sie suchte.

Sie betrachtete Lucas, der immer noch wie ein Häufchen Elend wirkte.

»Eine Frage noch – und die ist wirklich wichtig! Glaubst du, dass Lennard seinen Schwiegervater ermordet und die Klippen hinuntergestoßen hat?«

Lucas biss sich auf die Unterlippe. Sein Gesicht war aschfahl. »Das hätte ich ihm zugetraut«, sagte er schließlich. »Ja, ich denke, dass es so gewesen ist.« Er ließ die Schultern noch ein wenig tiefer hängen. »Aber die Polizei hat das damals anders gesehen – und ohne irgendeinen Beweis konnte ich ja nichts machen.«

»Du hast Alice ihrem Schicksal überlassen«, konterte Stella sofort.

»Das kannst du mir nicht vorwerfen.« Lucas hob abwehrend die Hände in die Höhe. »Ich habe immer ein Auge auf sie gehabt.« Er reckte energisch das Kinn vor. »Und ich passe auch weiterhin auf sie auf.« In seiner Stimme schwang absolute Entschlossenheit mit. »Das verspreche ich dir.«

Kapitel 12

Die Polizeidienststelle von Exeter war in einem grauen kastenförmigen Gebäude untergebracht und glich einer Baustelle, an der die Arbeit an diesem Samstag zu ruhen schien. Sowohl die Fassade als auch mehrere der hohen Wände waren mit Stahlgerüsten verkleidet. Der Boden war mit einer dicken, durchsichtigen Malerfolie ausgelegt, und überall stapelten sich Farbeimer, Pinsel und Tapetenrollen.

Detective Sergeant Navin Chakraborty saß an einem vollgepackten Schreibtisch hinter dem Tresen und heftete emsig Dokumente ab. Eine große altersschwache Klimaanlage, die über ihm an der Wand montiert war, stieß eine Reihe alarmierender Geräusche aus, so als funke jemand ununterbrochen S-O-S. Dazu lag ein betörend würziger Duft in der Luft. Es roch nach Kurkuma, Ingwer, Kardamom, Knoblauch und Zimt.

Stella klopfte auf den Tresen. »Hallo, Sergeant.«

DS Chakraborty zuckte zusammen, als hätte man ihn aus einem Tagtraum gerissen. Er sah zu Stella, und ein überraschter Ausdruck trat in sein rundes Gesicht. »Was kann ich für Sie tun, Miss Honeycut?«

»Ich möchte bitte mit dem Chief Inspector sprechen«,

entgegnete Stella ohne Umschweife. »Befindet er sich denn immer noch in Gewahrsam?«

Der Sergeant nickte ernst. »Leider steht uns gerade kein Untersuchungsrichter zur Verfügung – die sind entweder alle krank oder im Urlaub. Der Chief Inspector wird sich wohl bis Montag gedulden müssen.«

Stella runzelte die Stirn und verschränkte die Arme vor der Brust. »Sie lassen ihn also das ganze Wochenende in einer Arrestzelle schmoren?«

»Das ist nicht meine Entscheidung gewesen, sondern die des Superintendent«, verteidigte sich der Sergeant prompt. »Ich kann ja nichts dafür – weder für die hohen Krankenstände noch für die Personalknappheit.«

Mit einer raschen Handbewegung wischte Stella den Einwand beiseite. »Mr. Clappertons Kinder warten auf ihren Vater. Haben Sie denn überhaupt kein Herz?«

Chakraborty setzte eine Miene des Bedauerns auf. »Ich muss mich an die Vorschriften halten, so ist das leider.« Ein Lächeln erhellte sein Gesicht. »Doch natürlich werde ich es dem Chief Inspector hier so angenehm wie möglich machen.« Er grinste nun so breit, dass Stella an die Grinsekatze aus *Alice im Wunderland* denken musste. »Ich habe extra freiwillig den Wochenenddienst übernommen, um mich um ihn kümmern zu können.« Er sah Stella mit stolzgeschwellter Brust an, als wolle er damit sagen, er hätte für seine Opferbereitschaft eine Auszeichnung verdient. »Und meine Mutter hat heute besonders viel von ihrem legendären Chicken Tikka Masala gekocht. Sie können auch gern eine Portion haben, wenn Sie wollen.«

Stella, die indisches Essen liebte, lief direkt das Wasser im Mund zusammen. Doch die kulinarischen Genüsse mussten erst einmal warten.

»Zuerst möchte ich mit Clapperton sprechen.«

»Dann kommen Sie mal mit«, sagte der Sergeant in einem so lockeren und beiläufigen Tonfall, als handelte es sich bei dem Chief Inspector um einen alten Onkel in einem Pflegeheim. »Er wird sich bestimmt über Ihren Besuch freuen.« Lächelnd hakte er sich bei Stella ein und führte sie den Gang entlang.

Vor einer doppelt verriegelten Tür, in die ein kleines, ebenfalls verriegeltes Schiebefenster eingelassen war, blieben sie stehen. DS Chakraborty schob die Riegel beiseite und öffnete die Tür.

»Besuch für Sie, Sir.«

Stella betrat die winzige Arrestzelle, in der es nur eine einfache Pritsche, einen kleinen Tisch und einen wacklig anmutenden Holzstuhl gab. Durch ein vergittertes Fenster fiel Sonnenlicht herein, direkt auf den gekrümmten Rücken des Chief Inspectors, der wie ein nasser Klops auf der schmalen Pritsche hockte und missmutig auf seine Schuhe starrte.

»Hallo, Mr. Clapperton«, grüßte Stella.

Der Chief Inspector hob träge den Kopf, wobei ein stoppeliger Dreitagebart und dunkle Augenringe zum Vorschein kamen. Seine Augen wirkten blass und leer.

»Miss Honeycut.«

»Das ist eine Überraschung, nicht wahr, Sir?«, rief DS Chakraborty. »Damit haben Sie nicht gerechnet.«

Joseph Clapperton warf ihm einen zutiefst verachtungswürdigen Blick zu.

»Welch Glanz in unserer Hütte«, fuhr der Sergeant unbeirrt fort. »Solch eine liebreizende Erscheinung bekommen wir in diesen Räumlichkeiten nicht oft zu sehen.«

Stella verzog das Gesicht. Bei derartigem Süßholzgeraspel wurde ihr übel.

»Sergeant, nehmen Sie irgendwelche Medikamente ein?«, wollte der Chief Inspector wissen.

Navin Chakraborty verneinte. »Auf keinen Fall, Sir.«

Clapperton zuckte mit den Schultern. »Würde vielleicht nicht schaden.«

Nur mit Mühe konnte Stella ein Lachen unterdrücken. Sie hatte gar nicht gewusst, dass Joseph Clapperton Humor besaß.

»Ich glaube, Sie sind ein wenig dehydriert, Sir«, merkte DS Chakraborty an. »Sie müssen Ihr Wasser trinken.« Er nickte in Richtung des Tisches, auf dem eine volle Wasserflasche und ein leeres Glas standen.

»Ich muss gar nichts!«, knurrte der Chief Inspector verärgert und grub seine Fingernägel fest in das abgewetzte Polster der Pritsche hinein.

Der Sergeant holte tief Luft. »Aber Sir, durch Ihre Weigerung wird Ihre Situation auch nicht besser.«

Für einen Moment durchbohrten sich die beiden mit teils strengen, teils giftigen Blicken.

»Das nennt sich passiver Widerstand!« Joseph Clapperton verengte seine Augen zu Schlitzen. »Etwas, wovon Sie vermutlich noch nie gehört haben.«

DS Chakraborty neigte den Kopf zur Seite, schaute hilfesuchend zu Stella und zuckte schließlich mit den Schultern. »Ich wärme schon mal das Essen auf, damit Sie beide nachher zusammen speisen können.« Er verließ eilig die Zelle und zog die Tür hinter sich zu.

Der Chief Inspector tippte sich gegen die Schläfe. »Völlig neben der Spur, der Mann.« Er deutete auf den Stuhl. »Bitte nehmen Sie doch Platz.«

Seufzend ließ sich Stella auf dem ihr angebotenen Sitzmöbel nieder. »Wenn mich nicht alles täuscht, hat der Sergeant ein schrecklich schlechtes Gewissen. Weil er Sie indirekt in diese Situation gebracht hat.«

»Was heißt denn hier indirekt?«, fuhr Clapperton sie an. »Er war derjenige, der mich verhaftet hat.«

»Ich kann mich lebhaft daran erinnern«, entgegnete Stella. »Ich war ja dabei.«

Der Chief Inspector schloss kurz die Augen und atmete tief durch. »Entschuldigung, ich wollte nicht schroff zu Ihnen sein. Sie sind die Letzte, die meinen Zorn verdient hat.« Er beugte sich vor. »Wie geht es meinen Kindern?«

»Es geht ihnen gut, machen Sie sich keine Sorgen. Jane kümmert sich um sie und tut alles, damit sich die beiden wohl fühlen.« Stella lächelte Clapperton ermutigend an. »Gestern Abend haben wir einen Ausritt durch das Dorf gemacht. Bobby und Abigaile haben die Esel schon richtig in ihr Herz geschlossen.«

Clapperton nickte, und seine angespannte Haltung lockerte sich ein wenig. Die Erleichterung war ihm deutlich anzusehen. »Danke, dass Sie das alles für mich tun.«

»Wenn ein Freund in Not ist, muss man helfen«, erwiderte Stella. »So hat Jane es formuliert.«

»Ihre Tante ist wirklich eine außergewöhnliche Frau.« Clapperton ließ ein paar Mal die Schultern kreisen, wobei es in seinem Rücken leise knackte.

Stella musterte ihn neugierig. »Mir war bis gestern gar nicht klar, dass Sie beide miteinander befreundet sind.« Zumindest hatte Jane das ihr gegenüber vorher nie erwähnt.

»Dass Jane mich als einen Freund betrachtet, habe ich auch nicht gewusst«, gab der Chief Inspector offen zu. »Ich dachte, ich sei bloß ein Klient für sie.« Er dehnte und streckte sich und schüttelte seine Arme aus. »Ich habe mich ihr vor einiger Zeit anvertraut und ihr von meinen Problemen erzählt. Wegen der Sache mit Waxflatter und meiner Frau.«

Stella fiel ein, warum sie eigentlich hergekommen war. »Wir müssen unbedingt über den Fall sprechen.«

Joseph Clapperton ließ die Schultern hängen. »Tut mir leid, aber hier drinnen werde ich Ihnen bestimmt keine große Hilfe sein können.«

Irritiert rutschte Stella auf dem Stuhl herum, der ein knarzendes Geräusch von sich gab. »Haben Sie denn vor, länger in diesem … Verschlag zu bleiben?«

»Das liegt nicht in meiner Hand«, entgegnete der Chief Inspector und rieb sich das bartstopplige Kinn.

»Da irren Sie sich«, sagte Stella energisch. »Man ist immer seines eigenen Schicksals Schmied.«

Der Hauch eines Lächelns huschte über Clappertons Gesicht. »Sie klingen schon wie Ihre Tante.«

Stella schmunzelte. Wie recht er hatte. »Reden Sie mit Chakraborty. Vielleicht können Sie ihn überzeugen, Sie freizulassen.«

Der Chief Inspector schnaubte verächtlich. »Der Mann kennt doch bloß seine Befehle und Vorschriften. Der ist doch gar nicht fähig, sich selbst ein Urteil zu bilden.«

»Unterschätzen Sie ihn da nicht ein wenig?« Stella legte den Kopf leicht schräg. »Zugegeben, er ist jung und zielstrebig, aber wenn mich mein Gefühl nicht täuscht, dann hat er das Herz am rechten Fleck.«

Joseph Clapperton zog eine Augenbraue hoch. »Sind Sie sich sicher?«

»Ganz sicher, Chief Inspector.«

Clapperton stand auf und sah aus dem Fenster. »Joseph, bitte.« Mit einem Lächeln wandte er sich Stella zu.

»Stella«, erwiderte sie und entschloss, die Gelegenheit beim Schopf zu packen. »Ich würde mir übrigens gerne mal eine alte Fallakte ansehen.«

»Um wen geht es?« Der Chief Inspector nahm erneut auf der Pritsche Platz.

»Jim …« Stella stockte. Ihr fiel ein, dass sie gar nicht den Nachnamen des Mannes kannte. »Der Schwiegervater von Lennard Waxflatter.«

»James Harper. Der Suizid?«

Stella nickte.

»Denkst du, dass es etwas mit dem aktuellen Mord zu tun hat?«, wollte der Chief Inspector wissen.

Bevor Stella etwas erwidern konnte, wurde die Tür geöffnet, und DS Chakraborty trat ein. Er trug eine weiße, rüschenbesetzte Schürze und hielt zwei Becher in den Händen.

»So, hier kommt schon mal ein Mango-Lassi als kleine Erfrischung.« Er stellte die mit einer cremigen gelben Flüssigkeit gefüllten Becher auf dem Tisch ab und schob das Möbelstück näher an die Pritsche heran. »Das Essen ist auch bald fertig.«

»Für mich nichts!«, knurrte Joseph Clapperton. »Ich habe weder Appetit noch Hunger.«

»Ach, kommen Sie!« Der Sergeant lächelte ihn freundlich an. »Lassen Sie sich nicht so hängen!«

Der Chief Inspector murmelte etwas Unverständliches, das sehr bitter und erbost klang.

»Der Appetit kommt beim Essen.« DS Chakraborty breitete mit unbekümmerter Miene die Arme aus. »Und Essen hält ja bekanntlich Leib und Leben zusammen.« Er zwinkerte Stella zu und wieselte fröhlich zur Tür hinaus.

Kurz darauf kehrte er mit einem vollbeladenen Tablett zurück, das er ebenfalls auf den Tisch stellte.

»Chicken Tikka Masala, nach einem Rezept meiner Mutter. Mit Reis und Naan. Ich wünsche guten Appetit!« Er deutete, einem Oberkellner gleich, eine Verbeugung an und verschwand wieder.

Verzückt schloss Stella kurz die Augen und atmete den würzig aromatischen Duft ein. Dann griff sie sich eine Gabel und probierte. Es schmeckte himmlisch.

Joseph Clapperton, der sich noch immer keinen Zentimeter bewegt hatte, schaute demonstrativ in eine andere Richtung.

»Mit einem Hungerstreik kommst du hier auch nicht schneller raus«, meinte Stella.

»Auch wieder wahr.« Schnuppernd näherte sich der Chief Inspector dem Tisch. Er angelte sich ein Stück Naan, tunkte es in die Soße und kostete. »Wirklich nicht übel.« Keine zwei Sekunden später machte er sich wie ein ausgehungerter Tiger über das Mahl her, hielt dann jedoch abrupt inne. »Himmel, ist das scharf!« Er streckte die Zunge heraus und fächerte sich mit der Hand Luft zu. »Das brennt ja wie die Hölle!«

»Ja, gut, was?«, entgegnete Stella, die eine Vorliebe für scharfes Essen hatte. »Es dauert jedoch eine Weile, bis sich die Schärfe im Mund voll entfaltet.«

Clapperton keuchte. »Will der Kerl uns umbringen?« Er griff nach der Wasserflasche.

Stella hielt ihm schmunzelnd einen der Becher hin. »Na, so schlimm ist es nun auch nicht. Aber Wasser hilft da nicht, schon eher der Mango-Lassi.«

Das ließ Clapperton sich nicht zweimal sagen. Er nahm den Becher und trank ihn in einem Zug leer.

Die Tür wurde geöffnet, und der Sergeant streckte den Kopf hinein. »Ist alles zu Ihrer Zufriedenheit?«

»Ein Hoch auf Mrs. Chakraborty«, rief Stella und wischte sich mit der Serviette über den Mund. »Das ist das köstlichste indische Essen, das ich je probieren durfte.«

»Vielen Dank, Miss.« Der Sergeant grinste glücklich. »Ich werde es meiner Mutter ausrichten.« Er warf dem Chief Inspector einen fragenden Blick zu. »Hat es Ihnen auch geschmeckt?«

Joseph Clapperton griff sich den zweiten Becher Mango-Lassi und trank ihn aus. Schnaufend wischte er sich über den Mund. »Ich durchschaue Sie!«

»Keine Ahnung, was Sie meinen, Sir«, entgegnete Chakraborty mit unschuldiger Miene.

Der Chief Inspector winkte ab. »Vergessen Sie's! Ich brauche eine Akte, Sergeant. Die von James Harper. Das war der Suizid in Hillbrush vor zwei Jahren.«

»Ich bin mir nicht sicher, was die Vorschriften besagen.« DS Chakrabortys wiegte den Kopf hin und her. »Eigentlich sind Sie ja gerade nicht im Dienst.«

Clapperton sah ihn grimmig an. »Mit irgendetwas muss ich mich beschäftigen, sonst drehe ich hier drinnen noch durch! Und was soll ich schon Schlimmes damit anstellen?«

Der Sergeant seufzte. »Na schön, ich bringe Ihnen die Akte – auch wenn ich nicht verstehe, was Sie damit anfangen wollen.«

Keine zehn Minuten später hatte Chakraborty den Tisch abgeräumt und ihnen die Fallakte gebracht.

»Bitte, nur zu«, sagte Clapperton.

Neugierig blätterte Stella das Dokument durch. Da gab es einen längeren, mit Computer geschriebenen Untersuchungsbericht, mehrere Fotos, die den Körper eines Mannes am Fuße einer großen Klippe zeigten, sowie einen kurzen handgeschriebenen Brief, der jedoch kaum zu entziffern war.

»Ist das der Abschiedsbrief?«

Der Chief Inspector nickte. »Mehrere Dorfbewohner haben die Handschrift als die von James Harper identifiziert. Deshalb habe ich damals auch auf ein graphologisches Gutachten verzichtet.«

Stella zückte ihr Smartphone und fotografierte sowohl den Brief als auch die anderen in der Akte befindlichen Dokumente.

»Warum interessierst du dich ausgerechnet für diese alte Geschichte?«, wollte Clapperton wissen.

»Ganz einfach«, sagte Stella. »Es steht die Theorie im Raum, dass Lennard Waxflatter seinen Schwiegervater ermordet haben könnte. Dem möchte ich gerne nachgehen.« Sie schlug die Akte wieder zu und zog ein Buch aus ihrer Tasche. Es war der Krimi *Der unheimliche Weg* von Agatha Christie. »Vielleicht verkürzt dir das ja ein wenig die Zeit.« Sie reichte ihm das Buch.

Stirnrunzelnd betrachtete Clapperton das Cover. »Danke, auch wenn mir ein Dietrich lieber wäre.«

Darüber hatte Stella auch schon kurz nachgedacht, die Idee aber gleich wieder verworfen. »Wenn du hier rausgehst, dann auf legalem Wege. Klar?«

»Klar wie Kloßbrühe.«

Stella kramte die Visitenkarte einer Anwältin hervor und drückte sie ihm in die Hand. »Und das hat Jane mir mitgegeben. Ich muss dir ja sicher nicht erklären, dass du das Recht auf einen Anwalt hast.«

»Richte deiner Tante meinen Dank aus«, entgegnete der Chief Inspector. »Und bitte, grüße meine Kinder, und sag ihnen, dass ich bald wieder bei ihnen sein werde.« Er schob die Visitenkarte zwischen die Seiten des Kriminalromans.

»Du solltest dich wirklich wehren!«, meinte Stella. »Die können dich nicht ewig hier festhalten.«

Sie verabschiedeten sich, und Stella verließ die Arrestzelle.

DS Chakraborty wartete bereits im Gang und verriegelte hinter ihr die Tür.

»Ich habe Ihnen übrigens einige Stichpunkte zu anderen Spuren notiert, denen Sie nachgehen könnten«, sagte Stella und reichte ihm ein gefaltetes Papier, auf dem sie die Ergebnisse ihrer bisherigen Recherchen aufgeführt hatte.

»Das ist sehr freundlich.« Der Sergeant nahm das Schriftstück lächelnd an sich. »Ich werde mir später alles gründlich durchlesen.«

Vermutlich landet es bloß auf irgendeinem Ablagestapel, dachte Stella frustriert. Sie schob die Hände in die Hosentaschen. »Das ist nicht richtig.«

Chakraborty sah sie fragend an. »Was meinen Sie?«

»Der Chief Inspector steckt doch allein wegen der Willkür eines Vorgesetzten in dieser Situation.«

Der Sergeant zuckte mit den Schultern. »Superintendent McQueen sitzt nun mal am längeren Hebel, da kann man nichts machen.«

Stella schob das Kinn vor. »Dieser McQueen kann Mr. Clapperton nicht besonders gut leiden, oder?«

DS Chakraborty nickte. »Das ist wahr.«

»Das sollte Ihnen zu denken geben.«

»Wie meinen Sie das?«

»Ich glaube, was Ihr Superintendent da veranstaltet, könnte man auch als Schikane bezeichnen.« Ein tadelnder Ton schwang in Stellas Stimme mit. »Und Sie unterstützen das auch noch!«

»Ich führe lediglich meine dienstlichen Anweisungen aus«, verteidigte sich Chakraborty.

Stella stemmte die Arme in die Hüften. »Sind Sie eine Marionette? Ein Roboter? Oder sind Sie ein selbstständig denkendes und zu eigenen Entscheidungen fähiges, mitfühlendes Wesen?«

DS Chakraborty sah sie entgeistert an. Er öffnete den Mund, brachte aber keinen einzigen Ton über die Lippen.

»Das sind die Fragen, die Sie sich stellen sollten«, sagte Stella und wandte sich dem Ausgang zu.

Kapitel 13

Am Nachmittag kehrte Stella nach Hillbrush zurück. Zu ihrer Überraschung fand sie das Dorf anders vor, als sie es verlassen hatte. Die Stallungen und Weiden in der Nähe des Plateaus waren verwaist, was, soweit sie sich erinnern konnte, während ihrer Zeit hier noch nie vorgekommen war. Normalerweise grasten und rasteten dort Dutzende Esel, dösten und ließen sich die Sonne auf den Pelz scheinen. Noch seltsamer als die fehlenden Grautiere war nur die Anwesenheit eines Bewohners von Limestone Manor – denn die trieben sich nur äußerst selten außerhalb ihres großzügigen Anwesens herum. Doch so merkwürdig die Situation auch anmutete, Roderick Edgecombe, der achtundzwanzigjährige Enkel des Lords, joggte über die Anhöhe und kam, als er Stella entdeckte, wie ein aufgescheuchtes Huhn auf sie zugerannt.

»Was ist passiert?«, fragte Stella erschrocken und rechnete bereits mit einer weiteren Hiobsbotschaft. »Ist etwas mit Ihrem Großvater?«

»Dem Alten ging's nie besser«, keuchte Roderick, der trotz seiner jungen Jahre und seiner schlanken Statur erstaunlich unsportlich war. »Wenn der so weitermacht, wird er noch hundert Jahre alt.« Sein Verdruss über diese Tatsache war seinem käsigen Gesicht deutlich anzusehen.

»Das freut mich, zu hören«, entgegnete Stella, halb erleichtert, halb irritiert, war sie doch schon seit Längerem um das Wohlergehen des Lords besorgt. Sie kräuselte die Stirn, als ihr ein penetranter Maiglöckchengeruch in die Nase stach. »Aber was ist denn dann das Problem?«

»Die Esel sind los.« Rodericks nasale Stimme nahm einen panischen Unterton an.

»Wie bitte?« Stella, die einen halben Schritt rückwärts ging, um sich dem Dunstkreis von Rodericks blumigem Parfum zu entziehen, verstand nur Bahnhof.

Roderick deutete auf eine große Weide, die bis an seinen Familiensitz grenzte und in mehrere separate Parzellen unterteilt war. »Irgendwelche Vandalen haben die Gatter geöffnet – und jetzt ist mein wertvoller Zuchthengst Ferrari weg!« Er fuhr sich mit der Hand über das schlaffe strohblonde Haar, das er mit einem dunkelblauen Seidenband zu einem Pferdeschwanz zusammengebunden hatte.

»Die Tiere werden bestimmt nicht weit sein«, mutmaßte Stella, während sie sich suchend nach allen Seiten umblickte. »Sie spazieren sicher nur ein wenig durchs Dorf.« Wo sollten sie sich auch sonst aufhalten?, fügte sie in Gedanken hinzu. Eine Horde Esel löste sich ja nicht einfach in Luft auf.

»Der Ferrari hat ein Vermögen gekostet«, rief Roderick empört, wobei sein dünner, flaumartiger Oberlippenbart erzitterte. »Und ich werde bestimmt keinen großen Gewinn mit ihm machen, wenn er frei durch die Gegend läuft und nach Lust und Laune alle Stuten begattet.«

»Ach, nun gönnen Sie Ihrem langohrigen Freund doch auch mal etwas Abwechslung und Spaß.«

Der Enkel des Lords rümpfte die Nase. »Der Esel ist eine Investition und kein Freund. Aber Sie sind ja auch keine Geschäftsfrau. Davon verstehen Sie nichts!«

»Ich verstehe sehr gut«, konterte Stella umgehend. Von so einem schmierigen Bürschchen ließ sie sich nicht den Wind aus den Segeln nehmen. »Das Wohlergehen der Tiere schert Sie wenig. Sie sind lediglich an Ihrem Profit interessiert.«

»Und wenn schon.« Roderick zuckte mit den Schultern. »Wie soll man es denn sonst zu etwas bringen?«

Mit Weitsicht, Geduld und Güte, dachte Stella. Und ein Schuss Intelligenz sowie eine Prise Weisheit wären auch nicht verkehrt. Doch auf den Gedanken kam dieser Pflaumenaugust überhaupt nicht. Dabei hätte er sich lediglich ein Beispiel an seinem Großvater nehmen müssen.

»Sie sind doch Detektivin«, fuhr er fort und betrachtete seine manikürten Fingernägel. »Also finden Sie mal schön heraus, wo mein Ferrari steckt und wer ihn rausgelassen hat. Damit ich weiß, wen ich verklagen kann.« Er wandte sich ab und marschierte mit hocherhobenem Haupt Richtung Limestone Manor zurück.

Affektierter Schnösel! dachte Stella. Der soll seinen Esel gefälligst selbst suchen.

Sie überquerte das Plateau bis zu der Stelle, von der man über die Dächer des Dorfes bis hinab zum Hafen schauen konnte. Mit dem vom Meer aufziehenden Wind drang leise das Getrappel von Hufen an ihr Ohr, und zwischen den Häusern sah sie hier und da die Silhouette eines Esels hervorblitzen.

Ein Gefühl von Genugtuung machte sich in ihr breit. Sie hatte mit ihrer Vermutung recht gehabt. Die Esel stromerten und schlenderten durch das Dorf. Allem Anschein nach genossen sie ihre Freiheit, und es ging ihnen gut – das war alles, was zählte.

Beschwingt steuerte Stella auf das Cottage ihrer Tante zu. Schon von Weitem sah sie, wie ein großer schwarzer Esel an den gelben Kletterrosen, die sich an der Fassade entlangschlängelten, knabberte. Außerdem entdeckte sie den Vikar Lionel Crabtree und den Gemischtwarenhändler Daniel Pyne, die vor dem Haus in eine aufgeregte Diskussion vertieft waren. Als sie Stella bemerkten, unterbrachen sie ihr Gespräch.

»Gut, dass du kommst, Stella«, rief Daniel aufgeregt. Sein dichtes schwarzes Haar stand in alle Richtungen ab.

»Ist etwas passiert?«, fragte Stella nun bereits zum zweiten Mal innerhalb weniger Minuten.

»Das kannst du laut sagen.« Der Vikar fuchtelte mit den Händen in der Luft herum. »Diese kleinen Teufel rauben uns noch den Verstand.«

Welche Teufel? Stella hatte keine Ahnung, von wem er sprach. Allerdings tat sich Lionel immer sehr schwer damit, sich klar auszudrücken. Oft hatte man nicht den geringsten Schimmer, von was er redete.

»Mir haben die beiden heute den halben Tag lang Klingelstreiche gespielt«, berichtete der Vikar weiter. »Ich konnte nicht einmal meinen Mittagsschlaf halten. Die arme Mrs. Chapel ist mit den Nerven am Ende.«

Stella zog die Stirn kraus. »Du sprichst doch nicht etwa von den Kindern des Chief Inspectors? Bobby und Abigaile?«

Lionel nickte ernst. »Die beiden Gören, die ihr gestern Abend mit hierher gebracht habt.«

»Es kommt sogar noch dicker«, warf Daniel ein. »Die zwei sind vorhin in meinen Laden gekommen, haben sich ihre Hosentaschen mit Süßigkeiten vollgestopft und sind ohne zu bezahlen einfach davongerannt.«

»Sie haben dich beklaut?« Stellas Stimme überschlug sich fast, so fassungslos war sie.

Daniels mandelförmige Augen verfinsterten sich. »Ja, und sie haben sich noch nicht einmal die Mühe gemacht, es heimlich zu tun! Es war ihnen vollkommen egal, dass ich sie dabei beobachtet habe.« Er kickte einen kleinen Stein beiseite. »Ich bin auch noch hinter ihnen hergerannt, aber beim Bootshaus haben sie mich schließlich abgehängt.«

»Unfassbar.« Stella schüttelte den Kopf. Nun dämmerte ihr auch, wer für die frei laufenden Esel verantwortlich war. »Habt ihr das schon Jane erzählt?«

»Wir waren gerade bei ihr«, sagte der Vikar. »Sie ist natürlich genauso entsetzt.«

Daniel rieb sich das Kinn. »Wir hatten gehofft, die

Kinder hier anzutreffen, aber vermutlich haben sie sich noch nicht wieder zurückgetraut.«

»Die zwei Früchtchen sollen es nur wagen, Jane unter die Augen zu treten.« Lionel Crabtree rieb sich die knochigen Hände. »Dann werden sie von ihr aber eine ordentliche Standpauke bekommen. Eine, die sich gewaschen hat.«

»Ich gehe besser mal zu ihr«, entgegnete Stella. Sie verabschiedete sich von Daniel und Lionel, schob den Esel, der sich noch immer an Janes Rosen gütlich tat, von der Fassade weg und betrat das Cottage.

Jane saß im Wohnzimmer in einem Sessel und rührte in einem großen grauen Steinmörser herum, der auf ihren Knien lag.

»Hallo, meine Liebe.« In ihrer Stimme schwangen Erschöpfung und Niedergeschlagenheit mit.

»Hi«, sagte Stella. »Ich habe schon von Daniel und Lionel gehört, was passiert ist.«

Ein Seufzen glitt über Janes Lippen. »Die Kinder sind völlig außer Rand und Band. Einen Sack Flöhe zu hüten, ist einfacher.«

»Wo stecken die zwei jetzt?«, wollte Stella wissen.

»Ich weiß es nicht.« Jane rührte immer weiter in dem Mörser herum, in dem sich mittlerweile eine dicke grüne Paste befand. Anscheinend hatte sie irgendwelche Kräuter zerrieben. »Ich hoffe nur, dass sie nicht noch mehr Unsinn anstellen.«

»Ich schaue mich mal im Dorf um«, entschied Stella. »Irgendwo müssen sie ja sein.«

Sie lief die Hauptstraße hinab bis zu dem kleinen runden Platz, an dem sich Audreys Bäckerei befand. Eine Handvoll Esel kam ihr entgegen. Eine andere Gruppe Esel hatte sich vor dem Café versammelt. Es sah aus, als hätten sie die Köpfe zusammengesteckt.

»Weißt du, was dieser Auflauf zu bedeuten hat?«, drang Audreys Stimme an ihr Ohr.

Stella drehte sich um. Audrey stand direkt vor ihr.

»Jemand hat die Gatter bei der Weide und den Ställen oben auf dem Plateau offen gelassen«, antwortete Stella, wobei sie genau ahnte, wer dieser Jemand war. »Hast du zufällig zwei Teenager gesehen? Einen Jungen und ein Mädchen?«

»Meinst du die beiden Rotzbengel, die mein Schaufenster beschmiert haben?« Audrey wies mit der Hand in Richtung der Bäckerei, an deren Schaufenster man einige dunkle Schlieren erkennen konnte.

Stella stöhnte innerlich. Gab es eigentlich noch irgendeinen Bewohner hier im Dorf, den die Kinder nicht verärgert hatten?

»Nein, ich weiß nicht, wo sie gerade sind«, sagte Audrey. »Aber falls du sie sehen solltest, richte ihnen doch bitte aus, dass sie die Schweinerei selbst beseitigen dürfen.«

»Das mache ich. Verlass dich drauf.« Stella ging weiter zum Hafen, ließ das zitronengelbe Bootshaus, dessen Form ein wenig an ein U-Boot erinnerte, hinter sich und gelangte an einen breiten Kiesstrand. Dort, in etwa zwanzig Metern Entfernung, konnte sie zwei Gestalten erkennen.

Rasch lief sie auf sie zu und bemerkte, als sie näher kam, dass es sich tatsächlich um Bobby und Abigaile handelte. Der Junge hockte auf einem Stück Treibholz und starrte auf das Display seines Handys hinab. Das Mädchen lag nur mit einem Bikini bekleidet auf etwas, das wie der abgebrochene Teil eines Surfbretts aussah.

Stella baute sich vor ihnen auf und stemmte die Arme in die Hüften.

»Können Sie bitte einen Schritt zur Seite gehen?«, murmelte Abigaile. »Sie werfen einen Schatten auf mich, und ich möchte mich sonnen.«

Stella rührte sich keinen Zentimeter. »Denkst du nicht, dass du schon genug Sonne hattest?«

Abigaile verdrehte genervt die Augen und robbte dann seitwärts, bis ihr feuerroter Körper wieder in der Prallsonne lag. Sie gab ein wohliges Brummen von sich.

»Seid ihr eigentlich immer so gemein und undankbar?«, entfuhr es Stella, der so langsam, aber sicher der Geduldsfaden riss.

»Keine Ahnung, was Sie meinen«, erwiderte Bobby, ohne von seinem Handy aufzusehen. »Wir chillen doch nur.«

»Ich meine das Chaos, das ihr angerichtet habt«, sagte Stella. »Das mit den Eseln wart doch ihr.«

»Kann sein, dass wir vergessen haben, das Gatter wieder zuzumachen.« Abigaile zuckte mit den Schultern. »Aber hey, das ist doch das Dorf der Esel. Da kann es ja nicht so schlimm sein, wenn die Tiere hier ein wenig spazieren gehen.«

»Die Touristen werden sich freuen, die haben dann gleich ein paar Fotomotive«, fügte Bobby hinzu. »Man muss es ja auch mal von der positiven Seite sehen.«

Stella verschränkte die Arme vor der Brust. »Lasst mich raten: Mit den Klingelstreichen im Pfarrhaus und der Schmiererei am Schaufenster der Bäckerei wolltet ihr auch bloß jemandem eine Freude machen?«

Bobby gluckste. »Die Klingelpartie war echt lustig. Das Gesicht von der Frau hätten Sie mal sehen sollen. Und das mit der Bäckerei war mehr ein Unfall.«

»Ist es wahr, dass ihr Daniel Pyne in seinem Laden bestohlen habt?«, fragte Stella.

»Bestohlen?« Bobby lachte. »Nein.«

»Wir haben uns nur ein paar Toffees geborgt«, fügte seine Schwester hinzu.

»Geborgt nennt ihr das?«

»Ja, was denn sonst?« Abigaile setzte sich auf und zog sich ein T-Shirt über. »Unser Vater bezahlt das dann schon, wenn er uns abholt.«

»Euer Vater hat gerade echt große Probleme und muss um seine Freiheit und seinen Ruf kämpfen«, entgegnete Stella. »Und ihr habt nichts anderes zu tun, als euch bei den Menschen, die es gut mit euch meinen und die sich um euch kümmern wollen, danebenzubenehmen? Wirklich, ihr solltet euch schämen.«

»Es waren nur Toffees, okay?« Abigaile packte einen Kieselstein und schleuderte ihn ins Meer. »Nicht die Kronjuwelen.«

Stella schüttelte den Kopf. »Nein, das ist nicht okay.

Diebstahl ist immer eine Straftat, egal, um welche Waren oder um welchen Wert es sich dabei handelt.«

»Das ist allerhöchstens Mundraub gewesen«, protestierte Bobby energisch. »Immerhin haben wir ja alles gleich aufgegessen.« Er strich sich über den runden Bauch.

»Außerdem brauchten wir den Zucker«, pflichtete seine Schwester ihm bei. »Zum Frühstück heute hat es nur dieses fade Porridge gegeben.«

»Ach, jetzt gebt ihr also auch noch Jane die Schuld«, rief Stella. »Das ist wirklich unerhört!«

Abigaile stand auf und schüttelte ihre Beine aus. »Ich esse sonst immer Cornflakes mit Zucker zum Frühstück.«

Ihr Bruder nickte. »Ich auch.«

Stella musterte die beiden. »Erwartet ihr allen Ernstes, dass wir euch das durchgehen lassen?«

»Dann rufen Sie doch die Polizei!«, rief Abigaile. »Die können uns gleich zu unserem Vater ins Gefängnis sperren.«

Für den Bruchteil einer Sekunde war Stella tatsächlich versucht, das zu tun, doch dann keimte Mitleid in ihr auf. »Ich habe ihn übrigens vorhin im Polizeirevier besucht und soll euch Grüße ausrichten.«

Die beiden Teenager tauschten Blicke.

»Wie geht es ihm denn?«, wollte Bobby wissen.

»Er ist tapfer«, sagte Stella. »Aber wenn er wüsste, was ihr hier anstellt, würde es ihm mit Sicherheit schlecht gehen.«

Für einen Moment war es ganz still. Nur das Rauschen des Meeres und das Kreischen der Möwen waren zu hören.

Bobby schluckte. »Es tut uns leid. Wir haben uns nichts dabei gedacht.«

»Ja, uns war einfach langweilig«, rief seine Schwester, während sie in eine kurze Hose, ein gestreiftes Top und ein Paar Sandalen schlüpfte.

Stella warf den Kindern einen strengen Blick zu. »Ich möchte, dass ihr euch bei allen entschuldigt.«

»Wenn es sein muss«, murrte Abigaile und schnitt eine Grimasse dabei.

»Ja, es muss sein«, sagte Stella.

»Na schön.« Bobby erhob sich von dem Treibholz, taumelte ein wenig, sodass Stella ihn stützen musste.

»Jetzt kommt mit, sonst kriegt ihr noch einen Sonnenstich.« Sie dachte an die Dokumente wie den angeblichen Abschiedsbrief von Alice Waxflatters Vater, die sie in der Arrestzelle fotografiert hatte. »Ich muss noch mal in den Buchladen, zu Ernest. Und ihr werdet mich begleiten.«

Kapitel 14

Stella griff nach dem Bilderrahmen und betrachtete die Fotografie, die sie sich in den vergangenen Wochen schon unzählige Male angeschaut hatte. Immer, wenn sie in Ernest Tattlebrooks kleinen verwinkelten Buchladen kam, warf sie einen kurzen Blick darauf. Das Schwarz-Weiß-Bild zeigte Agatha Christie in ihren Dreißigern sowie einen kleinen struppigen Esel an ihrer Seite. Im Hintergrund konnte man eine der steilen, schmalen Gassen von Hillbrush erkennen.

Auf der Rückseite, so erinnerte sich Stella, war das Datum *10. Dezember 1926* notiert worden – einer von elf Tagen, an denen die Queen of Crime wie vom Erdboden verschwunden gewesen war. Bis heute war nicht geklärt, wo sie sich in diesem Zeitraum aufgehalten hatte. Es war ein Rätsel, ein Mysterium, das noch niemand hatte entschlüsseln können. Das Foto war darum eine kleine Sensation, und auch heute ließ es Stellas Herz wieder höherschlagen.

»Mir ist langweilig«, maulte Abigaile, die sich mit ihrem Bruder in Ernests braunes Ledersofa gepflanzt hatte. »Müssen wir noch lange hierbleiben?«

Stella wandte sich zu ihnen um. »Wie kann einem denn

in einem Buchladen langweilig sein? Schaut euch doch mal hier um, und nehmt euch was zu lesen.«

»Wir haben Ferien«, protestierte Abigaile, während sie über das Display ihres Handys wischte.

Bobby war ebenfalls ganz auf sein Smartphone konzentriert. »Ich lese nur Comics.«

Ernest, der sich bislang im Hintergrund gehalten und die Kinder genau beobachtet hatte, räusperte sich. »Dann, mein junger Freund, habe ich etwas für dich.« Er trat an ein Regal und zog ein großes dünnes Buch heraus. »Die jüngst erschienene Version von *Mord im Orientexpress*, als Graphic Novel Edition.«

»Cool, ein Manga!«, rief Bobby und riss Ernest das Buch förmlich aus der Hand. »Da steh ich total drauf.«

Seine Schwester beugte sich zu ihm. »Agatha Christie hat Mangas gemacht? Krass!«

Ein Schmunzeln huschte über Ernest Tattlebrooks Gesicht. »Sie hat Romane geschrieben, die so fulminant und erfolgreich sind, dass sie bis heute immer wieder neu aufgelegt werden. Seit Neuestem auch als Graphic Novel – oder meinetwegen auch als Manga, wie du es zu bezeichnen pflegst.« Er zog ein weiteres Buch aus dem Regal und reichte es dem Mädchen. »Für dich, Abigaile – die Comicversion von *Die Tote in der Bibliothek*.«

»Äh, okay.« Abigaile betrachtete es mit leicht pikierter Miene. »Ich schau vielleicht mal rein.« Sie sah zu Bobby, der bereits in die Comicversion von *Mord im Orientexpress* vertieft war, und schlug den Buchdeckel auf.

Stella blinzelte. »Unglaublich!«, raunte sie Ernest wenig später zu, als beide Kinder eifrig lasen. »Du hast es tatsächlich geschafft, dass sich die beiden Plagegeister auf die Welt der Bücher einlassen.«

Ein glücklicher Ausdruck flammte in Ernests Augen auf. »Wenn ich das als Buchhändler nicht könnte, hätte ich wohl den falschen Beruf ergriffen.«

»Können wir uns kurz unterhalten?«, fragte Stella.

Ernest nickte, und sie zogen sich in eine andere Ecke des Buchladens zurück, wo sie sich auf zwei Stühle setzten.

»Hat es mit dem Mord an Waxflatter zu tun?« Ernest musterte Stella eindringlich.

»Das kann ich noch nicht genau sagen, aber ich denke schon.« Stella berichtete grob von ihrem Besuch in der Polizeidienststelle. »Ich habe mir die Akte zu Alices Vater angesehen.«

»Verstehe.« Ernest nickte nachdenklich. »Du denkst, dass es kein Selbstmord gewesen ist.«

»Mit dieser Meinung bin ich nicht allein, nicht wahr?«, entgegnete Stella.

Für einen Moment starrte Ernest Tattlebrook schweigend auf ein großes, in dunkelbraunes Leder gebundenes Buch, das auf seinem Schreibtisch lag. »Ich gebe zu, ich habe ebenfalls ein paar Zweifel.«

Stella sah ihn fragend an.

»Es ist nichts Konkretes.« Ernest strich sanft über den Einband des dunkelbraunen Buches. »Schon gar nichts, was vor Gericht irgendwie Bestand haben würde. Eigentlich ist es eher ein vages ungutes Gefühl.«

Stella zückte ihr Handy und rief das Foto auf, das sie von James Harpers Abschiedsbrief gemacht hatte. Sie zeigte es Ernest, der es gründlich in Augenschein nahm.

»Auf den ersten Blick sieht es aus wie Jims Handschrift, aber mit Sicherheit bestätigen kann ich es nicht. Das habe ich auch damals dem Chief Inspector gesagt.«

»Klingt nach einem Aber«, meinte Stella.

Ernest setzte eine bedauernde Miene auf. »Ich bin mir nicht sicher, wie gesagt, es fühlt sich irgendwie falsch an. Keine Ahnung, wie ich es beschreiben soll.«

»Besitzt du denn ein authentisches Schriftstück von Alices Vater, mit dem wir diesen Brief vergleichen könnten?«, wollte Stella wissen.

»Warte.« Ernest stand auf und lief zu einem Regal an der gegenüberliegenden Wand, dem er ein kleines schmales Büchlein entnahm. Er hielt es hoch, sodass Stella das Cover erkennen konnte.

Der Gin des Lebens. Gedichte und Anekdoten für Gin-Liebhaber.

»Das hat Jim vor einigen Jahren verfasst«, erklärte Ernest. »Und er hat mir eine Widmung hineingeschrieben.« Er schlug das Buch auf und reichte es Stella, sodass sie die handgeschriebene Widmung lesen konnte.

Für meinen guten Freund Hemingway.

Stella hielt die beiden Schriften nebeneinander und betrachtete sie. Die Buchstaben sahen identisch aus. Obwohl, das kleine m in Hemingway war deutlich schwungvoller geschrieben als das m in dem Abschiedsbrief, oder täuschte sie sich?

»Wenn du mich fragst, ist das eine Fälschung«, befand Stella, ihrem Bauchgefühl folgend. »Eine gute zwar, aber dennoch eine Fälschung.«

»Die Möglichkeit besteht«, stimmte Ernest ihr zu.

»Das muss sich unbedingt ein Graphologe ansehen.« Er nickte. »Ich kenne da eine Koryphäe in Oxford.«

»Warum nehmen Sie denn nicht die App?«, hörten sie eine Stimme fragen.

Sie drehten sich um. Es war Bobby, der um die Ecke lugte.

»Welche App denn?«, wollte Ernest wissen.

»Na die, mit der man Handschriften vergleichen kann.« Bobby hob sein Smartphone in die Höhe und grinste über das ganze Gesicht. »Man braucht bloß zwei Schriftstücke zu fotografieren, und schon geht's los.«

»Worüber redet ihr?« Abigaile trat an die Seite ihres Bruders. »Habt ihr irgendwelche Geheimnisse?«

»Nein, wir machen nur einen Schriftabgleich«, erwiderte Bobby, als ob er nie etwas anderes getan hätte.

Stella fotografierte die Widmung im Gin-Buch. »Es geht um die Frage, ob der Abschiedsbrief echt ist oder nicht, beziehungsweise ob James Harpers Tod Suizid oder Mord gewesen ist.«

»Also eine richtige Ermittlung, ja?«, rief Abigaile und sprühte beinahe über vor Begeisterung.

»Cool!«, meinte Bobby.

»Megacool!«, rief seine Schwester.

Mithilfe von Bobby, der die App auf Stellas Handy installierte, ließen sie die Schriftstücke abgleichen.

Bereits nach wenigen Minuten war das Ergebnis da.

»Die Handschriften stimmen nicht überein«, verkündete Bobby feierlich.

Ernest zog eine skeptische Miene. »Ich würde trotzdem noch mal einen Graphologen draufschauen lassen. Ich traue diesen neumodischen Apps nicht.«

Abigailes Gesicht war ein einziges Fragezeichen. »Was soll das denn sein, dieses Grapho-Dingsbums?«

»Das ist das Gleiche wie die App, nur als Mensch«, erklärte Bobby. »Sozusagen die analoge Version.«

Seine Schwester zog die Augenbrauen hoch. »Verrückt, was es alles gibt.«

»Sollen wir noch etwas anderes vergleichen?«, rief Bobby euphorisch.

Stella blickte Ernest an. »Hast du irgendwas von Lennard Waxflatter da?«

Der Buchhändler tippte gegen sein Kinn. »Lass mich kurz nachdenken.« Er trat an seinen Schreibtisch heran. »Ich habe letztens bei ihm im Laden ein paar Flaschen Gin gekauft, da hat er mir eine Quittung ausgestellt. Die muss noch irgendwo hier herumliegen.« Er hob ein paar Bücher hoch, sah unter die Schreibunterlage und wühlte durch einen Stapel Papiere. Schließlich hielt er einen kleinen Zettel hoch. »Hier.« Er reichte Stella die Quittung, die mit ihrem Handy gleich ein Foto davon machte.

Ein paar Minuten später stemmte Bobby triumphierend die Faust in die Luft. »Treffer!« Er führte einen kleinen Freudentanz auf. »Die Handschriften stimmen überein.«

»Und was bedeutet das?«, fragte seine Schwester, die schon wieder ein klein wenig gelangweilt klang.

Stella holte tief Luft. »Das bedeutet, wenn wir uns auf das Ergebnis verlassen können, dass Lennard Waxflatter diesen Brief geschrieben hat, was wiederum den Schluss nahelegt, dass er für James Harpers Tod verantwortlich ist.« Sie straffte die Schultern. »Zusammengefasst heißt das, dass er vor zwei Jahren seinen Schwiegervater ermordet hat.«

Kapitel 15

»Er hat ihn umgebracht?« Audrey Morellis Augen wurden so groß wie die Scones, die in der Auslage ihrer Bäckerei lagen.

»Überrascht dich das?«, erwiderte Stella, die froh war, dass bereits der Abend anbrach und sie den Laden für sich hatten. Es musste ja nicht gleich das ganze Dorf von den Ergebnissen ihrer Nachforschungen erfahren. Das würde schon noch schnell genug die Runde machen.

Audrey wischte ihre Hände an ihrer hellblauen Schürze ab. Ihr rotes schulterlanges Haar, das an einigen kleineren Stellen mit Mehl bestäubt war, hatte sie mit mehreren bunten Spangen zusammengesteckt. »Dass Lennard Waxflatter ein fieser egoistischer Mistkerl war, ist mir ja klar. Aber dass er sogar dazu imstande gewesen ist, seinen eigenen Schwiegervater zu ermorden? Nein, das hätte ich nicht gedacht.«

»Von Waxflatter selbst werden wir zwar kein Geständnis mehr bekommen, aber die Analyse des Graphologen, dem Ernest die Schriftstücke vorhin zugemailt hat, ist völlig eindeutig gewesen.« Stella schaute in Richtung der großen Schaufensterscheibe, die Bobby und Abigaile von außen mit Bürste und Putzlappen sauberschrubbten.

Bereits seit einer Viertelstunde waren sie emsig bei der Sache. »Der Mann hat das Ergebnis, das durch die App ermittelt wurde, bestätigt.«

»Die arme Alice.« Mit einem lauten Seufzen lehnte sich Audrey an den schmalen Verkaufstresen an. »Sie wird durchdrehen, wenn sie es erfährt.«

»Möglicherweise weiß sie es ja schon«, murmelte Stella und biss sich auf die Unterlippe. Sie sog den herrlich süßen Duft der sie umgebenden Backwaren ein. Da war das Aroma von Vanille, ein Hauch von Kardamom und jede Menge Zimt.

»Meinst du wirklich? Aber das hätte sie doch niemals für sich behalten.«

Vielleicht hat sie es ja erst kürzlich erfahren, dachte Stella und rief sich Alices Besuch vor zwei Tagen ins Gedächtnis. Alice war ihr anders vorgekommen als sonst. Verzweifelter denn je, aber auch wütender und diabolischer. Vor allem war sie fest entschlossen gewesen, Lennard umzubringen. »Es ist eine Spur, die man in Betracht ziehen muss.«

Audrey angelte sich ein Croissant aus der Auslage und biss genüsslich hinein. Gleich darauf nahm sie ein zweites und reichte es Stella. »Wenn Alice davon gewusst hätte, dann hätte sie Lennard ohne zu zögern kaltgemacht.« Beim letzten Wort zuckte sie zusammen, und ein erschrockener Ausdruck trat in ihr hübsches herzförmiges Gesicht. »Oh … ich … ach, herrje!« Sie senkte die Stimme. »Du glaubst, dass Alice …?«

Stella kaute rasch einen Bissen des köstlich buttrigen

Croissants herunter. »Wie gesagt, es ist eine Spur von vielen. Aber bitte, sprich vorerst mit niemandem darüber.«

»Ich schweige wie ein Grab, versprochen«, rief Audrey und stopfte die letzten Krümel ihres Croissants in sich hinein.

Stella, die ganz genau wusste, wie schwer ihrer Freundin diese Verschwiegenheit fallen würde, bedankte sich mit einem Lächeln.

Da wurde die Tür aufgerissen, und Bobby und Abigaile sprangen herein.

»Wir sind fertig!«, rief Bobby und schwang den kleinen Putzeimer, den er in der Hand hielt, so dynamisch hin und her, dass ein Teil des Putzwassers auf den Boden spritzte. »Das Fenster ist wieder wie neu.«

»Lasst mal sehen.« Audrey lief nach draußen und nahm das Schaufenster gründlich in Augenschein. Sie kehrte mit einem zufriedenen Lächeln zurück. »In Ordnung, ihr zwei, das ist ganz annehmbar.«

»Ganz annehmbar?«, rief Abigaile und klang über die Maßen gereizt. »Wir haben uns den A…«

Ihr Bruder stieß ihr den Ellenbogen in die Seite, und sie verstummte augenblicklich.

»Was meine Schwester sagen will, ist, dass wir uns freuen, dass es Ihnen gefällt.«

»Schleimer!«, fauchte Abigaile.

»Zicke«, zischte Bobby zurück.

»Jetzt streitet nicht, ihr zwei!« Audrey deutete auf die Auslage, die noch zu gut einem Drittel gefüllt war. »Sucht euch lieber eine kleine Stärkung aus.«

Das ließ sich Bobby nicht zweimal sagen. »Für mich bitte einen Brownie und einen Schoko-Cupcake«, rief er. »Und ein Pistazien-Baiser.«

Audrey zog einen Teller aus einem Regal und tat die drei Gebäckstücke auf.

»Danke schön.« Bobby machte sich gleich über die Leckereien her. »Und sorry noch mal wegen des Fensters.«

»Schon vergessen.« Audrey lächelte und sah zu Abigaile, die schmollend im Verkaufsraum stand. »Weißt du schon, was du haben möchtest?«

»Ich habe keinen Hunger«, brummte das Mädchen.

»Sehr schade«, meinte Audrey. »Da verpasst du was.«

Bobby zuckte mit den Schultern. »Na und, lassen Sie sie doch. Dann bleibt eben mehr für uns!«

»Das hättest du wohl gerne, du alter Vielfraß!« Abigaile schlich wie ein hungriges Raubtier an der Theke entlang. »Was ist denn das da hinten?«

»Das hier?« Audrey zeigte auf ein rundes goldbraunes Gebäck.

Abigaile nickte.

»Eine Zimtschnecke.«

»Nehm ich.«

Audrey reichte Abigaile das Gebäck und wandte sich ihrer Freundin zu. »Stella? Magst du noch etwas?«

Stella ließ ihren Blick über die Törtchen und Kuchen wandern. »Dieser Apfelkuchen sieht verführerisch aus.«

»Dein Wunsch sei dir gewährt«, säuselte Audrey, als wäre sie eine gute Fee, und ehe Stella es sich versah, hielt sie einen Teller mit ihrer Bestellung in der Hand.

Die nächsten Minuten verbrachten sie schweigend, ganz in ihre Schwelgerei vertieft.

»Danke, dass ihr mir vorhin bei den Handschriften geholfen habt«, sagte Stella schließlich und zwinkerte den beiden Kindern fröhlich zu.

»Haben wir gerne gemacht.« Bobby, dessen Mundwinkel voller Schokokrümel waren, strahlte über das ganze Gesicht.

Abigaile, die den Mund voll hatte, murmelte etwas Unverständliches, das jedoch ausnahmsweise einmal nicht total mürrisch oder gelangweilt klang. Anscheinend wirkte die Zimtschnecke besänftigend auf sie.

»Unser Vater hat uns noch nie bei seinen Nachforschungen mitarbeiten lassen«, fügte Bobby hinzu.

Stella bedachte ihn mit einem nachsichtigen Lächeln. »Er ist Polizist. Er darf das gar nicht.«

»Ich weiß.« Bobby brach sein Pistazienbaiser entzwei. »Aber Sie sind keine Polizistin. Ihnen dürfen wir helfen.«

»So einfach ist das leider auch nicht«, entgegnete Stella, doch der Junge schien gar nicht hinzuhören.

»Wir werden gleich morgen früh aufbrechen und nach verdächtigen Spuren im Dorf Ausschau halten«, rief er mit so viel Enthusiasmus in der Stimme, wie Stella es nicht für möglich gehalten hätte.

Seine Schwester zog die Stirn kraus. »Was für verdächtige Spuren denn?«

Bobby zuckte mit den Schultern. »Manschettenknöpfe. Blutbefleckte Kleidungsstücke. Herausgerissene Pflanzen. Abdrücke von Reifen. So etwas in der Art.«

Stella musste unwillkürlich an die rötlichen Sprenkel auf Jack Whitleys Sweatshirt denken. Ob er das Kleidungsstück mittlerweile bei der Polizei abgegeben hatte? Dem würde sie noch einmal nachgehen müssen.

»In diesem Dorf sind Autos verboten«, erwiderte Abigaile und klang schon wieder reichlich genervt.

»Ja, eben«, meinte Bobby. »Dann wäre ein Reifenabdruck ziemlich verdächtig.«

Abigaile verdrehte die Augen und tippte sich gegen die Stirn. »Das ist das Bescheuertste, was ich je gehört habe.«

Die beiden sahen sich grimmig an.

»In Ordnung«, verkündete Stella, bemüht, die Situation zwischen den Geschwistern zum Besten zu wenden. »Ihr dürft für mich gern ein wenig spionieren, jedoch nur, wenn ihr mir versprecht, euch ab jetzt zu benehmen und den Leuten im Dorf keine Streiche mehr zu spielen.«

»Wir versprechen es«, rief Bobby begeistert, während Abigaile erneut die Augen verdrehte.

Stella hob den Zeigefinger. »Und ihr werdet euch auch noch bei Daniel und Lionel entschuldigen.«

Bobby nickte. »Ja, werden wir.«

Sie schauten alle zu Abigaile, die leise »Okay« brummte.

»Fein«, sagte Audrey und blickte zur Tür, durch die eben Daniel trat.

»Na, da sind die beiden Ganoven ja.« Er baute sich vor den Kindern auf.

»Sie haben dir etwas zu sagen«, meinte Stella.

Bobby wischte sich mit der Hand die Kuchenkrümel aus dem Gesicht. »Es tut uns leid, dass wir uns die Toffees genommen und aufgegessen haben.« Er griff in seine Hosentasche. »Ich glaube, ich habe noch ein paar Euro dabei.«

»Nö, die hab ich mir geborgt«, rief Abigaile und schnitt ihrem Bruder eine Grimasse. »Sorry.«

»Na toll!«, schimpfte Bobby. »Und wie sollen wir dann jetzt unsere Schulden bezahlen?«

Stella wandte sich Abigaile zu. »Tut es dir denn auch leid, dass ihr Daniel bestohlen habt?«

»Ja-a.« Abigaile gab ein lang gezogenes Stöhnen von sich. »Sorry. Kommt nicht wieder vor.«

Daniel fuhr sich durch das schwarze Haar. »Also gut, ich bin bereit, ein Auge zuzudrücken. Doch dafür könntet ihr mir ja während der nächsten Tage in meinem Laden helfen. Waren sortieren, Regale auffüllen, saubermachen und so weiter.«

Abigaile verschränkte die Arme vor der Brust. »Das ist Kinderarbeit, da mach ich nicht mit.«

»Also, ich bin dabei!«, rief Bobby.

Seine Schwester setzte eine angewiderte Miene auf. »Bist du bekloppt?«

»Das ist die perfekte Gelegenheit!«, entgegnete Bobby. »Dadurch können wir die Dorfbewohner ganz genau beobachten.« Er grinste breit. »Überleg doch mal, wir wären sozusagen undercover. Und wenn uns irgendwas nicht geheuer vorkommt, sagen wir sofort Miss Honeycut Bescheid.«

Stella schmunzelte. »Das ist eine ausgezeichnete Idee. Übrigens könnt ihr mich Stella nennen.«

Abigaile runzelte die Stirn. »Das heißt, wir tun nur so, als ob wir dort arbeiten würden, und machen in Wirklichkeit etwas ganz anderes?« Sie nickte, und die Andeutung eines Lächelns huschte über ihr Gesicht. »Das gefällt mir!«

Daniel sah Stella fragend an.

»Die beiden helfen mir bei dem Fall«, erklärte sie rasch und zwinkerte ihm zu.

»Ach so.« Daniel nickte lächelnd. »Wenn ich dadurch die Nachforschungen mit unterstützen kann, soll es mir nur recht sein.« Er betrachtete die Kinder mit nachdenklicher Miene. »Trotzdem erwarte ich, dass ihr euch im Laden nützlich macht. Wenn ihr euch richtig ins Zeug legt, könnten auch die einen oder anderen Toffees dabei herausspringen.«

Bobbys Augen leuchteten vor Begeisterung. »Sie werden mit uns zufrieden sein. Das verspreche ich Ihnen!«

»Aber nicht morgen, da ist Sonntag!«, rief Abigaile. »Da will ich ausschlafen, klar?« Sie verzog das Gesicht, gähnte und streckte sich. »Autsch! Meine Arme brennen ganz doll.«

»Du hast einen Sonnenbrand«, sagte Stella mit Blick auf Abigailes gerötete Haut. »Wir gehen besser zu Jane. Die weiß, wie man das behandelt.«

Sie verabschiedeten sich von Audrey und Daniel und machten sich auf den Weg zu Janes Cottage.

»Irgendwie finde ich es schon cool, dass wir bei der Mörderjagd helfen dürfen«, gab Abigaile zu. »Auch wenn es sicher keine ganz einfache Sache wird. Aber irgendeiner muss den Mord ja begangen haben, und wir finden auch heraus, wer.«

»Der Mörder ist immer der Esel«, murmelte Bobby so beiläufig, als würde er den Refrain eines Liedes zitieren.

»Der Gärtner«, korrigierte seine Schwester ihn. »Der Mörder ist immer der Gärtner.«

Stella grinste. »In Hillbrush gibt es keinen Gärtner. Zumindest keinen, der das hauptberuflich macht.«

Abigaile zuckte gleichgültig mit den Schultern. »Dann ist der Mörder eben der Butler.«

»Wir haben hier auch keinen Butler«, erwiderte Stella. »Nicht einmal der alte Lord Edgecombe hat mehr einen.« Erst vor ein paar Wochen war der letzte Butler von Limestone Manor in Rente gegangen.

Bobby warf seiner Schwester einen bedeutungsvollen Blick zu. »Die haben hier nur Esel.« Er lachte wiehernd, und Abigaile stimmte fröhlich mit ein.

»Dann kann der Mörder nur der Esel sein.«

Kapitel 16

Am nächsten Morgen, gleich nach dem Frühstück, gingen Stella, Jane und die Kinder zum Eselbrunnen.

»Was macht dein Sonnenbrand?«, erkundigte sich Stella bei Abigaile, während sie nebeneinander die steilen Gassen hinabliefen.

»Welcher Sonnenbrand?«, erwiderte das Mädchen so unleidlich und mürrisch wie immer. Wahrscheinlich hatte sie schon wieder Unterzucker.

»Vermutlich hat die Hitze gestern ihr die Erinnerung weggebrutzelt«, scherzte Bobby, der im Gegensatz zu seiner Schwester quietschvergnügt den Weg entlangschlenderte. »War wohl nicht nur ein einfacher Sonnenbrand, sondern auch noch ein ausgeprägter Sonnenstich.«

Abigaile hob einen vertrockneten Zweig auf und schleuderte ihn in Richtung ihres Bruders, verfehlte ihn jedoch um Haaresbreite. »Blödmann!«, zischte sie und wandte sich Stella zu. »Ach so, der Sonnenbrand.« Sie vollführte eine wegwerfende Handbewegung. »Der war nicht so schlimm.«

»Das klang gestern Abend in der Bäckerei aber noch ganz anders«, entgegnete Bobby feixend, was seine Schwester mit einem giftigen Blick quittierte.

»Da musst du was falsch verstanden haben«, murmelte die Dreizehnjährige und schnitt ihrem Bruder eine Grimasse.

Bobby beugte sich zu Stella und senkte die Stimme. »Ich glaube, die rasche Heilung liegt vor allem an der Salbe, die Jane ihr gestern Abend gebracht hat. So eine grüne Paste war das, die hat zwar etwas seltsam gerochen, aber das Brennen scheint davon weggegangen zu sein.«

Sie bogen nach rechts in eine weitere Gasse ein und steuerten auf den Brunnen zu, an dem sich schon zahlreiche Leute aus dem Dorf versammelt hatten.

»Ach, wie schön, schaut doch mal«, rief Jane und breitete beschwingt die Arme aus. »Der Merlin-Esel wurde wieder aufgestellt.«

Stella sah die bronzene Eselstatue vor sich in der Sonne aufblitzen, genau an der Position am Brunnen, wo sie hingehörte. Auch die schmückende Festdekoration aus Blumen, Fähnchen, Wimpeln und Strohornamenten war neu angeordnet worden.

Jane seufzte glücklich. »Es sieht aus, als ob nichts passiert wäre.«

»Da haben mein lieber Massimo und Jack und noch einige andere Männer gestern den halben Tag geschuftet«, entgegnete Audrey stolz. Sie hatte sich bei ihrem Ehemann eingehakt und strahlte über das ganze Gesicht.

»Ist der Tatort denn schon freigegeben worden?«, wollte Stella wissen.

Massimo kratzte sich am Kopf. »Keine Ahnung. Mir hat niemand etwas verboten. Außerdem ist es nur fair, wenn wir endlich in Ruhe unseren Brunnen einweihen können.«

»Genau«, stimmte Jack ihm zu, der halb auf dem Brunnenrand hockte. »Dieser Waxflatter hat unseren Zeitplan lang genug durcheinandergebracht.«

Zustimmendes Gemurmel erhob sich ringsum, das wenig später vom Trappeln von Eselhufen übertönt wurde. Stella wandte den Kopf und sah, wie der Vikar und Margery auf zwei Eseln herangetrabt kamen. Die Menge machte ihnen Platz, sodass die beiden bis vor den Brunnen reiten konnten. Sie grüßten und winkten den Leuten zu, die sich nun um sie scharten. Immer mehr kamen herbei. Ernest, Tiberius, Alice, Daniel, Gavin, Craigory Valentine – alle waren sie da. Sogar Lord Archibald Edgecombe stand etwas abseits der Meute in seiner feinsten Sonntagstracht.

Margery stieg ab und positionierte sich neben den Eseln, die in aller Gemütlichkeit vom Brunnenwasser tranken. Lionel blieb auf seinem Esel sitzen und hob in einer segnenden Geste die Hände.

»Willkommen, meine lieben Schäfchen, zur sonntäglichen Eselpredigt.«

Die Leute verstummten und rückten noch näher zusammen, um den Worten ihres Vikars besser lauschen zu können.

Lionel ließ seinen Blick über das Publikum schweifen. »Auge um Auge, Zahn um Zahn, heißt es in der Bibel.«

Für einen winzigen Moment war es Stella, als würde er sie direkt ansehen, doch sie war sich sicher, dass jeder der hier Anwesenden ein ähnliches Gefühl verspürte.

»Vor genau zwei Tagen wurden wir alle Zeugen dieses biblischen Prinzips«, fuhr Lionel fort. »Ein Sünder wurde gerichtet. Zerschmettert von Merlin, dem Retter von König Artus und Schutzpatron unseres Dorfes.« Er machte eine Kunstpause, um seinen Worten noch mehr Gewicht zu verleihen, hob dann den Zeigefinger und bohrte ihn wie ein Schwert in die Luft. »Doch ich sage euch!« Seine Stimme nahm einen bedrohlichen Unterton an. »Wer von euch ohne Sünde ist, der werfe den ersten Stein.«

Wie so oft bei seinen Predigten erntete er auch heute zahlreiche irritierte und fragende Blicke.

»Die Tat muss uns eine Lehre sein, dass wir nicht den Weg der Gewalt wählen dürfen«, rief er so eindringlich, dass ein Teil seiner Worte als Echo widerhallte. »Dass wir Hass mit Liebe, Lasterhaftigkeit mit Demut und Einfältigkeit mit Hingabe begegnen müssen.«

Die Menge reagierte verhalten. Nur ein zaghaftes Nicken hier und da.

Ein herzerwärmendes Lächeln breitete sich auf Lionels Gesicht aus. »Doch seid unverzagt: Heute soll ein Tag der Freude für uns sein. Heute schauen wir nach vorn. Nach über einem Jahr Restaurationszeit erstrahlt unser schöner Brunnen nun wieder in neuem Glanz.«

Eine Welle der Freude und Erleichterung rauschte über die Versammelten hinweg. Einige jubelten, andere klopften sich gegenseitig auf die Schulter oder umarmten sich.

Mit einem bloßen Fingerschnipsen lenkte der Vikar die Aufmerksamkeit wieder auf sich. »Merlin, der Esel, dem dieses Denkmal gewidmet ist, wird für immer einen Platz in unseren Herzen haben. Seine Tapferkeit soll uns allen ein Vorbild sein. Überhaupt sollten wir uns unsere tierischen Freunde öfters zum Vorbild nehmen. Denn Esel waren schon immer zur Stelle, wenn der Mensch sie brauchte.« Erneut warf Lionel dem Publikum bedeutungsvolle Blicke zu. »Wenn wir die Bibel lesen, erkennen wir, welche Bedeutung dem Esel zukommt. Die schwangere Maria ritt auf einem Esel von Nazareth nach Bethlehem. Jesus gelangte auf dem Rücken eines Esels nach Jerusalem. Mose transportierte seine Kinder auf einem Esel nach Ägypten. Der Seher Bileam entging dem Verderben, weil eine sprechende Eselin ihn warnte.« Er zählte weitere Bibelstellen auf, in denen Esel eine nicht unwesentliche Rolle spielten.

Stella, die bislang interessiert zugehört hatte, spürte, wie ihre Gedanken zu einem anderen Buch drifteten. *Star over Bethlehem* – ein illustrierter Band mit Gedichten und Kurzgeschichten, den Agatha Christie 1965 unter dem Namen Agatha Christie Mallowan veröffentlicht hatte. Die darin enthaltene Geschichte *Der unfolgsame Esel* hatte sich ihr besonders eingeprägt, denn es ging um die Geburt von Jesus – aus der Sicht eines Esels erzählt. Stella wusste auch, wer der Seher Bileam war – nicht, weil sie die betreffende Stelle in der Bibel studiert, sondern weil sie Agatha Christies bezaubernde Geschichte gelesen hatte.

Ihre Gedanken kehrten zu den Worten des Vikars zurück. *Auge um Auge, Zahn um Zahn.* Das klang, als ob Lionel fest davon überzeugt war, dass es sich bei dem Mord an Lennard um einen Racheakt handelte. Wusste er etwa mehr als sie? Hatte Alice sich ihm anvertraut? Das schien zwar unwahrscheinlich, da sie immer sehr offen bekundete, wie wenig sie Lionel leiden konnte. Doch vielleicht hatte sich das ja geändert. Vielleicht hatte Alice ja tatsächlich die Wahrheit über den Tod ihres Vaters herausgefunden, infolgedessen ihren Mann ermordet und sich in Ermangelung eines anderen Verbündeten dem Vikar anvertraut. Als Geistlicher war er in jedem Fall zur Verschwiegenheit verpflichtet, egal um welche Straftat es sich handelte – Mord eingeschlossen. Er war die perfekte Person, um sich das Gewissen zu erleichtern.

Stella blickte zu Lionel, der ein unsichtbares Kreuz in die Luft zeichnete.

»Meine lieben Schäfchen«, rief er. »Ich übergebe nun das Wort an unseren Ehrengast, den renommierten Historiker und Fernsehmoderator Craigory Valentine.«

Unter dem Applaus des Publikums trat Valentine näher an den Brunnen heran.

»Verehrte Anwesende, verehrter Herr Vikar, ich danke Ihnen für die Einladung in Ihr schönes Dorf und für die Gastfreundschaft, die Sie mir während der letzten doch recht turbulenten Tage zuteilwerden ließen.« Er schaute kurz in den strahlend blauen Himmel, als würde er nach den richtigen Worten suchen.

»Der Esel als solches ist – wie wir gehört haben – nicht

nur der heimliche Star der Bibel – auch aus der Artussage ist er nicht wegzudenken.« Craigory Valentine sah zu Stella und lächelte. »Einem altertümlichen Liedtext zufolge verdankte Artus, der König von Camelot, sein Leben einem langohrigen Bewohner dieses Dorfes.« Er breitete die Arme aus. »Ohne Esel wäre die Menschheit vermutlich nicht sehr weit gekommen.«

Die Zuschauer lachten leise.

Valentine deutete auf die Bronzestatue. »Merlin, dem dieser Brunnen gewidmet ist, soll als Held gefeiert werden. Ich freue mich sehr, heute diesen Brunnen mit Ihnen zusammen offiziell einweihen zu dürfen.«

Wie auf ein Stichwort öffnete Margery eine Flasche Sekt und ließ den Korken knallen. Dann reichte sie die Flasche Valentine, der einen beträchtlichen Schwapp des Gesöffs in den Brunnen rieseln ließ.

»Schade um das gute Zeug«, hörte Stella jemanden in ihrer Nähe flüstern.

Jubel und Beifall erfüllten den Platz, und die Sektflasche wanderte durch mehrere Hände, bis sie leer war und sie jemand am Rand des Brunnens stehen ließ.

Lord Archibald Edgecombe klopfte Craigory Valentine auf die Schulter. »Wirklich eine schöne Rede! Sie müssen mich unbedingt einmal auf Limestone Manor besuchen kommen.«

»Das werde ich sehr gerne«, erwiderte der Historiker. »Haben Sie besten Dank.«

Weitere Dorfbewohner umlagerten Valentine, um ihn nach Autogrammen und Selfies zu bitten.

Stella bahnte sich indes ihren Weg auf den Lord zu. »Hallo, Mr. Edgecombe.«

»Miss Honeycut.« Archibald Edgecombe erstrahlte, als er Stella erkannte. »Was für eine Freude, Sie zu sehen.«

»Wie geht es Ihnen?«, erkundigte sich Stella.

»Es ging mir nie besser.«

»Hat Ihr Enkel seinen Esel wieder? Ich habe Roderick gestern Nachmittag auf dem Plateau getroffen, als er auf der Suche nach ihm war.«

Der alte Lord atmete geräuschvoll aus. »Natürlich hat der missratene Bengel wieder einmal vorschnell die Flinte ins Korn geworfen. Gavin und Daniel haben die Esel aber wohlbehalten zurückgebracht.«

Stella nickte. »Dürfte ich bei Gelegenheit wieder einmal etwas in Ihrer Bibliothek recherchieren?«

»Selbstverständlich!«, entgegnete Edgecombe. »Sie sind mir jederzeit willkommen!«

»Hergehört, Leute!«, rief eine Frauenstimme über den Geräuschteppich hinweg. »Ich habe euch etwas mitzuteilen!«

Es war Alice, die mit einem langen türkisfarbenen Sommerkleid und einem Blumenkranz im Haar beinahe wie eine Elfe aussah. Sie sprang leichtfüßig durch die Reihen der Herumstehenden hindurch, kletterte auf den Rand des Brunnens und hielt sich mit einer Hand an der Eselstatue fest.

»Heute ist ein denkwürdiger Tag«, rief sie, und ihr braunes lockiges Haar wehte im Wind. »Zum einen wurde endlich unser wunderschöner Brunnen eingeweiht.« Sie streichelte den Bronze-Esel und drückte ihm einen Kuss auf den Kopf.

Unter den Versammelten lachten einige. Stella hingegen staunte. So gelöst und unbeschwert hatte sie Alice noch nie erlebt. Es schien, als wäre sie geradezu berauscht vor Glück.

Alice schlang einen Arm um den Hals des Bronze-Esels. »Zum anderen haben wir heute in der Destillerie einen großen Auftrag hereinbekommen, der uns die nächsten Monate über Wasser halten wird.«

Die Leute klatschten.

Das waren natürlich großartige Neuigkeiten, dachte Stella und stimmte in den Beifall ein.

»Danke, ihr Lieben«, rief Alice und verbeugte sich. »Ich danke euch!« Sie tätschelte die Stirn des bronzenen Tieres. »Wie heißt es so schön: Man soll die Feste feiern, wie sie fallen. Deshalb lade ich euch für den Rest des Tages zu mir in die Destillerie ein! Es gibt kostenlos Gin für alle!«

Kapitel 17

Joseph Clapperton saß auf der Pritsche in seiner Zelle und dachte über den Fall nach. Laut Stellas Bericht hatten zahlreiche Leute, sowohl innerhalb der Dorfgemeinschaft als auch aus der Umgebung, ein Motiv für die Tat gehabt – ein Umstand, der den Chief Inspector keinesfalls verwunderte. Praktisch beinahe jeder, der mit Lennard Waxflatter zu tun gehabt hatte, hatte ihm früher oder später den Tod gewünscht, Clapperton selbst mit eingeschlossen. Es musste wohl der Mord mit den meisten Tatverdächtigen seiner gesamten Karriere sein. Im Grunde war es eine Suche nach der Nadel im Heuhaufen.

Wenn es um die Reihenfolge der Verdächtigen ging, kam Joseph Clapperton als Erstes Lennard Waxflatters Ehefrau Alice in den Sinn.

Ehefrauen waren zu allen möglichen Gräueltaten imstande, das wusste niemand besser als er selbst. Linda, mit der er seit einundzwanzig Jahren verheiratet war, hatte ihm das Herz herausgerissen, es vor seinen Augen verspeist und es dann wieder ausgespuckt. Genauso gut hätte sie ihm mit einem Schraubenschlüssel den Schädel einschlagen können. Vermutlich wäre das sogar der gnädigere Akt gewesen.

Alice Waxflatter war definitiv die Hauptverdächtige Nummer eins – das sah auch Stella Honeycut nicht anders. Doch selbstverständlich durften auch die vielen anderen Spuren nicht außer Acht gelassen werden.

Der dynamische Wassertaxiunternehmer Massimo Morelli beispielsweise stand auf Joseph Clappertons Liste der Verdächtigen auf Platz zwei. Waxflatter hatte mit einem einzigen Seitenhieb Morellis Zeugungsfähigkeit infrage gestellt und damit dessen Ehre auf das Schlimmste attackiert – ein Affront, den der gebürtige Italiener sicher nicht auf sich sitzen lassen konnte. Wenn britische Unverfrorenheit auf südländisches Temperament traf, gab es meistens einen Knall. Oder eben einen Mord.

Dann war da noch Jack Whitley, so ein junger Heißsporn, dem der Hass auf Lennard Waxflatter auf zehn Metern Entfernung anzusehen war. Genau wie Morelli hatte auch Whitley sowohl ein Motiv als auch die Mittel und die Gelegenheit für den Mord gehabt. Dazu diese verdächtigen roten Flecken an seiner Kleidung. Bootsfarbe? Im Leben nicht! Besonders verdächtig war, dass er die Sachen nicht ausgehändigt und dadurch eine Analyse der Flecken verhindert hatte. Das war Blut. Jede Wette!

Möglicherweise hatten Whitley und Morelli die Tat auch gemeinschaftlich begangen. Immerhin arbeiteten sie seit mehreren Jahren zusammen und hingen ja scheinbar auch sonst oft miteinander herum.

Clappertons Blick wanderte zu den Gitterstäben vor dem kleinen quadratischen Fenster. Er fragte sich, warum er sich überhaupt die Mühe machte, über den Fall zu sinnieren, wo er doch eh nicht in die Verlegenheit kommen würde, aktiv an den Ermittlungen mitzuwirken.

Ein weiterer Anflug von Niedergeschlagenheit erfasste ihn. Erst vor ein paar Tagen noch hatte er gedacht, dass er am tiefsten Punkt seines Lebens angekommen sei und es nicht mehr schlimmer werden könnte. Doch nun war er in dieser Zelle zur Untätigkeit verdammt und wurde wie ein Schwerverbrecher behandelt. Seine eigenen Kollegen verdächtigten ihn, einen kaltblütigen Mord begangen zu haben. Als ob er zu solch einer abscheulichen Tat imstande wäre. Dieser Mangel an Vertrauen nagte schon gewaltig an ihm.

Zu Clappertons Niedergeschlagenheit gesellt sich Wut, eine Emotion, die sich beinahe gut anfühlte, da sie ihn wenigstens ein klein wenig aus seinem emotionalen Tief riss. Er war wütend auf Detective Sergeant Chakraborty und auf Superintendent McQueen, die ihn hier das ganze Wochenende vor sich hin schmoren ließen. Nur wegen einer harmlosen Voodoo-Puppe, denn sonst gab es nichts, was sie gegen ihn hervorzubringen vermochten. Zugegeben, er hatte ein Motiv gehabt, und ja, er hatte wie einige der anderen Verdächtigen auch kein Alibi. Theoretisch hätte er also nachts durch das Dorf der Esel laufen und diesem Lennard Waxflatter eins über den Schädel ziehen können. Aber er hatte es nicht getan – und nur darauf kam es an. Das musste er diesen Sturköpfen nur irgendwie verständlich machen.

Warum hatten sie ihn aber auch gleich eingesperrt? Eine Suspendierung hätte er noch nachvollziehen können, aber das hier? Das war der Gipfel der Unverschämtheit!

Was Bobby und Abigaile jetzt wohl gerade machten? Joseph Clapperton schloss die Augen, um gedanklich ganz bei seinen Kindern zu sein.

Wie sehr er die beiden vermisste! Würden sie jemals verstehen, dass er sie über alles liebte? Er seufzte leise und schickte ein Stoßgebet gen Himmel. Hoffentlich ging es ihnen gut. Und hoffentlich stellten sie nicht schon wieder irgendeinen kindischen Unsinn an.

Clapperton stand auf und begann, auf den zwei Quadratmetern seines Gefängnisses hin und her zu gehen. Dass sich Stella und Jane um Bobby und Abigaile kümmerten, war ein Geschenk, doch er war derjenige, der in der Verantwortung stand. Jetzt gerade, hier in dieser Zelle, fühlte es sich an, als würde er sich darum drücken. Dabei wollte er das gar nicht.

Neben der Wut und der Niedergeschlagenheit keimte langsam eine dritte Emotion auf. Entschlossenheit. Er musste schnellstmöglich hier raus und zu seinen Kindern zurück.

Sein Blick fiel auf das Buch, das Stella ihm mitgebracht und das er in der Nacht, da er auf der harten Pritsche kein Auge hatte zutun können, tatsächlich komplett gelesen hatte.

Der unheimliche Weg von Agatha Christie war nicht nur ein spannender Kriminalroman – Joseph verstand jetzt auch, warum Stella ihm ausgerechnet dieses spezielle Buch gegeben hatte. Hilary, die Protagonistin der Geschichte, sitzt anfangs auch am Tiefpunkt ihres Lebens fest, erhält jedoch das Angebot, an einer gefährlichen Mission teilzunehmen, und soll einen verschwundenen Kernphysiker aufspüren. Kaum hat sie eingewilligt, kehren auch ihre Neugier und ihr Lebenswille zurück.

Joseph Clapperton hatte keinen Zweifel, dass Stella ihm damit mitteilen wollte, dass es besser werden würde, sobald er sich dazu entschied, sein Leben wieder in die Hand zu nehmen. Er musste etwas tun und durfte nicht aufgeben, alles andere war jetzt nicht von Belang.

Während die negativen Emotionen allmählich verblassten, wuchsen Hoffnung und Entschlossenheit wie lieblich duftende Kletterrosen in ihm heran.

Es hielt ihn keine Stunde länger in dieser Zelle. Er würde aufbegehren und sich wehren und so lange auf seinen Rechten beharren, bis dieser Albtraum ein Ende hatte.

Berauscht von der Idee seines Vorhabens, donnerte er mit der Faust gegen die Tür. »Sergeant!« Er brüllte so laut, dass gefühlt die Wände wackelten. »Sergeant Chakraborty!«

Ein paar Sekunden verstrichen, dann drang ein verschlafenes »Ja, Sir?« von der anderen Seite der Tür.

Joseph Clapperton packte seine ganze Entschlossenheit in seine Stimme. »Ich muss mit Ihnen reden.«

Er hörte, wie ein Schlüssel langsam ins Schloss gesteckt und gedreht wurde. Dann sprang die Tür auf, und der Sergeant stand vor ihm.

»Brauchen Sie etwas, Sir? Soll ich Ihnen eine Illustrierte bringen?«

»Nein!«

»Eine Tasse Tee?«

»Auch nicht!«

»Vielleicht einen Curry-Scone?« Chakraborty versuchte es mit einem breiten Lächeln. »Die hat meine Mutter heute Morgen extra noch gebacken. Es ist eine Hommage an die britisch-indische Fusionsküche.«

Dem Chief Inspector entwich ein Knurren. Keine Ahnung, von was dieser Mann da sprach.

»Ich will nichts essen, nichts trinken, und ich will auch nichts lesen!«

Der Sergeant blickte ihn an, als ob er den Verstand verloren hätte. »Was wollen Sie denn dann?«

»Ich möchte mit Ihnen reden.« Clapperton zog die Visitenkarte hervor, die Stella ihm gegeben hatte. »Und ich möchte, dass Sie diese Anwältin kontaktieren. Sie soll noch heute meine Verteidigung übernehmen.«

Chakraborty nahm die Visitenkarte und betrachtete sie. »Oh!« Er nickte beflissen. »Natürlich, Sir. Ich werde das auf der Stelle veranlassen.«

»Danke!« Clapperton setzte ein freundlicheres Gesicht auf. »Ich habe Lennard Waxflatter nicht umgebracht«, sagte er ruhig, aber nachdrücklich. »Ich habe mir nicht das Geringste zuschulden kommen lassen – und das wissen Sie auch!« Er holte tief Luft. »Eine Straftat, gleich welcher Art, wäre mit meiner Ehre als Polizist in keinster Weise vereinbar. Ich bin auf der

Seite der Guten, schon immer gewesen. Sind Sie das auch?«

»Ja, das bin ich, Sir«, versicherte ihm Chakraborty.

»Dann stehen wir zwei also auf derselben Seite?« Joseph Clapperton zeigte erst kurz auf den Detective Sergeant, dann auf sich. »Sie und ich?«

Chakraborty nickte erneut. »Ich denke schon.«

»Glauben Sie mir, dass ich nicht für Waxflatters Tod verantwortlich bin?«

»Ich … äh … äh …«

»Was sagt Ihnen denn Ihre Menschenkenntnis?«, bohrte Clapperton nach. »Ihr Instinkt? Ihr Bauchgefühl?«

Navin Chakraborty biss sich auf die Unterlippe. Er musterte den Chief Inspector schweigend. Sein linkes Augenlid zuckte, und man konnte sehen, wie es in ihm arbeitete. »Es sagt mir, dass Sie kein Mörder sind.«

Joseph Clapperton atmete erleichtert auf. »Warum bin ich dann immer noch in dieser Zelle eingesperrt?«

»Das war nicht meine Entscheidung, Sir, sondern …«

»Sondern die Entscheidung des Superintendenten.«

»Er ist unser Vorgesetzter.« Chakraborty wiegte den Kopf hin und her.

»Das ist mir bewusst«, erwiderte Clapperton. »Was ich jedoch nicht weiß.« Er beugte sich vor. »Sind Sie mit der Entscheidung einverstanden?«

Der Sergeant ließ sich Zeit mit einer Antwort. »Wenn Sie mich so fragen. Nein, das bin ich nicht.«

»Eines ist jedenfalls sicher«, fuhr Clapperton fort. »Je länger ich hier drinnen festsitze, desto länger läuft der wahre Täter draußen frei herum und bringt vielleicht noch weitere Menschen in Gefahr.« Er bohrte Chakraborty den Zeigefinger in die Brust. »Das sollten Sie berücksichtigen.«

DS Chakraborty schluckte, und seine Wangen färbten sich vor Aufregung purpurrot. »Bitte haben Sie noch ein ganz klein wenig Geduld, Sir.« Er trat hastig in den Flur und gab Clapperton zu verstehen, dass er ihm folgen solle. »Ich rufe jetzt sofort die Anwältin an.«

Kapitel 18

Gespannt trat Stella in die kleine Kapelle hinein. Das Gebäude, das sich in der Nähe des Pfarrhauses befand, war kaum größer als Audreys Bäckerei, doch im Inneren war es so kühl und muffig wie in einer Gruft.

Stella schritt langsam auf den Vikar zu, der vor dem mit Blumen geschmückten Altar stand. Der alte Mann wirkte still und in sich gekehrt. Er hatte die Augen geschlossen, und aus seinen gefalteten Händen ragte ein filigraner Rosenkranz.

So leise wie sie konnte, ließ sich Stella auf der vorderen schmalen Kirchenbank nieder. Offensichtlich hielt Lionel gerade Zwiesprache mit Gott, und dabei wollte sie ihn auf keinen Fall stören.

Nach einer Weile, die Stella wie eine Ewigkeit vorkam, ließ der Vikar die Arme sinken, öffnete die Augen und drehte sich herum.

»Stella. Was machst du denn hier? Warum bist du denn nicht in der Gin-Destillerie?«

»Weil ich mit dir reden muss«, entgegnete Stella. »Der Gin kann warten.« Sie hatte sich noch nie viel aus einem Saufgelage gemacht. Davon einmal abgesehen, war es ja auch noch immer Vormittag.

Lionel setzte sich neben sie auf die Bank. »Ich werde mich auch erst später dazugesellen – nachdem ich meinen Mittagsschlaf gehalten habe.« Er schlug die Beine übereinander und schob den Rosenkranz in die Tasche seiner Soutane zurück. »Aber ihr jungen Leute solltet den Tag natürlich nutzen und mal ausgiebig feiern.« Ein breites Lächeln erhellte sein dachsartiges Gesicht. »Das hast du dir – und das habt ihr euch alle verdient.«

Stella zog die Stirn kraus. »Eigentlich denke ich nicht, dass jetzt die richtige Zeit zum Feiern ist.«

Der Vikar rieb sich die knochigen Hände. »Wir haben heute unseren Brunnen eingeweiht.«

»In dem vor zwei Tagen ein Mensch ermordet worden ist«, hielt Stella dagegen. Scheusal hin oder her. Mord war nie ein Grund, sich zu freuen.

»Wenn du so an die Sache herangehst, findest du nie die Zeit dafür«, erwiderte Lionel und seufzte. »Man muss auch mal den ganzen Ballast zur Seite schieben, um mal wieder richtig durchatmen zu können.«

Stellas Verwirrung wuchs mit jedem Wort. Was genau meinte er bitte?

Anstelle einer Erklärung musterte Lionel sie. »Doch nun sag, was hast du auf dem Herzen?«

»Es geht um etwas, was du in deiner Predigt gesagt hast.«

Ein Schmunzeln umspielte Lionels Lippen. »Ich freue mich, wenn meine Worte einen Eindruck bei dir hinterlassen haben. Dann habe ich alles richtig gemacht.«

»Da ist dieser eine Satz aus der Bibel, der mir nicht

mehr aus dem Kopf geht«, sagte Stella. »Auge um Auge, Zahn um Zahn.«

In den Augen des Vikars blitzte es. »Das ist verständlich, dass du dich als Detektivin besonders dafür interessierst.«

Stella blickte ihn eindringlich an. »Weißt du irgendetwas über Lennard Waxflatters Tod?«

Nun wirkte Lionel irritiert. »Was sollte ich denn darüber wissen?«

Stella entschied sich ebenfalls für eine Gegenfrage. »Hat Alice mit dir gesprochen?«

»Alice? Nein.« Lionel schüttelte den Kopf. »Sie meidet mich noch immer, so gut sie kann. Ich kann schon froh sein, wenn sie mir später noch ein Glas von ihrem Gin kredenzt.« Er zog die linke Augenbraue hoch. »Wie kommst du denn auf die Idee?«

»Sie wirkt so verändert. Gelöster.«

»Ja, das habe ich auch bemerkt«, entgegnete Lionel. »Das hat aber nichts mit mir zu tun. Das liegt vielmehr daran, dass sie ihren Tyrann von einem Ehemann los ist.«

»Ich weiß, dass du als Seelsorger an die Schweigepflicht gebunden bist«, startete Stella einen neuen Versuch, ihr Anliegen anzugehen. »Trotzdem möchte ich dich bitten, die Karten auf den Tisch zu legen.«

Ein überraschter Ausdruck trat in Lionels Gesicht. »Ein etwas abrupter Themenwechsel, und ich wusste auch gar nicht, dass du Bridge spielst. Aber ja, warum denn nicht.« Er griff in die Tasche seiner Soutane und packte einen Stapel Bridgekarten aus.

Nur mit Mühe konnte sich Stella ein Kichern verkneifen. »Das mit den Karten habe ich nicht wörtlich gemeint, sondern im übertragenen Sinne.«

»Ach so.« Ein Hauch von Enttäuschung schwang in Lionels Stimme mit. »Schade eigentlich.«

»Ich möchte dich bitten, mir eine Frage zu beantworten«, fuhr Stella fort. »Hat dir irgendjemand etwas, das mit Waxflatters Tod im Zusammenhang steht, anvertraut?«

Der Vikar drehte nachdenklich den Kartenstapel hin und her und schien über ihre Frage gründlich nachzusinnen.

»Ein einfaches Ja oder Nein würde mir schon reichen«, meinte Stella, auch wenn sie sich freilich mehr als das erhoffte.

Für einen weiteren Moment schwieg Lionel, dann nickte er. »Ja. Doch wenn ich dir davon erzählen würde, würdest du mich sicher für sehr wunderlich halten.«

»Kommt auf einen Versuch an«, erwiderte Stella und grinste. »Außerdem: Sind wir von Zeit zu Zeit nicht alle ein bisschen wunderlich?«

»Da magst du recht haben.« Lionel packte die Karten weg und zog wieder seinen Rosenkranz hervor. »Jemand hat mir tatsächlich etwas anvertraut.«

»Wer?«

»Gilgamesch.«

Stella runzelte die Stirn. »Wer?«

»Ein Esel.« Ein Ausdruck tiefster Glückseligkeit flammte in Lionels Augen auf. »Er hat mit mir gesprochen.« Er hob die Hand. »Nur im Traum natürlich. Dennoch, nun weiß ich, wie der Seher Bileam sich gefühlt haben muss.«

»Ja, mir sind in meinem Traum auch schon mal sprechende Esel begegnet«, berichtete Stella. »Kurz nach meiner Ankunft hier im Dorf.« Seitdem waren sie ihr nie wieder erschienen, was Stella fast ein wenig bedauerte.

»Ach ja?« Der Vikar bedachte sie mit einem neugierigen Blick. »Wie eigentümlich. Das musst du mir unbedingt mal in allen Einzelheiten erzählen.«

»Ein anderes Mal gerne.« Stella strich sich eine Haarsträhne aus dem Gesicht. »Was hat der Esel denn zu dir gesagt? Dieser Gilgamesch?«

Lionel hangelte sich langsam an den einzelnen Perlen des Rosenkranzes entlang. »Er sagte zu mir, dass Lennard Waxflatter sich sein Ende selbst zuzuschreiben habe. Dass sein Tod das zwangsläufige Resultat seiner eigenen Handlungen war.«

Stella rieb sich das Kinn. Das war doch alles ziemlich vage. Ging es denn nicht etwas genauer?

Der Vikar drehte sich zu ihr. »Gilgamesch stand direkt vor mir, so, wie du jetzt hier stehst, äh, sitzt. Er erzählte mir, dass auch die Esel aufatmen würden, seitdem unser Dorf von diesem despotischen Waxflatter befreit sei.«

Das mag durchaus den Tatsachen entsprechen, dachte Stella. Schließlich hatte sich Lennard jedem Lebewesen gegenüber scheußlich benommen, gleichgültig, ob es ein Mensch oder ein Tier gewesen war. Ganz besonders die Esel waren ihm immer ein Dorn im Auge gewesen, daran hatte er nie einen Zweifel gelassen. Wenn es nach ihm gegangen wäre, hätte er sie am liebsten zu Wurst verarbeitet. Genau so hatte er sich ausgedrückt.

»Richtig froh und erleichtert sind sie«, murmelte Lionel. »Was man ihnen durchaus nachfühlen kann. Uns Menschen geht es ja auch nicht anders.«

»Ja, okay.« Stella nickte. »Hat Gilgamesch denn sonst noch was gesagt?«

»Ach ja, er meinte, dass Lennard ermordet wurde, weil er selbst einem Menschen das Leben genommen habe.«

Typisch Lionel, dachte Stella. Die wichtigste Information rückte er mal wieder zuletzt heraus. »Weißt du denn auch, wen Lennard getötet hat?« Über James Harper wusste sie ja bereits Bescheid. Aber möglicherweise hatte Lennard ja noch weitere Leichen im Keller gehabt.

»Nein, das hat Gilgamesch mir nicht verraten.« Lionel seufzte leise. »Es war ja auch nur ein Traum.«

»Sicher doch«, sagte Stella. »Verstehe.«

»Allerdings …« Der Vikar biss sich auf die Unterlippe.

»Ja?« Stella gab sich große Mühe, die Ungeduld in ihrer Stimme zu verbergen.

Lionel legte den Kopf leicht schräg. »Ich habe das Gefühl, dass es sich dabei um ein Kind handelt. Um ein ungeborenes Kind.« Seine Augenbrauen zogen sich zu einem langen dünnen Strich zusammen, und sein Gesicht wurde noch etwas dachsähnlicher. »Gilgamesch schien mir im Traum trächtig zu sein, und dann war er es plötzlich nicht mehr.«

»War Alice denn schwanger?«, fragte Stella. »Hat sie ein Kind verloren?«

»Darüber weiß ich nichts«, erwiderte Lionel. »Wie gesagt, ich wäre der Letzte, dem sie von ihren Problemen erzählen würde.« Er ließ die Schultern hängen. »Tut mir leid, wenn ich dir nicht weiterhelfen kann.«

»Du hast mir geholfen, Lionel.« Stella drückte dem Vikar lächelnd die Hand. »Ich danke dir.« Sie stand auf, verabschiedete sich und lief nach draußen. Wenn jemand im Dorf über eine Fehlgeburt oder einen Schwangerschaftsabbruch Bescheid wusste, dann Jane.

Kapitel 19

Als Stella am Nachmittag in der Gin-Destillerie eintraf, war die Party bereits in vollem Gange. Vergnügte, feiernde Menschen, wohin man auch blickte. Viele hielten ein Glas in der Hand und prosteten sich zu. Auf dem Tresen reihten sich die ersten leeren Ginflaschen aneinander. Aus einem Lautsprecher ertönte kubanische Musik, und der gesamte Verkaufsraum hatte sich in eine Tanzfläche verwandelt. Ein Hauch von Gin lag in der Luft.

Stella bahnte sich einen Weg durch die Meute. Da entdeckte sie Alice und Lucas Wilder, die engumschlungen inmitten der Menschenmenge tanzten. Ein ungutes Gefühl machte sich in Stella breit. Hatte sie etwas verpasst? So, wie die beiden hier miteinander umgingen, schienen sie mehr als nur Freunde und auf jeden Fall mehr als nur Angestellter und Chefin zu sein. Hatten sie Lennard womöglich gemeinsam beseitigt, um für ihre Liebe frei zu sein?

Stella ließ ihren Blick durch den Raum schweifen. Sogar Jane und Ernest waren da und schwangen fröhlich das Tanzbein. Etwas weiter links waren Craigory Valentine und der Vikar in eine angeregte Unterhaltung vertieft, und daneben prosteten sich Gavin und Tiberius zu.

Nichts, aber auch rein gar nichts deutete darauf hin, dass in diesem Dorf vor zwei Tagen ein Mensch ermordet worden war.

Plötzlich wurde die Lautstärke der Musik heruntergeregelt, und jemand räusperte sich.

Die verdutzte Menge wandte sich dem Tresen zu, auf dem zur Überraschung aller Audrey und Massimo gemütlich Platz genommen hatten.

»Wir möchten euch gern etwas mitteilen«, rief der Italiener, und seine Augen leuchteten wie zwei Nebelscheinwerfer. »Denn auch wir haben Grund zum Feiern.« Er sah zu seiner Frau, die überglücklich die Arme ausbreitete.

»Wir erwarten ein Baby!«, rief Audrey und zappelte vor Freude, so sehr, dass sie vom Tresen rutschte. Ihr Mann kam ihr jedoch zuvor und fing sie auf.

Jubelrufe erklangen, und die Menge überschüttete das Paar mit Glückwünschen.

»Ach, wie schön.« Stella fiel ihrer Freundin um den Hals. »Ich freue mich so für euch!«

»Wir wissen es auch erst seit heute Morgen«, raunte Audrey ihr zu. »Da war mir übel, und ich habe einen Test gemacht.«

»Endlich wieder Nachwuchs!« Samantha Goodman, die Leiterin der Dorfschule, schüttelte erst Audrey, dann Massimo die Hand. »Dieser Ort braucht dringend mehr Kinder, schon allein, damit uns unsere schöne Schule erhalten bleibt.«

Nachdem auch Jane den beiden gratuliert hatte, nahm

Stella ihre Tante zur Seite. »Apropos Kinder, weißt du, ob Alice mal schwanger war?«

Jane sah sie erstaunt an. »Ja, vor ungefähr anderthalb Jahren, doch leider hat sie das Kind im vierten Monat verloren.« Ein misstrauischer Ausdruck trat in ihre Augen. »Warum fragst du denn ausgerechnet danach?«

»Ich bin bei meinen Nachforschungen drauf gestoßen«, erklärte Stella. »Denkst du, Lennard könnte etwas mit der Fehlgeburt zu tun gehabt haben?«

»Du meinst, dass er Alice irgendein Wehen auslösendes Kraut in den Tee gerührt hat?« Jane schüttelte den Kopf. »Nein, das glaube ich nicht. Allerdings ist es gut möglich, dass die Fehlgeburt durch den Kummer und Ärger ausgelöst wurde, den Alice seinetwegen hatte.«

Stella nickte in Richtung der Tanzfläche, wo Alice und Lucas noch immer wie aneinander festgeklebt standen. »Wie lange geht das schon mit den beiden?«

»Keine Ahnung«, erwiderte Jane. »Aber ich gönne es Alice. Sie hat sich ein wenig Glück redlich verdient, und Lucas scheint ein anständiger Kerl zu sein.«

Die Musik setzte wieder ein, und die meisten Leute begaben sich auf die Tanzfläche.

»Was ist denn hier los?«, brummte eine laute Stimme in Stellas Ohr.

Sie wollte sich umdrehen, stolperte jedoch dabei und fiel rücklings Joseph Clapperton in die Arme.

»Hoppla!« Clapperton fing sie mühelos auf.

»Chief Inspector«, rief Jane, »wie schön, dass man Sie endlich freigelassen hat.«

»Das ist ja ein ordentliches Gelage hier«, meinte Joseph Clapperton, während er seinen Blick über die Versammelten schweifen ließ.

»Wir feiern die Einweihung des Brunnens«, erklärte Jane, und ein geheimnisvolles Schmunzeln umspielte ihre Lippen. »Außerdem erwarten wir Nachwuchs.«

Joseph Clapperton sah zu Stella, ein entgeisterter Ausdruck auf dem bartstoppligen Gesicht.

»Nicht ich«, entgegnete Stella rasch. »Sondern Audrey.« Sie packte ihn am Arm und zog ihn mit sich. Abseits der Menge, wo es etwas ruhiger war, blieb sie stehen. »Was ist passiert? Du bist doch nicht etwa getürmt?«

Der Chief Inspector schüttelte den Kopf. »Nein. Wie kommst du darauf?«

»Ich weiß nicht«, gestand Stella. »Ich glaube, ich habe heute einfach nicht mit dir gerechnet.«

Der Anflug eines Lächelns erhellte Joseph Clappertons Miene. »Ich bin deinem Rat gefolgt und habe mich zur Wehr gesetzt. Ich habe Sergeant Chakraborty meine Sicht der Dinge geschildert. Er war schnell auf meiner Seite und hat sich sogar bei McQueen für mich stark gemacht. Als die Anwältin eintraf, war meine Freilassung quasi nur noch eine Formsache.«

»Hurra! Das müssen wir feiern!«, rief Jane, die ihnen gefolgt war, und drückte sowohl dem Chief Inspector als auch Stella einen Drink in die Hand. »Gin on the rocks.« Sie grinste. »Tonic ist leider schon alle.«

»Natürlich bin ich weiterhin vom Dienst suspendiert«, fuhr Clapperton unbeirrt fort.

Stella zuckte mit den Schultern. »Na ja, wenigstens steckst du nicht mehr in dieser furchtbar engen Zelle fest.«

»Wo sind denn eigentlich die Kinder?«, wollte Joseph Clapperton wissen.

»Denen geht's gut«, sagte Jane und klang vollkommen unbekümmert. »Sie stromern im Dorf herum.«

Der Chief Inspector betrachtete sie mit nachdenklicher Miene. »Sie haben sich doch benommen?«

Stella und Jane tauschten vielsagende Blicke.

»Wie die Schwänchen«, antworteten sie beide wie aus einem Mund.

Joseph Clapperton zog eine Augenbraue hoch. »Dieser Begriff ist mir im Zusammenhang mit meinen Kindern neu.« Er sah zwischen Stella und Jane hin und her. »Mal ehrlich, wie schlimm war es wirklich?«

»Überhaupt nicht schlimm.« Stella lächelte. »Das sind tolle Kinder. Sie sind ziemlich vernarrt in die Esel. Und sie lesen gerne Agatha Christie.«

»Tatsächlich?«, fragte Clapperton noch eine Spur irritierter. »Keine Ahnung, wann ich sie zuletzt mit einem Buch in der Hand gesehen habe.«

»Außerdem haben sie mir mit der Analyse des Abschiedsbriefes von James Harper geholfen«, berichtete Stella. »Ohne Bobbys Idee mit der Schriftvergleichs-App hätten wir bestimmt nicht so schnell ein erstes Ergebnis darüber bekommen, dass die Handschrift gar nicht von Harper, sondern von Lennard Waxflatter stammt. Natürlich haben wir das auch noch mal von einem versierten Graphologen bestätigen lassen.«

Der Chief Inspector riss überrascht die Augen auf. »Das bedeutet, dass Waxflatter seinen Schwiegervater ermordet hat.«

»Gut kombiniert, Watson«, lobte Jane und kicherte leise.

»Außerdem gibt es seiner Frau Alice ein noch stärkeres Motiv«, murmelte Clapperton.

»Rache«, stimmte Stella ihm zu.

Clapperton kratzte sich am Kinn. »Doch warum sollte sie damit so lange gewartet haben?«

Stella hatte die Antwort bereits parat. »Es kann doch sein, dass sie es erst vor Kurzem herausgefunden hat.«

»Das könnte sein.« Joseph Clapperton nickte. »Hör mal, ich darf zwar nicht offiziell ermitteln, aber wie wäre es, wenn ich dich ganz inoffiziell bei deinen Nachforschungen unterstützen würde?« Er sah sie an und wirkte wie ein Beagle, der um ein Leckerli bettelte. »Immerhin sehen vier Augen mehr als zwei.«

»Gern«, sagte Stella.

»Willkommen im Klub!«, riefen zwei aufgeregte Stimmen.

»Bobby! Abigaile!« Der Chief Inspector schloss seine Kinder glücklich in die Arme. »Da seid ihr ja! Ich bin so froh, euch zu sehen.«

»Du hast uns auch gefehlt, Dad«, murmelte Abigaile und klammerte sich wie ein Äffchen an ihrem Vater fest.

»Ja, und wie!«, versicherte Bobby prompt. »Aber hier ist es prima!«

»Stella hat mir bereits berichtet, dass ihr euch gut benommen habt.« Clapperton strich seinen Kindern sanft über den Kopf.

Abigaile runzelte die Stirn und schaute dann ein wenig betreten zu Boden.

»Wir sind vor Zeugen zu ihren Spionen ernannt worden«, rief Bobby rasch.

Joseph Clapperton schaute Stella fragend an.

»Die Kinder brauchten eine Aufgabe«, erklärte Stella. »Und mir kann ein wenig Hilfe auch nicht schaden. Es ist also eine Win-win-Situation gewesen.«

»Warum gewesen?«, fragte Bobby irritiert. »Unsere Abmachung gilt doch immer noch, oder?«

»Wir bleiben doch noch eine Weile hier?«, hakte seine Schwester ungeduldig nach.

Joseph Clapperton öffnete den Mund, um etwas zu erwidern, doch seine Kinder kamen ihm zuvor.

»Dürfen wir einen Teil der Ferien hier im Dorf der Esel verbringen?« Bobby hopste vor Aufregung wie ein Gummiball auf und ab.

Abigaile schaute ihren Vater aus großen unschuldigen Augen an. »Bitte, Papa!«

»Ich …«, begann Clapperton, doch weiter kam er nicht.

»Wir versprechen dir auch, dass wir nie wieder Unsinn anstellen werden.« Abigaile klimperte mit den Wimpern.

»Indianerehrenwort!«, fügte Bobby hinzu.

Der Chief Inspector atmete seufzend aus. »Na schön.«

Die Kinder fielen sich jubelnd in die Arme.

»Aber nur unter zwei Bedingungen«, sagte Clapperton streng. »Erstens: Wir quartieren uns im hiesigen Gasthaus ein. Schließlich haben wir Janes und Stellas Gastfreundschaft lange genug strapaziert.«

Bobby zog einen Flunsch. »Dann sehen wir doch aber Hubble und Edison gar nicht mehr.«

»Wen?«

»Na, die Esel, Dad.«

Jane grinste. »Ihr dürft sie jederzeit besuchen kommen.«

»Okay.« Bobby nickte.

»Und zweitens?«, fragte Abigaile.

»Und zweitens: Ihr gebt aufeinander acht, bleibt in der Nähe und haltet euch von den Klippen fern.«

Bobby nahm Haltung an. »Aye, aye, Captain.«

»In Ordnung«, murmelte Abigaile. Sie fasste ihren Bruder an der Hand und zog ihn mit sich. »Wir sind wieder draußen. Bis später dann!«

Clapperton blickte ihnen nach. »Was habt ihr mit den beiden gemacht? Sie sind ja wie ausgewechselt.«

»Das liegt an den Eseln«, meinte Stella.

Jane nickte lächelnd. »Und an der guten Meeresluft.«

Stella, die bemerkte, dass sie noch immer keinen einzigen Schluck getrunken hatten, stemmte ihr Glas in die Höhe. »Jetzt stoßen wir erst einmal auf Josephs Freilassung an.«

Sie ließen die Gläser klirren und prosteten sich zu.

»Cheers!«

»Cheers!«

Stella nahm einen kräftigen Schluck vom Gin, der leicht nach Rosmarin und Lavendel schmeckte.

»Edler Tropfen«, lobte Clapperton und leerte sein Glas vollständig.

Ein lautes Geräusch ließ die drei herumfahren.

Unweit des Tresens lag Craigory Valentine am Boden und krümmte sich vor Schmerzen.

»Ich weiß nicht, was passiert ist«, rief Audrey. »Er hatte einen Drink, und dann ist er zusammengebrochen.«

Tiberius eilte herbei und kniete sich neben den nach Luft ringenden Mann.

Joseph Clapperton, Stella und Jane tauschten Blicke.

Stella wusste, dass sie alle das Gleiche dachten.

Das musste ein mörderischer Drink gewesen sein. Gin versetzt mit Gift.

Kapitel 20

Stella betrat das Gasthaus *Zum betrunkenen Esel* mit gemischten Gefühlen. Einerseits freute sie sich darauf, Joseph Clapperton und seine Kinder wiederzusehen. Andererseits war sie sehr besorgt um Mr. Valentine. Sie fragte sich, wie es dem beliebten Historiker und TV-Moderator nach dem feigen Anschlag auf sein Leben ging und ob er die Nacht überhaupt überstanden hatte.

Die Erinnerung an den gestrigen Abend spulte sich wie ein tragischer Film in ihren Gedanken ab. Erneut sah sie Craigory Valentine in der Gin-Destillerie zusammenbrechen. Erneut sah sie, wie er sich nach Luft ringend und vor Schmerzen gepeinigt zusammenkrümmte.

Zum Glück war Tiberius da gewesen. Der pensionierte Militärarzt hatte bei Craigory Valentine ein sofortiges Erbrechen herbeigeführt – und dem Mann damit vermutlich das Leben gerettet. Nach einer Dreiviertelstunde war Valentine schon wieder so stabil gewesen, dass man ihn auf dem Rücken eines Esels zurück zum Gasthaus hatte bringen können. Natürlich hatte Massimo ihm angeboten, ihn mit seinem Wassertaxi nach Port Lynton zu fahren, wo man ihn in einem Krankenhaus sehr viel besser hätte versorgen können, doch das hatte Valentine abgelehnt. Alles im Leben sei vorherbestimmt, hatte er gesagt, und wenn seine Zeit abgelaufen sei und das Schicksal es so wolle, dann würde er sich dem nicht entgegenstellen. Es war eine Lebenseinstellung, die unter den Anwesenden auf sehr große Bewunderung gestoßen war.

Der menschliche Körper regeneriere sich am besten im Schlaf, hatte Tiberius hinzugefügt und Valentines Verbleib im Dorf damit grünes Licht gegeben.

Auch Stella und Joseph Clapperton waren nicht untätig gewesen. Sie hatten das Glas, aus dem Craigory Valentine getrunken hatte, gesichert, einige der umstehenden Leute befragt, wobei sich jedoch kein konkreter Hinweis ergeben hatte, sowie Sergeant Chakraborty über das Vorkommnis informiert.

Anschließend hatten die meisten Leute die Destillerie verlassen, frustriert darüber, dass die Party ein so abruptes und unschönes Ende genommen hatte.

Rasch schob Stella die Gedanken beiseite, durchquerte den Gastraum des Pubs, der zu dieser morgendlichen Stunde noch menschenleer war, und betrat den Flur, der zu einem dunklen, holzvertäfelten Treppenhaus führte.

Am Fuß der Treppe standen Joseph Clapperton und Navin Chakraborty in eine Unterhaltung vertieft.

»Sie sind jetzt derjenige, der die Ermittlungen leitet, Sergeant«, sagte der Chief Inspector mit einem müden Lächeln. »Ich bin beurlaubt und mit meinen Kindern hier.«

DS Chakraborty setzte eine bedauernde Miene auf. »Nehmen Sie's nicht so schwer, Sir. Immer noch besser, als wenn sich McQueen persönlich hierher bequemen würde.«

»Das ist allerdings wahr«, stimmte Joseph Clapperton ihm zu. »Andererseits würde ich ihm zu gern einmal beim Klinkenputzen zusehen.«

»Der Superintendent macht sich bestimmt nicht die Hände schmutzig. Dafür hat er ja mich.« Er bemerkte Stella und lächelte fröhlich. »Oh, hallo, Miss Honeycut.«

Auch Joseph Clappertons Gesicht erhellte sich, als er Stella erblickte. »Guten Morgen, Stella.«

»Guten Morgen«, grüßte Stella zurück und musterte den Chief Inspector, dessen verknittertes Gesicht mit dunklen Schatten unter den Augen darauf hindeutete, dass er nicht besonders gut geschlafen hatte.

»Wir wollten gerade nach Mr. Valentine sehen«, bemerkte Chakraborty.

Stella nickte. »Das will ich auch.«

Joseph Clapperton hatte schon einen Fuß auf der Treppe. »Prima, dann gehen wir doch gemeinsam.«

Sie liefen in den ersten Stock und klopften an Craigory Valentines Zimmertür.

Zu ihrer Überraschung war es Tiberius, der öffnete.

»Kommt herein«, sagte er leise.

Sie betraten das Zimmer. und Stella fuhr der Schreck durch die Glieder.

Craigory Valentine lag mit fahlem Gesicht rücklings in seinem Bett, die Augen geschlossen und die Hände auf der Brust gefaltet. Neben dem Bett saß der Vikar auf einem Stuhl und murmelte ein Gebet vor sich hin.

Verdammt!, dachte Stella. Lionel betet für die Seele des Verblichenen. Sie hätten Valentine doch besser nach Port Lynton bringen sollen.

»Ist er tot?«, fragte Joseph Clapperton ohne Umschweife und bekreuzigte sich.

Tiberius runzelte die Stirn. »Nein, nein, es ist alles in Ordnung. Wir hätten doch sonst schon längst Bescheid gesagt. Mr. Valentine schläft bloß.«

»Bist du ganz sicher?«, hakte Stella nach, denn es kam ihr so vor, als hätte der Historiker von Lionel gerade die letzte Ölung erhalten.

Bevor Tiberius etwas erwidern konnte, gab Craigory Valentine ein lautes schnarchendes Geräusch von sich, dann zuckte er grunzend zusammen und schlug die Augen auf.

»Guten Morgen.« Der Vikar beugte sich über ihn. »Bitte verzeihen Sie, dass wir Sie in Ihrem Schlaf gestört haben, aber wir waren in großer Sorge um Sie.«

»Ich bin die ganze Nacht nicht von seiner Seite gewichen«, erklärte Tiberius an Stella gewandt. »Mit so einer Vergiftung ist nicht zu spaßen.«

Craigory Valentine machte mühsam Anstalten. sich aufzusetzen, ließ es jedoch rasch bleiben und hielt sich mit beiden Händen stöhnend den Kopf.

»Langsam, langsam«, sagte Tiberius und füllte ein Glas mit Mineralwasser. »Jetzt bloß nichts überstürzen!« Er trat an das Bett. »Sie müssen unbedingt etwas trinken, damit der Kreislauf schön stabil bleibt.«

Stella half Valentine, sich aufzusetzen. Er nahm das Wasserglas und betrachtete es argwöhnisch.

»Es ist alles in bester Ordnung damit«, versicherte Tiberius freundlich. »Zu diesem Zimmer haben keine Meuchelmörder Zutritt, da gebe ich Ihnen mein Wort.«

Detective Sergeant Chakraborty räusperte sich. »Verzeihung, aber dürften wir Ihnen einige Fragen stellen?«

Craigory Valentine nickte. »Selbstverständlich.« Er trank ein paar große Schlucke Wasser und reichte Stella das Glas, die es auf dem Nachttisch abstellte.

Der Sergeant zückte Schreibblock und Stift. »Haben Sie eine Ahnung, wer Ihnen schaden will?«

»Nicht im Geringsten«, entgegnete Craigory Valentine. und seine Stimme klang ganz rau. »Ich habe eine Menge treuer Fans und werde von vielen geliebt.«

»Gibt es dann nicht auch einige Leute, die Ihnen kritisch gegenüberstehen?«, wollte DS Chakraborty wissen. »Und die es nicht ganz so gut mit Ihnen meinen?«

»Die gibt es immer.« Der Historiker zuckte mit den Schultern. »Aber ich habe nicht die leiseste Ahnung, warum mich irgendwer vergiften wollen würde.«

Stella wusste auf Anhieb einen Grund. »Kann es sein, dass Sie in der Nacht, in der Lennard Waxflatter ermordet wurde, irgendetwas beobachtet haben?«

Craigory Valentine griff nach dem Wasserglas und trank es leer. »Ich bin mir nicht sicher.« Er fuhr mit dem Finger auf dem Rand des Glases entlang. »In dieser Nacht konnte ich nicht schlafen und habe noch einen langen Spaziergang gemacht. Ich dachte, dass die Luft mir guttun würde und dass ich auch noch etwas an meiner Rede feilen könnte. Jedenfalls war es mir, als hätte ich am

Hafen eine Gestalt herumstreifen gesehen.« Er umklammerte das leere Glas mit beiden Händen. »Doch es war dunkel, und vielleicht war es ja nicht mehr als ein Schatten. Ein Nebelfetzen vielleicht oder eine aus dem Schlafmangel resultierende Einbildung.«

»Können Sie die Gestalt näher beschreiben?«, fragte der Sergeant, während er sich erste Notizen machte. »War sie groß oder klein? Dick oder dünn?«

»Das kann ich nicht mit Gewissheit sagen«, erwiderte Valentine nachdenklich. »Doch ich glaube, dass es eher eine männliche Silhouette war.«

»Also ein Mann.« DS Chakraborty schrieb etwas auf seinen Notizblock.

»Oder eine maskuline Frau«, warf Joseph Clapperton ein, der sich bislang im Hintergrund gehalten hatte. »Das wäre doch eine Möglichkeit.«

»Was ich gesehen habe, war ein Mann«, beteuerte Craigory Valentine nachdrücklich und biss sich auf die Unterlippe. »Möglicherweise war es aber auch nur ein Produkt meiner Fantasie.« Er hielt sich stöhnend den Kopf. »Ach, ich weiß schon selbst nicht mehr, was ich glauben soll. Es war ja mitten in der Nacht, und ich habe meine Gedanken schweifen lassen.«

DS Chakraborty hob den Kugelschreiber in die Höhe. »Oder es war der Täter – und der könnte bemerkt haben, dass er von Ihnen beobachtet wurde.«

Der Historiker atmete schwer.

»Es ist besser, wenn Sie sich wieder hinlegen«, bemerkte Tiberius an Valentine gewandt. Dann drehte er sich dem Sergeant zu. »Bitte, gönnen Sie ihm etwas Ruhe.«

»Wir müssen ihn unter Polizeischutz stellen«, entgegnete Chakraborty energisch und kritzelte weiter wild auf seinem Block herum.

Ächzend sank Valentine auf sein Kissen zurück. »Wird das denn wirklich nötig sein?«

Joseph Clapperton trat an Chakrabortys Seite. »Ich werde ein Auge auf ihn haben.«

Der Sergeant zog eine Augenbraue hoch. »Sie sind aber nicht im Dienst, Sir.«

»Das wird mich nicht davon abhalten, ein potenzielles Opfer zu beschützen!«, rief Clapperton.

»Ich wäre auch dabei«, warf Stella ein. »Und meine Tante Jane mit Sicherheit auch.«

Der Vikar hob in einer besänftigenden Geste die Hände. »Hier im Dorf sind bestimmt die meisten bereit, unserem Gast Mr. Valentine Schutz zu gewähren. Wir könnten Gruppen bilden und uns abwechseln.«

»Famose Idee«, meinte Tiberius schmunzelnd.

Chakraborty musterte den Chief Inspector. »Was haben Sie eigentlich gestern Abend in der Gin-Destillerie zu suchen gehabt, Sir?«

Joseph Clapperton verengte die Augen zu Schlitzen. »Chakraborty, nicht schon wieder.«

»Ich meine ja bloß«, murmelte der Sergeant. »Auch Superintendent McQueen wird das wissen wollen.«

»Ich habe mit Stella gesprochen und nach meinen Kindern gesehen«, knurrte der Chief Inspector.

»Richtig.« DS Chakraborty schrieb eifrig mit. »Miss Honeycut und die Kinder.«

»Außerdem haben wir auf seine Freilassung angestoßen und den Moment gefeiert«, fügte Stella hinzu. »Genau wie der Rest des Dorfes auch.«

Der Sergeant hielt inne. »Also, Sir, theoretisch hätten Sie schon …«

»Nein, hätte er nicht!«, entgegnete Stella nachdrücklich. »Ich war die ganze Zeit an seiner Seite. Er war nicht mal in der Nähe von Mr. Valentine.«

Navin Chakrabortys Stift flog nur so über den Block. »Prima, Sir, dann haben Sie ein Alibi! Und sogar von Miss Honeycut persönlich. Mehr wollte ich ja gar nicht hören.«

Joseph Clapperton murmelte etwas Unverständliches, das sehr schroff und wüst klang.

»Ich werde dann als Nächstes noch weitere Zeugenaussagen aufnehmen«, meinte DS Chakraborty und klappte seinen Schreibblock zu.

»Nur zu, Sergeant.« Der Chief Inspector nickte knapp. »Und bringen Sie das Glas, aus dem Mr. Valentine gestern getrunken hat, bitte ins Labor. Das sollte so schnell wie möglich auf Gift, Fingerabdrücke und weitere Spuren untersucht werden.«

»Verstehe, Sir.« DS Chakraborty packte Stift und Schreibblock weg. »Ich mache es, sobald ich kann.«

»Ach ja«, fügte Stella hinzu. »Ich habe Jack Whitley übrigens dazu gebracht, sein Sweatshirt herauszugeben – das mit den roten Sprenkeln am Ärmel. Es befindet sich jetzt im Cottage meiner Tante, vielleicht könnten Sie es auf Ihrem Weg durchs Dorf mitnehmen?«

»Sehr gut«, lobte Clapperton. »Der Pulli und das Glas müssen beides ins Labor.«

Navin Chakraborty nickte. »Ich kümmere mich darum.«

Sie verabschiedeten sich von Mr. Valentine, Tiberius und dem Vikar und verließen das Zimmer.

Vor dem Pub trennten sie sich von Sergeant Chakraborty, der energischen Schrittes Richtung Hauptstraße ging.

Stella und Joseph Clapperton hingegen wandten sich dem Hafen zu.

»Alles in Ordnung?«, fragte Stella, während sie den Chief Inspector besorgt betrachtete. »Du siehst aus, als hättest du eine furchtbare Nacht gehabt.«

Clapperton sah auf das Meer hinaus und atmete tief die salzhaltige Luft ein. »Ich habe kein Auge zugetan.«

»Wegen dem Anschlag auf Valentine?«

»Wie?« Joseph Clapperton kräuselte die Stirn. »Ach so, nein. Das ist nicht der Grund.« Er deutete auf den Pub. »In dem Haus spukt es.«

Ein Grinsen huschte über Stellas Gesicht. »Willst du damit sagen, du hast einen Geist gesehen?«

»Nicht irgendeinen Geist«, murmelte Clapperton. »Es war der Geist eines Esels.«

Stella konnte sich ein Kichern nicht verkneifen.

»Das ist nicht lustig.« Der Chief Inspector gab sich keine Mühe, seine Empörung zu verbergen. »Die Kreatur war furchterregend. Riesengroß und mit messerscharfen Zähnen.«

Ein Hauch von Irritation machte sich in Stella breit. »So einen Esel habe ich hier noch nicht kennengelernt.«

Clapperton sah sie an. »Du glaubst mir nicht.«

Rasch legte sie ihm eine Hand auf den Arm. »Bestimmt hast du bloß schlecht geträumt.«

»Nein, das war kein Traum«, entgegnete er und seufzte leise. »Doch egal, ich werde schon damit fertig.« Er straffte die Schultern. »Kümmern wir uns um den Fall.«

Kapitel 21

Nach einer kurzen Pause kehrten Stella und Joseph in den Schankraum des Wirtshauses zurück, um ihn, solange noch kein regulärer Betrieb herrschte, als vorrübergehenden Besprechungsraum zu nutzen.

Gavin, der daran nichts auszusetzen hatte, brachte ihnen einen großen Teller mit Gurkensandwiches und zwei Tassen dampfend heißen Kaffee.

»Soll ich auch schon das Frühstück für Ihre Kinder vorbereiten?«, wollte der junge Pub-Betreiber wissen.

Der Chief Inspector schüttelte den Kopf. »Danke, aber die zwei schlafen noch.« Er seufzte. »In den Ferien kommen sie nie vor Mittag aus dem Bett. Wie Teenager eben so sind.«

»Alles klar«, meinte Gavin fröhlich. »Melden Sie sich ruhig bei mir, wenn die zwei wach sind. Ich bereite ihnen dann gern eine Kleinigkeit zu.«

»Besten Dank, das ist sehr aufmerksam.«

Mit einem schelmischen Funkeln in den Augen zwinkerte Gavin Stella zu. »Das Gleiche gilt natürlich auch für dich, Stella. Ich bin jederzeit für dich da.«

»Du bist ein echter Schatz!«, rief Stella lächelnd und warf ihm eine Kusshand zu.

Die Stirn in Falten gelegt, schaute Joseph irritiert zwischen ihr und Gavin hin und her.

»Womit fangen wir an?«, fragte Stella, als Gavin wieder verschwunden war.

Joseph fuhr sich durch das kurze honigblonde Haar, das sich ähnlich einer Goldregenranke ganz leicht wellte. »Ich denke, wir sollten uns in erster Linie auf Lennard Waxflatters Witwe konzentrieren.«

»Ja, das sollten wir wohl«, murmelte Stella eher halbherzig vor sich hin.

»Sie ist die Hauptverdächtige und profitiert ja am allermeisten von Waxflatters Tod«, fuhr der Chief Inspector unbeirrt fort. »Jetzt ist sie endlich ihren verhassten Ehemann los, der sie jahrelang schlecht behandelt, den elterlichen Betrieb heruntergewirtschaftet und, wovon wir nun ausgehen, ihren Vater ermordet hat.«

Und der mutmaßlich schuld an ihrer Fehlgeburt war, fügte Stella in Gedanken hinzu, sagte jedoch nichts.

Joseph musterte sie mit unverhohlener Neugierde. »Siehst du das etwa anders?«

Für einen kurzen Moment schwieg Stella, dann neigte sie nachdenklich den Kopf zur Seite. »Ich frage mich nur, ob es tatsächlich so einfach ist, wie es den Anschein hat. Ja, Alice mag die Hauptverdächtige sein. Aber ist sie auch die Täterin?« Sie nahm eine der Tassen und pustete in den Kaffee, der noch immer vor sich hin dampfte. »Ganz ehrlich, Alice ist schon wieder so sehr verdächtig, dass ich fast glaube, dass sie komplett unschuldig ist.«

Erneut runzelte Joseph die Stirn. »Soll das so was wie umgekehrte Logik oder weibliche Intuition sein?« Er angelte sich ein Gurkensandwich. »Tut mir leid, aber das bringt uns echt nicht weiter.«

Stella sah zu, wie er in das Sandwich biss. Sie fragte sich, ob es eine gute Idee gewesen war, mit ihm gemeinsam die Nachforschungen fortzuführen. Sie hatte sich immer auf ihr Bauchgefühl verlassen, und das würde sie auch jetzt wieder tun. In außergewöhnlichen und ungewohnten Situationen wie dieser war Intuition alles, was sie hatte.

»Also gut, lassen wir die Witwe mal kurz außen vor«, schlug Joseph laut mampfend vor. »Was ist mit Massimo Morelli und diesem Jack Whitley?«

Stella versteifte sich. »Das ist jetzt nicht dein Ernst.«

»Aber selbstverständlich ist es das. Die beiden hassten Lennard Waxflatter und waren jeder in heftige Auseinandersetzungen mit ihm verwickelt.« Er verschlang gierig einen weiteren Bissen vom Sandwich. »Wir sollten sie auf keinen Fall aus den Augen verlieren.«

»Ich kenne die beiden«, entgegnete Stella prompt. »Das sind keine Mörder.«

Der Chief Inspector wischte sich mit einer Papierserviette über den Mund und setzte eine angesäuerte Miene auf. »Na toll, du hast gerade die Top drei meiner Liste der Verdächtigen zunichtegemacht.« Er stopfte grummelnd den Rest des Gurkensandwichs in sich hinein und spülte alles mit einem großen Schluck Kaffee herunter.

Stella genehmigte sich ebenfalls etwas von dem starken Getränk. »Vielleicht sollten wir mal über die Grenzen des Dorfes hinausschauen.« Sie dachte an den Zettel, den sie aus Lennard Waxflatters Papierkorb gefischt und anschließend abfotografiert hatte. Rasch zog sie ihr Handy hervor und rief das entsprechende Foto auf.

»Okay«, murmelte Joseph. »Lass mal hören.«

»Wie wäre es zum Beispiel mit diesem Drohbrief hier.« Sie räusperte sich und las vor, wobei sie ihre Stimme ein wenig verstellte. »Lennard, dafür, dass du mich und meine Familie in den Ruin getrieben hast, sollst du in der Hölle schmoren! Mein Gin war der beste des Landes, kein Vergleich zu deinem wässrigen Gepansche. Ich werde nicht eher ruhen, bis ich dir das Handwerk gelegt habe! Du wirst es auf ewig bereuen! Alistair.«

»Wo hast du das denn wieder her?«, wollte Joseph wissen. Seine Verdrießlichkeit war einem Staunen gewichen.

»Das lag in Waxflatters Büro im Papierkorb«, erklärte Stella. »Habe ich aber alles auch schon Detective Sergeant Chakraborty erzählt.«

»Dann hättest du es auch genauso gut den Fischen im Meer erzählen können«, knurrte der Chief Inspector und schnappte sich Stellas Handy, um das Foto selbst in Augenschein zu nehmen. »Wer ist dieser Alistair?« Er rieb sich grübelnd das Kinn. »Hört sich ganz nach einem ehemaligen und sehr erzürnten Konkurrenzunternehmer an.«

Stella nickte. »Das denke ich auch.«

»Wir suchen also nach einer Gin-Destillerie in der Umgebung, die vor einiger Zeit Konkurs angemeldet hat und dessen Betreiber Alistair heißt«, fasste Joseph zusammen. Er reichte Stella das Handy zurück.

Sofort rief Stella eine Suchmaschine im Internet auf, gab die Schlagworte Gin, Devon und Alistair ein und betätigte den Suchbutton.

Es erschienen diverse Kaufangebote für Gin aus aller Welt, dazu Werbung für Rundreisen in Devon sowie ein Bericht über einen Rocker namens Devon Alistair, der sich mit Gin ins Koma getrunken hatte.

Stella fügte das Wort Konkurs in die Suchleiste hinzu, woraufhin eine Reihe von Zeitungsartikeln angezeigt wurden. Der erste stammte aus der *Devonshire Gazette* und war vor fünfeinhalb Jahren verfasst worden.

Neugierig tippte Stella darauf und las den Artikel laut vor. »Alistair Moony aus Frithelmouth ist einer von mehr als fünfzehn Unternehmern aus der Gegend, die in diesem Jahr ihr Geschäft aus Konkursgründen schließen mussten. Dreiundzwanzig Jahre lang führte Moony die lokale Gin-Destillerie, deren hochwertige Produkte sich großer Beliebtheit erfreuten.« Daneben war ein grobkörniges Foto, das einen rundlichen älteren Mann mit niedergeschlagener Miene zeigte.

»Moony, Frithelmouth«, murmelte Joseph. »Das sagt mir was.« Er tippte sich gegen die Unterlippe. »Es fällt mir bestimmt gleich wieder ein.«

Stella kehrte zu den Suchergebnissen zurück und tippte auf den nächsten Bericht. Es war ein Artikel aus der gleichen Lokalzeitung, der knapp vier Monate nach dem ersten erschienen war.

»Verheerender Brand in Frithelmouth«, las sie die Überschrift vor.

»Richtig, der Brand!« Der Chief Inspector nickte. »Jetzt erinnere ich mich wieder.«

Stella las weiter. »Am vergangenen Wochenende kam es zu einem verheerenden Brand in Frithelmouth. Dabei brannte die bereits seit mehreren Wochen geschlossene Gin-Destillerie der Familie Moony bis auf die Grundmauern ab. Besonders tragisch: Das Feuer griff auf die benachbarten Häuser über. Zwei Menschen in einem der betroffenen Nachbargebäude entkamen den Flammen nicht, die übrigen Bewohner konnten jedoch gerettet werden. Die Polizei, die von Brandstiftung ausgeht, konnte bereits einen Verdächtigen verhaften. Cedric Moony, der gemeinsam mit seinem Bruder Alistair die Destillerie betrieben hatte, soll für das Vorkommnis verantwortlich sein.«

»Ja, genau«, rief Joseph. »Das Gebäude sollte zwangsversteigert werden, und Cedric Moony hat es aus Verbitterung abgebrannt. Eine schlimme Geschichte.«

Der sogenannte Schmetterlingseffekt, dachte Stella und kehrte erneut zu den Suchergebnissen zurück. Eine Kette desaströser Ereignisse, die durch Waxflatters kriminelles Handeln ihren Anfang genommen hatte.

Joseph spähte ihr neugierig über die Schulter. »Da ist noch ein Foto.«

Stella tippte auf das winzige Bild, das sich daraufhin vergrößerte. Es zeigte zwei Männer, von denen einer Stella bekannt vorkam.

»Das ist doch Lucas Wilder«, murmelte sie und las die Bildunterschrift. »Alistair Moony mit seinem Neffen Lucas, der das Familienunternehmen ursprünglich fortführen sollte. Nun stehen beide vor dem Ruin.«

»Ja, das ist der Mann, der gestern mit Alice getanzt hat«, stimmte Joseph ihr zu.

»Er arbeitet auch für sie. Er ist bei ihr in der Destillerie angestellt.«

»Interessant.« Der Chief Inspector rieb sich das Kinn. »Demzufolge hatte dieser Lucas mehr als nur ein Motiv, Lennard Waxflatter umzubringen.«

Stella nickte. »Rache für seinen Onkel Alistair und freie Bahn bei Alice.«

»Habt ihr den Täter etwa schon gefasst?«, rief plötzlich eine Stimme.

Rasch sah Stella auf. Es waren Josephs Kinder.

»Guten Morgen, Stella«, rief Bobby und strahlte über das ganze Gesicht. »Guten Morgen, Dad.«

»Guten Morgen, ihr zwei«, grüßte Stella zurück.

»Bobby! Abigaile!« Joseph schaute überrascht aus der Wäsche. »Ist etwas passiert?«

»Uns geht's gut«, entgegnete Abigaile und grinste schelmisch. »Und bei euch so?«

»Bestens.«

»Wir wollten eigentlich was essen«, meinte Bobby und schnappte sich gleich ein Gurkensandwich. »Ich habe einen Hunger, ich könnte glatt einen Esel verspeisen.«

»Du bist ein Barbar!«, tadelte ihn seine Schwester.

»War doch nur Spaß«, erwiderte Bobby. »Mir reicht auch ein Wildschwein.«

Stella grinste. »Gavin macht euch Frühstück. Er ist bestimmt in der Küche.«

»Warum seid ihr so früh schon auf?«, wollte Joseph wissen. »Es sind doch Ferien.«

»Na, wir wollen doch spionieren«, rief Abigaile, die sich ebenfalls ein Sandwich stibitzte.

»Außerdem haben wir versprochen, in Mr. Pynes Laden zu helfen«, fügte Bobby kauend hinzu.

Abigaile drückte das Sandwich zusammen, sodass die dünnen Gurkenscheiben hervorquollen. »Wir haben mit Stella eine Vereinbarung getroffen.«

»So, habt ihr das?«, murmelte Joseph.

»Also, wir essen was. und dann legen wir los«, rief Bobby. »Wenn wir was rausfinden, melden wir uns.«

Die beiden winkten kurz und liefen in Richtung Küche.

»Die Hauptsache ist, ihr passt auf euch auf!«, rief ihr Vater ihnen noch hinterher. Dann wandte er sich Stella zu. »Ich erkenne die beiden gar nicht mehr wieder.«

Nachdem sie sich ebenfalls mit einer ordentlichen Dosis Kaffee und den restlichen Gurkensandwichs gestärkt hatten, verließen sie den Pub und machten sich auf den Weg zur Gin-Destillerie. Auf der Hauptstraße oberhalb des gepflasterten Platzes kam ihnen DS Chakraborty entgegen.

Joseph informierte ihn über ihre Entdeckung, und sie beschlossen, gemeinsam mit dem Sergeant zu Alice und Lucas zu gehen.

»Bitte lassen Sie mich die Befragung durchführen, ja?«, raunte Navin Chakraborty ihnen zu, während sie die Gin-Destillerie betraten.

»Nur zu«, brummte Joseph.

»Wir halten uns im Hintergrund«, fügte Stella hinzu.

Im Verkaufsraum war Lucas gerade damit beschäftigt, die letzten Spuren der gestrigen Party zu beseitigen.

»Detective Sergeant Chakraborty«, stellte der Sergeant sich vor. Er zückte seinen Dienstausweis und hielt ihn Lucas unter die Nase. »Wir möchten Ihnen gern ein paar Fragen stellen.«

»Ich habe mich schon gefragt, wann Sie auftauchen werden«, erwiderte Lucas, während er zu Stella und dem Chief Inspector blickte.

Chakraborty räusperte sich. »Stimmt es, dass Sie mit Alistair Moony verwandt sind, dem Mann, den Lennard Waxflatter in den Ruin getrieben hat?«

Lucas zog überrascht die Augenbrauen hoch. »Ja, er ist mein Onkel. Aber ich verstehe nicht, was das mit dem Zusammenbruch von Mr. Valentine zu tun hat.«

»Ich erkläre es Ihnen«, erwiderte DS Chakraborty freundlich. »Lennard Waxflatter ruiniert Ihre Familie und terrorisiert jahrelang die Frau, die Sie begehren. Die Lage spitzt sich zu, bis Sie rotsehen. Sie beschließen, ihn zu ermorden, und nutzen die nächste Gelegenheit, die sich Ihnen bietet. Als Mr. Waxflatter hilflos im Brunnen liegt, schlagen Sie im wahrsten Sinne des Wortes zu. Leider sind Sie jedoch auf dem Hin- oder Rückweg von Mr. Valentine beobachtet worden, den Sie nun ebenfalls zum Schweigen bringen müssen. Sie vergiften sein Getränk, doch der Mann hat Glück und wird von einem Arzt, der ebenfalls anwesend ist, gerettet.«

Lucas Wilder verschränkte die Arme vor der Brust. »Ganz schön irre Theorie.«

»Es erscheint mir sehr wahrscheinlich, dass Sie in die Sache verwickelt sind«, fuhr der Sergeant unbeirrt fort. »Die Frage ist nur, ob Sie die Tat allein oder zusammen mit der Frau des Ermordeten begangen haben.«

»Alice ist unschuldig!«, rief Lucas. »Sie hat damit absolut nichts zu tun.«

»Das wird sich zeigen.« DS Chakraborty machte ein ernstes Gesicht. »Zuerst müssen wir ihre Sicht der Dinge erfahren. Wo genau können wir Mrs. Waxflatter denn finden?«

Lucas' Miene versteifte sich. Er presste die Lippen fest aufeinander und schaute zu seinen Schuhen hinab.

Der Sergeant zuckte mit den Schultern. »Wir finden Mrs. Waxflatter auch ohne Ihre Hilfe.«

Nun ging eine Veränderung in Lucas' Gesicht vor. Es zeigte plötzlich einen Ausdruck größter Seelenpein. »Ich möchte ein Geständnis ablegen.« Er ließ sich erschöpft auf einen Schemel fallen. »Es ist genau, wie Sie gesagt haben. Ich habe Lennard umgebracht.«

DS Chakraborty strahlte über das ganze Gesicht. Er schaute zu Joseph, der ihm anerkennend zunickte.

»Lucas Wilder, ich verhafte Sie.« Der Sergeant zog ein Paar Handschellen aus seiner Hosentasche hervor. »Alles, was Sie sagen, kann gegen Sie verwendet werden.«

Kapitel 22

Stella saß an dem antiken Mahagoni-Schreibtisch in Lord Edgecombes Bibliothek und versuchte, ihre Aufmerksamkeit auf das vor ihr liegende Konvolut zu richten. Bereits den ganzen Nachmittag brütete sie über Rechnungen, Briefen und anderen handschriftlichen Dokumenten, doch sosehr sie sich auch bemühte, sich zu konzentrieren – es gelang ihr nicht. Immer wieder schweiften ihre Gedanken zu dem Geständnis von Lucas Wilder und seiner anschließenden Verhaftung ab.

Zugegeben, dachte Stella, die Ausführungen, die Detective Sergeant Chakraborty während der Befragung vorgebracht und die Lucas anschließend bestätigt hatte, waren sehr überzeugend gewesen. Mit seiner familiären Situation und seinen romantischen Gefühlen für Alice hatte Lucas gleich mehrere starke Motive für den Mord gehabt. Die Vorstellung, dass er die Tat begangen hatte, ergab Sinn. Und doch, irgendetwas störte Stella daran. Seine Befragung und sein Geständnis – das alles war zu reibungslos verlaufen. Für ihren Geschmack hatte Lucas zudem etwas zu nachdrücklich behauptet, der Mörder von Lennard Waxflatter zu sein. Er hatte unbedingt gewollt, dass sie ihm glaubten. Ihm die Geschichte abkauften. Denn das war es: nur eine Geschichte.

Für einen Moment schloss Stella die Augen, um ihre Gedanken zu sortieren. Sie dachte an jede einzelne Begegnung mit Lucas Wilder zurück. Hauptsächlich waren das flüchtige Begebenheiten gewesen. Sie waren sich hin und wieder auf der Straße, im Pub oder in der Destillerie begegnet und hatten meist nur wenige Worte miteinander gewechselt. Nie wäre ihr jedoch in den Sinn gekommen, dass er zu einem kaltblütigen Verbrechen imstande wäre. Totschlag im Affekt möglicherweise, aber die kühle, verwegene Planung, nach Lennard Waxflatter auch noch Craigory Valentine als möglichen Zeugen der ersten Tat um die Ecke bringen zu wollen – nein, das passte so gar nicht zu Lucas. Auch Janes Einschätzung nach war Lucas Wilder ein fleißiger, besonnener und aufrichtiger Mensch und alles andere als ein Killer.

Stella streckte die Beine aus, verschränkte die Arme hinter dem Kopf und blickte zur Decke, die mit einem kunstvollen italienischen Fresko verziert war. Eigentlich sollte sie sich freuen, dass der Fall einen Abschluss gefunden hatte und sie sich wieder anderen Dingen widmen konnte. Viel zu lange schon sehnte sie sich danach, ihre Recherchen zu Agatha Christies Aufenthalt in Hillbrush fortsetzen zu können. Für ihr Herzensprojekt, wie sie es liebevoll nannte, wollte sie bis zu ihrer Abreise unbedingt noch etwas Konkretes vorweisen können. Doch bislang hatte sie nicht mehr als das Emailleschild, das Gavin im Keller des Wirtshauses gefunden hatte, und das

Schwarz-Weiß-Foto in Ernests Buchladen, auf dessen Rückseite *Dezember 1926* geschrieben stand. Es zeigte Agatha im Dorf der Esel, aber ob es tatsächlich während der elf Tage ihres mysteriösen und bis heute nicht aufgeklärten Verschwindens entstanden war, war noch längst nicht geklärt. Darum hoffte Stella nun, in den alten Dokumenten, wie zum Beispiel den Aufzeichnungen des Wirtshauses, die in der umfangreichen Bibliothek des Lords aufbewahrt wurden, weitere Anhaltspunkte zum Aufenthalt der Autorin zu finden.

Sie entnahm dem Konvolut einen Stapel sorgfältig beschriebener, vergilbter Pergamentseiten und überflog das oberste Blatt Papier. Es handelte sich um eine Auflistung von Ausgaben des Gasthauses im April 1952. Aufgeführt waren unter anderem Bier, Gin, Brandy, Kerzen, Seife, Bohnerwachs …

Was, wenn Lucas Wilders Geständnis in Wahrheit bloß ein geschicktes Ablenkungsmanöver gewesen war? Chakraborty hatte ja eigentlich auch noch mit Alice reden wollen, das dann aber vor lauter Euphorie über den vermeintlichen Durchbruch schnell wieder außer Acht gelassen.

Stella dachte an Joseph. Der Chief Inspector, der genau wie der Sergeant sehr froh darüber gewesen war, dass sich jemand zu der Tat bekannt hatte und sie den Fall damit bald zu den Akten würden legen können, hätte ihre Bedenken mit Sicherheit leichtfertig beiseitegeschoben. Weibliche Intuition waren zwei große Fremdwörter für ihn.

Wie auch immer, Lucas' Geständnis fühlte sich nicht richtig an, das wurde Stella mit jeder Minute, die sie hier in dieser herrlichen Bibliothek herumsaß, mehr bewusst.

Ganz schwach nahm Stella das vertraute Raunen wahr, das sie oft in der Nähe alter Bücher verspürte. Wie wunderbar musste es sein, sich diesen literarischen Schätzen ganz hingeben und sich einfach ins Lesen vertiefen zu können. Doch dafür fehlte ihr gerade schlichtweg die Zeit.

Vielleicht hatte Wilder gestanden, um jemand anderen zu schützen. Jemanden, der ihm lieb und teuer war.

Vor ihrem inneren Auge sah sie Lucas und Alice, wie sie engumschlungen miteinander getanzt hatten. Und hatte Lucas bei ihrer Unterredung neulich in der Destillerie nicht laut und deutlich versprochen, auf Alice aufzupassen, damit ihr kein Leid geschehe?

Wenn er davon ausging, dass Alice den Mord begangen hatte, sah er es vielleicht als edle Tat an, sie vor den Fängen der Justiz zu bewahren.

Seufzend ordnete Stella den Papierstapel wieder in das Konvolut ein. Sie musste mit Jane und anschließend mit Joseph und Chakraborty reden. Es durfte kein Unschuldiger für ein Verbrechen belangt werden, das er nicht begangen hatte.

Und dann war da auch noch Alice.

Man konnte es drehen und wenden, wie man wollte, irgendwie führte jede Spur immer wieder zu Alice zurück.

Ein lautes, krachendes Geräusch riss Stella aus ihren Gedanken. Sie sprang auf und lief in den Flur hinaus.

Archibald Edgecombe stand wie erstarrt und hatte die Hände über dem Kopf zusammengeschlagen. Direkt neben ihm lag ein altes Wandgemälde von der Größe einer Tischtennisplatte auf dem Boden. Der wuchtige goldlackierte Rahmen war an mehreren Stellen gebrochen.

»Lord Edgecombe?«, rief Stella und eilte dem alten Mann entgegen. »Ist alles in Ordnung?«

Der Lord blinzelte kurz – und nickte dann. »Alles bestens! Ich lebe noch.« Er besah sich den riesigen Ölschinken, der neben ihm zu Boden gekracht und auf dem ein rundlicher, mit zahlreichen Orden behangener Greis abgebildet war. »Da habe ich ja mal wieder einen Schutzengel gehabt.«

Um ehrlich zu sein, fand Stella das maßlos untertrieben. In diesem Haus mussten ganze Heerscharen an Schutzengeln angestellt sein, so oft wie dieser Mann schon haarscharf an einer Katastrophe vorbeigeschrammt war.

»Sieht ganz so aus«, murmelte sie und musterte Edgecombe besorgt. »Sind Sie sicher, dass Sie nicht verletzt sind? Sie sehen aus wie des Gespenst von Canterville.«

»Mir fehlt nichts«, bestätigte der Lord. »Es ist nur der Schreck, der mir noch in den Gliedern sitzt.«

Stella deutete auf die Wand. Dort, wo das Bild gehangen hatte, hob sich die Tapete deutlich heller hervor. »Wie konnte das passieren?«

Archibald Edgecombe zuckte mit den Schultern. »Wahrscheinlich hat sich die Halterung gelöst. Oder der Holzwurm hat sich daran zu schaffen gemacht.«

Oder einer der missratenen Nachkömmlinge, schoss es Stella unwillkürlich durch den Kopf. Schließlich munkelte das halbe Dorf schon eine ganze Weile, dass die Kinder und Enkel des Lords es kaum erwarten konnten, sich das Erbe unter den Nagel reißen zu können.

Edgecombe ging in die Hocke und tastete akribisch den Rahmen ab. »Aha!«, rief er urplötzlich aus und stemmte triumphierend die Faust in die Luft. »Ein ganz klarer Fall von Materialverschleiß.« Er richtete sich wieder auf. »Ist ja eigentlich kein Wunder. Seit knapp sechzig Jahren hängt mein werter Urahn, der alte Kauz, schon da.« Er machte Anstalten, das Bild von der Stelle zu bewegen.

»Warten Sie, ich helfe Ihnen!«, rief Stella.

Gemeinsam richteten sie das Gemälde auf und lehnten es an die Wand.

»Schon komisch, dass es ausgerechnet in dem Moment heruntersegelt, in dem Sie davorstehen.«

»Die meisten Unfälle geschehen nun mal im Haushalt«, entgegnete Archibald Edgecombe gelassen. »Dagegen kann man absolut nichts machen.«

Stella fiel auch noch eine andere Möglichkeit ein. »Die Halterung könnte auch mit Vorsatz gelockert worden sein. Jemand könnte versuchen, Sie umzubringen.«

»Ach, Unsinn!« Der Lord zwinkerte ihr verschmitzt zu. »Sie wollen wohl schon wieder am nächsten Fall arbeiten, was?«

Sofort schüttelte Stella den Kopf. Sie wollte widersprechen, doch Edgecombe kam ihr zuvor.

»Ich habe Sie ertappt, geben Sie's zu. Sie wollen auf Teufel komm raus wieder kriminalisieren.«

»Glauben Sie mir, nichts liegt mir ferner«, entgegnete Stella mit Nachdruck. »Aber ich mache mir Sorgen um Sie und um Ihre Sicherheit.«

Der Lord legte ihr eine Hand auf die Schulter. »Das ist sehr lieb von Ihnen, meine Teuerste, aber das brauchen Sie nicht. Sie wissen doch: Unkraut vergeht nicht.«

Stella stieß ein leises Seufzen aus. »Ich hoffe, dass Sie recht behalten werden.«

»Wie kommen Sie mit Ihren Recherchen voran?«, wollte Edgecombe wissen.

»Langsamer als gedacht«, gab Stella zu und warf einen Blick auf ihre Armbanduhr, deren kleiner Zeiger sich bereits der Sechs zuneigte. »Ich muss auch leider schon wieder los und würde gern ein andermal damit weitermachen.«

»Wie schade.« Der alte Mann setzte eine bedauernde Miene auf. »Ich hatte gedacht, dass wir noch eine Tasse Tee zusammen trinken werden.« Er zog eine silberne Taschenuhr hervor, öffnete und betrachtete sie. »Außerdem hat sich Mr. Valentine angekündigt. Er müsste jeden Moment hier sein.«

»Tut mir wirklich sehr leid«, sagte Stella. »Ein andermal gerne.« Sie wandte sich wieder der Bibliothek zu. »Ich räume rasch noch den Schreibtisch auf.«

»Ich werde mit Valentine im Roten Salon sein«, erwiderte Edgecombe. »Bitte schauen Sie wenigstens noch kurz herein, wenn Sie fertig sind.« Er schritt durch den Raum und hinaus in ein angrenzendes Zimmer.

Aus den Augenwinkeln sah Stella dort etwas Gelbes am Boden liegen.

»Vorsicht!«

Der Lord hielt inne.

Stella lief zu ihm. Nur zwei Meter weiter lag eine Bananenschale auf dem Boden.

Unverhohlene Entrüstung spiegelte sich auf Archibald Edgecombes Gesicht wider. »Was für eine Sauerei! Das kann nur eine von Rodericks Hinterlassenschaften sein.« Er ging hinaus in den Flur. »Roderick!«, brüllte er so laut, dass das ganze Herrenhaus erzitterte. »Hättest du die Güte, deinen Müll wegzuräumen!«

Ein affektiertes Lachen erklang irgendwo über ihnen im Gebäude. »Aber Großvater, denkst du wirklich, dass ich die Arbeit eines Butlers verrichte?«, drang die nasale und arrogante Stimme Rodericks an ihr Ohr.

Lord Edgecombe schüttelte knurrend den Kopf. »Dumm geboren, nichts dazugelernt und alles wieder vergessen.« Er ballte die Hände zu Fäusten. »Mit Abstand das Unflätigste, was unsere Linie je hervorgebracht hat.«

»Der Apfel fällt nicht weit vom Stamm!«, konterte Roderick laut und wütend.

»Ich mach das schon«, sagte Stella und bückte sich, um die Schale aufzuheben.

»Auf gar keinen Fall!«, protestierte Lord Edgecombe. »Das soll dieser Taugenichts gefälligst selbst erledigen.«

Doch Stella hielt die Bananenschale bereits in der Hand. Ein schelmischer Ausdruck trat in ihre Augen.

»Gibt es vielleicht einen Stuhl, auf dem Roderick öfters sitzt?«, raunte sie Edgecombe zu.

Seine Verärgerung wich einem Grinsen. Er lotste Stella in ein angrenzendes Zimmer, in dem ein großer ovaler Esstisch stand, und berührte einen der zahlreichen Stühle.

Ohne Zögern legte Stella die Bananenschale auf dem samtbezogenen Sitzpolster ab.

»Hihihi, das gefällt mir!« Archibald Edgecombe rieb sich die Hände. »Ach, ich wünschte wirklich, ich hätte eine Enkelin wie Sie!«

Stella legte sanft ihre Hand auf seinen Arm. »Bitte passen Sie zukünftig genau auf, wo Sie hintreten. In diesen Mauern ist es mordsgefährlich.«

»Ich verspreche es«, entgegnete Edgecombe. »Und sollte mir doch etwas zustoßen, kann es nur Roderick oder ein anderer aus meiner nichtsnutzigen Brut gewesen sein.« Er zwinkerte ihr zu und ging schlurfend davon.

In Gedanken versunken kehrte Stella in die Bibliothek zurück. Warum der Lord die Situation nicht ernster nahm, blieb ihr ein Rätsel. Er hätte die gesamte Bande an Blutsaugern auch einfach vor die Tür setzen können. Doch für solch einen Schritt war er viel zu gutmütig.

Sie ordnete die Dokumente so, wie sie sie vorgefunden hatte, und verstaute sie in der untersten Schublade eines hohen, mit Akten und Büchern angefüllten Regales. Dann schaltete sie die Schreibtischlampe aus, atmete noch einmal tief den betörenden Duft der Bücher ein und machte sich auf die Suche nach dem Roten Salon.

Eine Weile irrte sie herum. Zwar war sie schon mehrere Male hier gewesen, doch mit den vielen Räumen in diesem Haus konnte man leicht durcheinanderkommen. Schließlich hörte sie Stimmen und steuerte zielstrebig darauf zu. Bald erkannte sie, dass es die Stimmen von zwei Männern waren. Die des Lords und die von Craigory Valentine.

»Mir war gar nicht bewusst, dass Sie Hillbrush bereits so gut kennen«, hörte sie Archibald Edgecombe sagen. »Ich hatte angenommen, dass Sie zum ersten Mal bei uns hier in der Gegend sind.«

»Ich war in meiner Jugend schon ein paar Mal in den Sommerferien hier«, erwiderte Craigory Valentine. »Meine Eltern mochten die Nordküste Devons, darum haben wir hin und wieder Zeit hier verbracht.«

Stella betrat den Raum, der mit einer dunkelroten Vliestapete, schweren Samtvorhängen und wuchtigen karmesinroten Plüschmöbeln ausgestattet war.

»Miss Honeycut!« Archibald Edgecombe, der auf einer Ottomane saß und Pfeife rauchte, winkte sie lächelnd heran.

»Hallo, Mr. Valentine«, grüßte Stella und nickte dem Historiker, der es sich in einem Ohrensessel bequem gemacht hatte, zu. »Schön, dass es Ihnen wieder gut geht!«

Craigory Valentine erwiderte den Gruß. »Dank der vielen freundlichen Unterstützung habe ich mich zum Glück schnell wieder erholt.«

»Möchten Sie nicht doch noch eine Tasse Tee mit uns trinken?«, fragte Lord Edgecombe und deutete auf eine bauchige Teekanne, die auf einem kleinen Beistelltisch stand. »Einen besseren Earl Grey werden Sie nirgends finden.«

»Das klingt verführerisch«, meinte Stella lächelnd, »aber ich mache mich trotzdem besser gleich auf den Weg.« Sie fuhr sich durchs Haar. »Jane wartet bestimmt schon mit dem Abendessen auf mich.«

Edgecombe nickte verständnisvoll. »Dann vielleicht ein anderes Mal?«

»Sehr gern«, sagte Stella. »Und bitte passen Sie auf sich auf, ja?«

Der Lord grinste. »Versprochen!«

Kapitel 23

Als Stella am frühen Abend in das Cottage ihrer Tante zurückkehrte, warteten dort außer Jane bereits Joseph, Bobby und Abigaile auf sie.

»Wir wollen dir unbedingt berichten, was wir alles herausgefunden haben!«, rief Bobby aufgeregt und sprang wie ein Aufziehmännchen im Wohnzimmer herum.

»Wir haben den ganzen Tag lang herumgeschnüffelt und spioniert!«, stimmte seine Schwester nicht weniger euphorisch ein. Sie hockte im Schneidersitz auf dem runden Perserteppich und grinste über das ganze Gesicht. »Und wir wissen jetzt über alles Bescheid, was hier im Dorf vor sich geht!«

Ihr Vater, der mit Jane auf dem Sofa saß, hob die Hand. »Nicht so stürmisch, Kinder! Nun lasst Stella doch erst einmal hereinkommen.«

»Schon gut«, entgegnete Stella lächelnd und ließ sich in einen Sessel fallen. »Ich bin gespannt darauf, was ihr mir zu erzählen habt.« Sie schaute kurz zu Jane, die ihr eine Tasse Tee und einen Cookie reichte.

Die Kinder schlugen derweil ein Notizbuch auf. Für einen Moment sah es so aus, als ob sie sich darum streiten würden, dann überließ Abigaile ihrem Bruder das Buch.

»Zuerst ein paar Dinge, die wir in Mr. Pynes Laden aufgeschnappt haben«, erklärte Bobby mit ernster Miene und blätterte durch die Seiten. »Mrs. Goodman vermisst ein Paar Ohrringe, und Mrs. Willowby hat sich beschwert, dass die Rosen in ihrem Garten niedergetrampelt wurden.«

»Das werden sicher die Esel gewesen sein«, kommentierte Joseph. »Also das mit den Ohrringen.«

»Dad!«

Joseph zuckte mit den Schultern. »Dann eben Kobolde.«

»Sehr witzig!«, rief Abigaile genervt.

»Wir haben uns alles aufgeschrieben, was uns irgendwie verdächtig vorkam«, sagte Bobby mit einem Hauch von Unsicherheit in der Stimme.

Stella reckte den Daumen in die Höhe. »Ihr seid klasse. Macht nur weiter.«

Während Abigaile ihrem Vater eine Grimasse schnitt, fuhr Bobby mit den Ausführungen fort.

»Mr. Liskard und Miss Chapel haben fast eine halbe Stunde vor dem Laden miteinander getuschelt.« Er blickte Stella mit hochgezogenen Augenbrauen an.

Stella sah Tiberius und Lionels Haushälterin vor ihrem inneren Auge vor sich. Dass die beiden ein Geheimnis hatten, war ihr neu.

»Wir haben uns natürlich gleich zwei Besen geschnappt und so getan, als würden wir die Straße kehren«, warf Abigaile energisch ein.

»Das war wirklich sehr gerissen von euch«, meinte Stella schmunzelnd.

Bobby rieb sich das Kinn. »Sie haben irgendetwas vor. Etwas, das ein gewisser Lionel nicht wissen darf.«

»Sie planen die Geburtstagsfeier des Vikars«, erklärte Jane, die bislang interessiert zugehört hatte.

»Nein, das denke ich nicht!«, entgegnete Bobby entschieden. »Da müssten sie ja nicht flüstern.«

»Es ist was Kriminelles«, stimmte ihm seine Schwester zu. »Vielleicht ein Mordkomplott oder so.«

Jane schüttelte entsetzt den Kopf. »Das halte ich für übertrieben.«

»Ihr habt wirklich eine blühende Fantasie«, murmelte Joseph und angelte sich einen Keks. »Man könnte fast meinen, in diesem Ort gibt es nur Mord und Intrigen.«

»Es ist ja nicht unsere Schuld, wenn du das anders siehst«, brummte Bobby. »Aber das sind unsere Ermittlungen und nicht deine.«

»Außerdem sind wir noch längst nicht fertig«, rief Abigaile.

»Genau.« Bobby nickte und ließ den Zeigefinger über die Seite im Notizbuch gleiten. »Mr. Whitley hat eine Packung Einweghandschuhe und ein Taschenmesser gekauft.«

»Sehr verdächtig«, murmelte Joseph. Der Sarkasmus in seiner Stimme war nicht zu überhören.

Die Kinder ließen sich davon nicht beirren.

»Das kann doch nur bedeuten, dass er irgendein krummes Ding vorhat«, sagte Bobby.

»Einen Einbruch oder so«, fügte Abigaile hinzu. »Etwas, bei dem er keine Fingerabdrücke hinterlassen möchte.«

»Oder er will einfach seine Hände schützen«, schlug Joseph nun leicht genervt vor.

Bobby klappte das Buch zusammen. »Sei nicht immer so ein Spielverderber, Dad!«

Sein Vater verschränkte die Arme vor der Brust. »Sorry, aber mit dem Mord an Lennard Waxflatter hat das alles nichts zu tun. Außerdem haben wir den Täter ja schon.«

»Dann klären wir eben noch ein anderes Verbrechen auf«, erwiderte Abigaile.

Bobby nickte enthusiastisch. »Eines, das noch gar nicht passiert ist.«

»Oder eines, von dem niemand bislang wusste«, fügte seine Schwester hinzu.

Josephs Miene versteifte sich. »In diesem Dorf gibt es schon genügend Verbrechen. Da müsst ihr nicht noch ein weiteres aus dem Hut zaubern.«

Stella trank einen Schluck Tee. »Möglicherweise müssen wir sogar in Betracht ziehen, dass der Mord an Waxflatter noch gar nicht aufgeklärt ist.«

Während der Chief Inspector erschrocken zusammenzuckte, rissen seine Kinder jubelnd die Arme empor, und der Anflug eines Lächelns umspielte Janes Lippen.

»Es gibt ein Geständnis«, wischte Joseph den Einwand kategorisch beiseite. »Der Fall ist abgehakt.«

»Das hättest du gerne«, murmelte Stella.

Eine kleine Ader trat an Josephs Schläfe hervor. »Was soll das heißen?«

Stella stellte ihre Teetasse auf dem Couchtisch ab. »Ich glaube nicht, dass Lucas Wilder der Täter ist.«

»Krass!«, riefen Bobby und Abigaile wie aus einem Mund.

»Allerdings«, gestand Jane. »Und ich teile Stellas Meinung.«

Der Chief Inspector schaute irritiert zwischen Stella und Jane hin und her. »Das ist vollkommen unlogisch! Warum sollte Wilder einen Mord gestehen, den er nicht begangen hat?«

Stellas Antwort kam wie aus der Pistole geschossen. »Weil er jemanden schützen will?«

»Und worauf gründet deine Überlegung?« Joseph raufte sich die Haare. »Bitte, sag jetzt nicht, dein Bauchgefühl. Tut mir leid, aber du musst schon etwas Konkretes vorbringen, wenn du mich überzeugen willst.«

Stella biss in den Cookie. Sie hatte gar nichts anderes von ihm erwartet.

»Lucas ist doch niemals ein abgebrühter Killer«, meinte Jane mit Nachdruck.

Joseph massierte sich stöhnend die Schläfen. »Könnt ihr es denn nicht einfach gut sein lassen?«

»Nur, damit du deine Ruhe hast?«, konterte Stella. »Sicher nicht!« Sie verschlang den Rest des Cookies. »Leitet Chakraborty eigentlich noch immer den Fall, oder bist du jetzt wieder offiziell an Bord?«

»Nach Wilders Verhaftung hat McQueen meine Suspendierung zähneknirschend aufgehoben«, berichtete Joseph. »Und als ich ihm gesagt habe, dass ich noch ein paar Tage Urlaub brauche, um mehr Zeit mit meinen Kindern zu verbringen, ist er fast an die Decke gegangen.«

»Also muss ich mich mit meinen Bedenken bezüglich Lucas Wilder an den Sergeant wenden«, schlussfolgerte Stella.

Joseph nickte knapp. »So sieht es aus. Doch ohne einen konkreten Hinweis kann auch Chakraborty nichts machen.«

Bobby räusperte sich. »Ähm, wir haben übrigens noch mehr herausgefunden.«

Sein Vater hielt sich stöhnend den Kopf. »Noch mehr?« Er stieß ein lang gezogenes Seufzen aus. »Wirklich, Sherlock Holmes ist eine lahme Ente gegen euch.«

»Wer?«, fragte Abigaile.

»Na, Sherlock Holmes aus der Baker Street in London«, erklärte Bobby. »Der größte Detektiv aller Zeiten!«

»Ein Platz, den er sich mit Miss Marple und Hercule Poirot teilt«, fügte Stella hinzu, obwohl sie persönlich Poirot an der Spitze aller erdachten und echten Ermittler sah.

»Die zwei kenn ich«, rief Abigaile. »Von denen habe ich in dem Comic im Buchladen gelesen.«

Bobby blickte fragend in die Runde. »Können wir dann weitermachen?«

Stella nickte lächelnd. »Tut mir leid, dass wir euch unterbrochen haben.«

»Wir hören euch gespannt zu«, sagte Jane.

Gemeinsam liefen die beiden Geschwister in den Flur hinaus und kehrten gleich darauf mit einer Papiertragetüte zurück.

»Kommen wir jetzt zu den verdächtigen Gegenständen«, erklärte Bobby. Er griff in die Tüte und holte mehrere runde, rötlich befleckte Steine hervor.

»Die lagen am Hafen herum«, berichtete Abigaile. »Das Rote könnte Blut sein.«

Joseph nahm die Steine in Augenschein. »Das ist Farbe und kein Blut.«

Die Kinder sahen sich enttäuscht an.

»Aber das hier ist Blut!«, rief Abigaile und fischte ein zerknülltes Stück Stoff aus der Tüte.

Stella nahm es in die Hand und zog es vorsichtig auseinander. Der dünne weiße Stoff war verschmutzt und mit mehreren großen rötlich braunen Flecken versehen. An einer Seite war es schwarz und ausgefranst, was darauf hindeutete, dass jemand versucht hatte, es zu verbrennen.

»Ein halb verbranntes Stofftaschentuch mit Blutspuren«, murmelte Joseph.

»Wo habt ihr das her?«, wollte Stella wissen.

»Von unten am Meer«, erklärte Bobby. »Gleich dort in der Nähe, wo wir uns gestern gesonnt haben. Da gibt es eine Höhle.«

»Der Eingang ist hinter einem Steinvorsprung versteckt«, fügte Abigaile hinzu.

Stella betrachtete den Fund mit angestrengter Miene.

Abigaile verzog das Gesicht. »Ich weiß, es ist schon ziemlich eklig.«

»Machst du Witze?«, rief ihr Bruder. »Das ist nicht eklig, sondern eine Sensation!«

Das Mädchen verdrehte die Augen. »So geht das schon, seit wir das Ding gefunden haben.«

Bobby zappelte aufgeregt. »Es könnte doch sein, dass es dem Mörder gehört hat.«

»Oder es hatte einfach jemand Nasenbluten«, brummte Joseph.

In Stellas Gedanken tauchte das Bild eines anderen Taschentuchs auf. Jenes mit einem großen H besticktes, das Hercule Poirot im Orientexpress entdeckt hatte.

Sie betrachtete das halb verbrannte Tuch in ihrer Hand. An diesem Exemplar waren keinerlei Initialen oder andere Stickereien zu erkennen. Und doch waren da das Blut und die Tatsache, dass jemand versucht hatte, es zu verbrennen und damit etwas vor der Welt zu verbergen.

»Es muss in einem Kriminallabor untersucht werden.« Sie sah zu Joseph. »Kümmerst du dich bitte darum?«

Der Chief Inspector gab sich keine Mühe, seinen Unmut zu verbergen. »Also, ich hab eigentlich Urlaub.«

»Ach, wenn ich nur meinen Forensikkasten dabeihätte«, rief Bobby. »Der liegt zu Hause, doch da nützt er mir nichts.«

Stella legte dem Jungen eine Hand auf die Schulter. »Keine Sorge. Dein Vater bringt es zu seinen Kollegen.«

»Na gut«, grummelte Joseph. »Morgen.« Er schaute zu Stella und dann zu Jane, die ihn beide erwartungsvoll anblickten. »Was denn? Etwa jetzt noch?«

»Je eher es dort ist, desto eher wissen wir, um wessen Blut es sich handelt«, meinte Stella.

Jane zuckte mit den Schultern. »Ich kann es auch hinbringen.«

»Au ja, dürfen wir mitkommen?«, riefen die Kinder begeistert.

Joseph straffte die Schultern. »Wenn hier jemand was zum Kriminallabor bringt, dann ich. Ihr bleibt hier.« Er griff nach der Papiertüte und hielt sie Stella hin, die daraufhin das Tuch hineinlegte.

»Besten Dank, Chief Inspector!« Sie drückte ihm einen Kuss auf die Wange und zwinkerte den Kindern zu. »Danke, ihr zwei! Ihr seid wirklich einsame Spitze!«

Bobby und Abigaile strahlten um die Wette.

Kapitel 24

Stella steuerte zielstrebig auf das Wirtshaus *Zum betrunkenen Esel* zu. Die halbe Nacht hatte sie darüber nachgegrübelt, was sie wegen ihrer Bedenken den aktuellen Fall betreffend tun sollte. Ihre Zweifel an Lucas Wilders Täterschaft waren mittlerweile so stark, dass sie es nicht länger ignorieren konnte und definitiv etwas unternehmen musste.

Am Morgen nach einer Portion Tiefschlaf hatte sie eine Entscheidung getroffen. Sie würde noch einmal versuchen, Joseph zu überzeugen, die Ermittlungen fortzuführen. Falls er wieder nicht darauf einging und ihre Intuition erneut als Hirngespinst abtat, würde sie eben ohne ihn weitermachen. So war es im Grunde ja auch immer gewesen, und vermutlich kam sie ohne ihn sogar besser zurecht. Der Unterstützung der Dorfbevölkerung konnte sie sich gewiss sein – das war mehr, als andere Ermittler von sich behaupten konnten.

Stella betrat das Wirtshaus und sah Craigory Valentine vor dem Tresen stehen, mit einem kleinen braunen Koffer in der Hand. Er beugte sich vor und reichte etwas Gavin, der auf der anderen Seite des Tresens stand.

»Bitte, wären Sie so freundlich und würden Mrs. Waxflatter diesen Brief geben?«

»Aber natürlich«, sagte Gavin und nahm den Brief. »Das mache ich gerne.«

»Es ist nicht eilig«, fügte Valentine hinzu. »Warten Sie ruhig mit der Zustellung, bis ich fort bin.«

»Wie Sie wünschen.« Gavin steckte den Brief in die Hosentasche und blickte zur Eingangstür. »Hi, Stella.«

»Hi, Gavin.«

»Willst du zum Chief Inspector?«

Stella nickte.

»Der ist vor knapp einer halben Stunde mit seinen Kindern fort«, sagte Gavin, während er einen Lappen nahm und die Tresenplatte schrubbte.

»Weißt du, wo sie hinwollten?«

»Sie sind in Richtung Hafen gelaufen. Vielleicht sind sie mit dem Wassertaxi weg.« Ein Grinsen huschte über sein Gesicht. »Oder sie machen einen Angelausflug.«

Garantiert nicht, dachte Stella. Joseph war kein Angler, dazu fehlte ihm die Geduld. Seltsam, er hatte gar nicht erwähnt, dass sie einen Ausflug machen wollten. Aber gut, dann würde sie ihr Gespräch mit ihm eben verschieben. Ihr Blick streifte Craigory Valentine, der seinen Koffer auf einen Stuhl abgestellt hatte und in einer der Seitentaschen kramte.

Sie trat neugierig an seine Seite. »Hallo, Mr. Valentine, Sie reisen wohl ab?«

»Das ist richtig«, erwiderte der Historiker, seinem Koffer zugewandt.

»Vermutlich sind Sie froh, dass Sie endlich von hier fortkommen«, mutmaßte Gavin, der noch immer emsig den Putzlappen schwang. »Nach allem, was in den letzten Tagen passiert ist.« Er stützte sich seufzend auf dem Tresen ab. »Erst der Mord, dann der Anschlag auf Ihr Leben.«

»Das ist ja zum Glück nun alles aufgeklärt«, meinte Valentine beiläufig.

Da wäre ich mir nicht zu sicher, dachte Stella. Der Täter mochte genauso gut noch unentdeckt sein.

Gavin reckte das Kinn vor. »Trotzdem. Ich hätte mir gewünscht, dass Sie unser schönes Dorf unter anderen Umständen kennengelernt hätten.«

»Es ist ja nicht sein erster Besuch«, bemerkte Stella, die sich an das gestrige Gespräch zwischen Valentine und Lord Edgecombe erinnerte.

»Ach so?«, fragte Gavin. »Sind Sie schon früher einmal wegen des Brunnens hier gewesen?«

Valentine sah von seinem Koffer auf. Stella entging nicht die Unsicherheit, die für den Bruchteil einer Sekunde in seinen Augen aufblitzte.

»Nicht nur wegen des Brunnens«, antwortete er und setzte rasch ein Lächeln auf. »Ich war in meiner Jugend ein paar Mal mit meiner Familie hier. In den Sommerferien.«

»Aha«, meinte Gavin. »Dann ist es also schon eine Weile her.« Er zuckte kurz zusammen. »Ohne Ihnen zu nahe zu treten zu wollen natürlich.«

»Es hat sich aber kaum etwas verändert«, entgegnete Valentine. »Es ist noch immer dasselbe bezaubernde Küstendorf, wie ich es in Erinnerung habe.«

Über diese Erinnerungen würde ich zu gerne mehr erfahren, dachte Stella. Ob er vielleicht sogar Lennard Waxflatter früher schon gekannt hatte? Plötzlich machte sich in ihr ein seltsam kribbelndes Gefühl breit.

Ein Lächeln erhellte Gavins Gesicht. »Oh, danke, das ist aber nett, dass Sie das sagen.« Er breitete die Arme aus. »Ein solches Kompliment aus Ihrem Mund wird hier jeden freuen.«

Craigory Valentine schaute zwischen Stella und Gavin hin und her. »Ich mag Hillbrush – und das meine ich wirklich so. Auch die dunklen Ereignisse können dem Glanz dieses Dorfes nichts anhaben.« Er strich über den Kragen seines Hemds. »Ich würde auch wirklich sehr gerne noch bleiben, aber ich habe diese Woche noch einige wichtige Verpflichtungen.«

»Das ist schade.« Stella atmete geräuschvoll aus und dachte fieberhaft nach. Ihr Bauchgefühl sagte ihr, dass sie den Mann nicht einfach abreisen lassen durfte. Doch was konnte sie tun, damit er blieb? »Ich hatte gehofft, mich noch mit Ihnen über ein aktuelles Forschungsprojekt austauschen zu können.« Es war der erste Gedanke, der ihr in den Sinn gekommen war.

»Ein Forschungsprojekt?« Craigory Valentine wippte leicht auf und ab. »Jetzt machen Sie mich neugierig.«

Stella biss sich auf die Unterlippe und wog ab, was sie ihm davon erzählen sollte.

»Ich habe den Verdacht, dass sich Agatha Christie im Dezember 1926, während ihres elftägigen Verschwindens, hier im Dorf der Esel aufgehalten hat.«

Der Historiker runzelte die Stirn. »Das wäre mir neu. Soweit ich mich erinnere, wurde Mrs. Christie doch in einem Hotel in Harrogate gefunden.«

»Das stimmt schon.« Stella strich sich eine Haarsträhne aus dem Gesicht. »Aber das bedeutet nicht, dass sie die Tage davor nicht hier gewesen sein kann. Sie hat ja nie genau erzählt, was passiert ist, und behauptet, eine Amnesie gehabt zu haben.«

»Was ich zu bezweifeln wage«, murmelte Valentine.

Stella nickte enthusiastisch. »Mir geht es nicht anders.«

»Aber welche Hinweise haben Sie denn, dass Agatha hier war?«, wollte der Historiker wissen.

»Eine Fotografie, ein Schild und einen großer Haufen unerforschter Dokumente in Lord Edgecombes Bibliothek. Vielleicht ist es ja nur meine weibliche Intuition, aber ich habe das Gefühl, dass ich da wirklich auf etwas gestoßen bin.«

Craigory Valentine schmunzelte. »Wenn ich eines in meinem Leben gelernt habe, dann dass man die Intuition einer Frau nie unterschätzen sollte.«

»Das ist ein Fehler, den man nur ein Mal macht«, stimmte Gavin ihm zu.

»Stellen Sie sich doch mal vor«, rief Stella, die ihre Begeisterung nun nicht mehr zurückhalten konnte. »Agatha könnte hier im Dorf der Esel die Idee für einen ihrer Kriminalromane gekommen sein.«

Gavin grinste. »Sie könnte auch einen echten Kriminalfall aufgeklärt haben.«

»Das wäre ja … eine Sensation!«, rief Valentine.

Stella strahlte. »Ich weiß!«

»Sie müssen mir unbedingt alles zeigen.« Craigory Valentine rieb sich die Hände. »Und ich werde gleich noch einmal zu Lord Edgecombe gehen und ihn bitten, mir Zugang zu seiner Bibliothek zu gewähren.«

»Und Ihre Termine?«, fragte Stella.

Valentine lächelte verkrampft. »Möglicherweise werde ich sie doch noch um ein oder zwei Tage verschieben können. Ich werde mal sehen, was sich machen lässt.«

»Prima«, meinte Gavin. »Dann bringe ich Ihren Koffer gerne auf Ihr Zimmer zurück.«

»Besten Dank.« Craigory Valentine umklammerte den Griff seines Koffers so fest, dass seine Knöchel weiß hervortraten. »Aber das mache ich schnell selbst.«

Während Stella ihm nachblickte, versuchte sie, sich ganz auf das kribbelnde Gefühl in ihrem Bauch zu konzentrieren. Auch wenn ihre Begeisterung über die Erforschung zu Agatha Christies Verbindung zu dem Ort gerade die Oberhand hatte, durfte sie die Mordermittlung nicht aus den Augen verlieren. Denn auch Craigory Valentine hatte eine Verbindung zum Dorf der Esel. Eine, die einige Jahrzehnte in die Vergangenheit reichte. Vielleicht war dort ja die Lösung für diesen Fall zu finden.

Sie zwinkerte Gavin zu, der den Geschirrspüler öffnete und saubere Gläser in ein Regal hinter dem Tresen einsortierte.

Ein oder zwei Tage. Das sollte reichen, um der Sache auf den Grund zu gehen.

»Hi, Stella!«

Stella drehte sich um. Wie aus dem Nichts waren Bobby und Abigaile neben ihr aufgetaucht. Ihr Vater schritt soeben zur Tür herein.

»Guten Morgen, Stella«, rief er.

»Guten Morgen, ihr drei«, erwiderte Stella. »Gavin vermutete, dass ihr angeln gehen wolltet.«

»Quatsch!«, meinte Bobby. »Wir haben nur einen kleinen Morgenspaziergang gemacht.«

»Damit Dad den Kopf frei kriegt und mal in Ruhe nachdenken kann«, fügte Abigaile hinzu.

Stella schaute Joseph fragend an, der sich gegen den Tresen lehnte und sehr nachdenklich wirkte.

Seine Tochter knuffte ihn freundschaftlich in die Seite.

Er sah zu Stella. »Vielleicht hast du ja recht mit deinen Zweifeln«, druckste er. »Vielleicht will Lucas Wilder jemanden schützen.«

Wie er wohl zu dieser Erkenntnis gekommen sein mag?, überlegte Stella.

»Ich habe die ganze Nacht darüber nachgedacht«, murmelte er, als hätte er ihre Gedanken gelesen.

»Klingt nach Schlafproblemen.« Stella zog die Augenbrauen hoch. Anscheinend hatten sie doch mehr gemeinsam, als sie bislang angenommen hatte.

Joseph massierte sich die Schläfen. »Ich war ja die halbe Nacht unterwegs, um das Taschentuch ins Labor zu bringen.« Er gähnte. »Außerdem kriege ich in diesem Spukhaus sowieso kein Auge mehr zu.«

»Hast du wieder den Geist eines Esels gesehen?«, fragte Stella und grinste.

»Nein, aber Hufgetrappel habe ich gehört. Als wenn eine ganze Eselherde durchs Zimmer galoppieren würde.«

Bobby und Abigaile kicherten.

»Keine Ahnung, was du hast«, meinte Bobby. »Wir haben prima geschlafen.«

Abigaile pflanzte sich auf einen Barhocker. »Gib's zu, Dad, diese Eselgeister hast du dir doch nur ausgedacht, um uns zu erschrecken.«

Ihr Vater wollte etwas erwidern, doch sie ließ ihn gar nicht zu Wort kommen.

»Funktioniert aber nicht!«, rief sie und drehte ihm eine lange Nase.

Bobby hockte sich grinsend auf einen der leeren Tische. »Wir lieben Esel – sogar dann, wenn sie nur eine übersinnliche Erscheinung sind.«

Joseph ließ die Schultern hängen. »So weit ist es schon mit mir gekommen«, jammerte er. »Nicht mal meine eigenen Kinder glauben mir.«

»Es war mit Sicherheit ein freundlicher Geist«, meinte Stella. »Nichts, wovor sich irgendwer fürchten muss.« Sie straffte die Schultern. »Aber zurück zum Thema. Wir ermitteln also offiziell weiter?«

Der Chief Inspector seufzte. »Zumindest sollten wir überprüfen, ob Wilder die Wahrheit gesagt hat und nicht doch noch etwas anderes dahinterstecken kann.«

»Hurra!«, jubelten die Kinder und sprangen begeistert zwischen den Tischen herum. »Es wird weiterspioniert.«

Ihr Vater hob die Hand. »Offiziell sind wir im Urlaub – klar? Wir schließen uns bloß Stella zu … einem

Ausflug an.« Er grinste. »Wir wollten uns doch schon immer einmal gemeinsam die Gin-Destillerie ansehen.«

Kaum zu glauben, dachte Stella. Es geschehen doch noch Zeichen und Wunder.

Kapitel 25

Eine halbe Stunde später standen die vier im Verkaufsraum der Gin-Destillerie.

»Da hast du ja schnell Anschluss gefunden, Stella«, bemerkte Alice, die an einem kleinen runden Tisch saß und auf der Tastatur eines Laptops herumklimperte. »Wisst ihr, dass ihr wie eine süße kleine Familie ausseht?«

»Das können wir als Tarnung nutzen«, raunte Bobby Stella zu, woraufhin sie grinsen musste.

»Eigentlich wollte ich den Laden heute gar nicht öffnen«, plapperte Alice munter weiter und fuhr sich durch das wirre Haar. »Aber die Arbeit lenkt mich wenigstens ein bisschen ab.« Sie stützte sich mit den Unterarmen auf die Tischplatte. »Seid ihr hergekommen, um etwas zu kaufen?«

Stella schüttelte den Kopf. »Nein, aber wir haben noch ein paar Fragen.«

Alice stand auf und wickelte sich in ihre Strickjacke ein. »Ich kann einfach nicht glauben, dass Lucas das tatsächlich getan haben soll.«

Da bist du nicht allein, dachte Stella. »Er hat es selbst zugegeben«, sagte sie.

Ein fieberhafter, verzweifelter Ausdruck trat in Alices Augen. »Dabei kann es sich nur um einen Irrtum handeln.«

»Wir haben sein Geständnis«, erklärte Joseph. »Schriftlich und in dreifacher Ausführung.«

»Nach dem derzeitigen Stand der Dinge wird er mit Sicherheit verurteilt werden und ins Gefängnis wandern«, fügte Stella hinzu. »Lebenslänglich.«

»Wie schrecklich.« Alice raufte sich die Haare. »Aber in diesem speziellen Fall muss es doch mildernde Umstände geben.« Sie tigerte unruhig im Raum auf und ab. »Ich meine, sollte Lucas es tatsächlich getan haben, dann hat er der Menschheit doch einen enormen Dienst erwiesen.« Sie blickte abwechselnd zwischen Stella und Joseph hin und her. »Jeder, der Lennard kannte, wird das bestätigen.«

»In erster Linie hat der Täter dir damit einen Dienst erwiesen«, erwiderte Stella kühl.

Alice nickte. »Und dafür werde ich ihm auf ewig dankbar sein – allerdings kann ich mir so gar nicht vorstellen, dass Lucas ein Mörder ist.«

»Vielleicht waren Sie es ja?«, warf Joseph ein. Er schaute kurz zu seinen Kindern, die auf der anderen Seite des Raumes neugierig die Gin-Kollektion inspizierten.

»Ich?« Empörung machte sich in Alices Stimme breit. »Das kann ja wohl nicht Ihr Ernst sein!«

Stella verschränkte die Arme vor der Brust. »Du wolltest deinen Mann doch um jeden Preis umbringen. Erinnerst du dich, du bist vor ein paar Tagen sogar zu Jane gekommen und hast sie um ein schnell wirksames, tödliches Gift gebeten, das du ihm verabreichen kannst.«

»Was sie mir jedoch nicht gegeben hat«, entgegnete Alice und baute sich demonstrativ vor Stella auf. »Das weißt du genau, du warst doch dabei.«

»Lennard ist ja auch nicht vergiftet, sondern mit einem Schraubenschlüssel erschlagen worden«, sagte Stella. »Die nötige Wut dazu hast du jedenfalls gehabt.«

Alice verdrehte die Augen. »Ja, ich hätte den Mistkerl nur zu gerne umgebracht.« Sie krallte sich an ihrer Strickjacke fest. »Aber das habe ich nicht. Tut mir wirklich leid, aber jemand anderes war schneller als ich.« Sie biss sich auf die Unterlippe, und ihr Blick driftete zur Seite ab. »Vielleicht war es ja wirklich Lucas …«

Falls Alice ihnen etwas vormachte, dann war sie eine verdammt gute Schauspielerin.

»Wenn wir nur Zugang zu Lennards Computer hätten«, murmelte Stella.

»Ihr könnt euch gern überall umsehen.« Alice zeigte zur Zimmerdecke. »Auch in Lennards Büro, das ist oben in der ersten Etage.«

Stella nickte. »Da war ich schon, aber der Computer ist passwortgeschützt.«

»Lass Bobby doch mal einen Blick drauf werfen«, schlug Abigaile von der anderen Seite des Raumes vor. »Bisher hat er noch alle Passwörter geknackt.«

Joseph schaute seinen Sohn fragend an. »Was hör ich da? Du hackst dich in fremde Computer ein?« Er legte zornig die Stirn in Falten. »Warum machst du so was?«

»Keine Sorge, Dad!«, beteuerte der Junge. »Ich mach es ja nur, wenn der Besitzer des Computers mich dazu auffordert, oder wenn jemand meine Hilfe braucht.«

»Das hoffe ich für dich«, knurrte Joseph.

Sie gingen nach oben und drängten sich zu viert in Lennards winziges Büro.

Bobby berührte die Maus, woraufhin der Monitor aufleuchtete und eine Eingabemaske erschien. Er klickte auf das leere Feld des Benutzernamens, das sich daraufhin automatisch füllte. »Den Namen haben wir schon mal! LennyWax!« Er klickte auf das leere Feld des Passworts. »Probieren wir mal eines der am meisten verbreiteten Passwörter. Eins, zwei, drei, vier, fünf.«

»Denkst du wirklich, dass es so einfach ist?«, fragte Stella leicht irritiert.

Bobby gab die Zahlen ein und klickte auf Enter.

Die Maske verschwand, und der Startbildschirm leuchtete auf.

»Frage beantwortet«, rief er und grinste.

Unglaublich!, dachte Stella. Das hat ja keine halbe Minute gedauert.

Eine kleine weiße Sanduhr erschien, dann öffnete sich automatisch ein E-Mail-Programm.

Bobby scrollte durch die Nachrichten. »Da steht irgendwas über einen Esel.«

»Echt? Zeig mal her!« Seine Schwester setzte sich neben ihn und überflog die Zeilen. »Hm, warte mal. Ich glaube, es geht um eine Statue.«

»Ein Mr. Tandy aus Austin, Texas, bietet eine halbe

Million Dollar«, berichtete Bobby, der die Mail bereits in Windeseile gelesen hatte.

Stella riss die Augen auf. »So viel Geld? Wahnsinn. Für den Merlin-Esel?«

»Die Bronzestatue am neu eingeweihten Brunnen?«, fügte Joseph neugierig hinzu.

»Ich denke schon«, meinte Bobby. »Keine Ahnung, was es hier noch so für Eselstatuen gibt.«

Klar, es konnte sich nur um den bronzenen Merlin-Esel handeln, dachte Stella. Zumindest hatte sie bisher nur diese Statue gesehen. »Lennard wollte die Skulptur also tatsächlich stehlen und damit Profit machen.«

Abigaile stemmte empört die Arme in die Hüfte. »So eine fiese Ratte!«

»Nur gut, dass er damit nicht durchgekommen ist«, stimmte ihr Vater ihr zu.

Bobby rieb sich das Kinn. »Vielleicht wurde er ja deshalb umgebracht.«

Mit einer raschen Bewegung zog Joseph sein Handy aus der Hosentasche. »Ich rufe Sergeant Chakraborty an, damit er den Computer abholt und untersuchen lässt. Möglicherweise ist da ja noch mehr.«

Wird ja echt mal Zeit, dachte Stella.

Joseph presste sich das Telefon ans Ohr, trat in den Flur hinaus und sprach mit Sergeant Chakraborty.

Bobby öffnete derweil eine Datei. »Was ist das denn?« Er beugte sich näher an den Bildschirm heran und las. »Dein kleines Geheimnis wird niemand erfahren. Es kostet dich nur fünfhundert Pfund.«

»Ein Erpresserbrief«, rief Stella. »Steht da, an wen das gerichtet ist?«

»Nein, Namen stehen da gar nicht«, sagte Bobby. »Nur das, was ich vorgelesen habe.« Er stutzte. »Soll das bedeuten, dass jemand diesen Waxflatter erpresst hat?«

»Ich glaube, es war eher andersherum.« Stella dachte an das Notizbuch, das sie in der Schreibtischschublade entdeckt hatte und in dem Buchstaben-und-Zahlen-Kombinationen gestanden hatten. Die Datei auf dem Computer könnte ihren Verdacht untermauern, dass Lennard verschiedene Leute erpresst hatte.

»Dad! Schau mal!« Bobby winkte seinen Vater heran, der eben zurückkehrte.

»Wir glauben, dass dies ein Erpresserschreiben ist«, verkündete Abigaile.

Joseph warf einen flüchtigen Blick auf den Bildschirm. »Das werden die Kollegen klären«, sagte er und rieb sich das Kinn. »Chakraborty holt später den Computer ab.« Ein verheißungsvolles Lächeln trat in sein Gesicht. »Außerdem sind die Ergebnisse der Laboranalyse da!«

Stella sah ihn gespannt an.

»In dem Glas, aus dem Craigory Valentine am Abend seiner Vergiftung getrunken hatte, sind Rückstände von Schierling gefunden worden.«

»Schierling?« Abigaile verzog das Gesicht. »Das klingt irgendwie fies.«

»Das ist eine giftige Pflanze«, erklärte Bobby. »Solange du sie nicht isst, passiert auch nichts.«

Schierling wuchs an verschiedenen Plätzen im Dorf, das wusste Stella. Jane hatte ihr die Pflanze mal bei einem Spaziergang gezeigt und ihr auch gesagt, dass sie Schafgarbe zum Verwechseln ähnlich sah.

»Im Altertum wurden Verurteilte mit Schierling hingerichtet«, fuhr Bobby fort. »Zum Beispiel auch der griechische Philosoph Sokrates.«

»So ein Klugschwätzer!« Abigaile hielt sich den Kopf und stöhnte. »Macht sich mal wieder wichtig.«

»Vertragt euch«, mahnte Stella. »Es ist nicht verkehrt, ein wandelndes Lexikon in der Familie zu haben.«

Joseph warf ihr einen dankbaren Blick zu. »Auch das halb verbrannte Taschentuch, das ihr in einer Höhle gefunden habt, ist schon untersucht worden.« Er wartete, bis er die Aufmerksamkeit aller Anwesenden hatte. »Das Blut stammt tatsächlich von Lennard Waxflatter.«

»Ich wusste es!« Bobby stemmte triumphierend die Faust in die Höhe.

»Die Flecken an Jack Whitleys Sweatshirt hingegen waren tatsächlich bloß Farbe«, berichtete Joseph weiter. »Kein Blut, wie ich vermutet hatte.«

»Und was machen wir jetzt?«, wollte Abigaile wissen.

Ihr Vater schob das Handy in die Hosentasche zurück. »Wir müssen uns gründlich die Stelle ansehen, an der ihr das Taschentuch gefunden habt.«

»Cool, dann können wir euch ja die Höhle zeigen«, rief Bobby und strahlte vor Begeisterung. Er zwinkerte seinem Vater und Stella zu. »Das wird euch bestimmt gefallen. Ist ein echtes Piraten- und Schmugglerversteck.«

Kapitel 26

Als sie die Küste erreichten, stand die Sonne bereits hoch am Himmel. Stella hob ihren Arm vors Gesicht, um ihre Augen vor dem gleißenden Licht zu schützen. So gut es ging, suchte sie die hohe, zerklüftete Felswand nach einem Eingang ab. Die einzigen Höhlen, die sie erkennen konnte, waren jedoch so klein, dass höchstens eine Maus hineinpassen würde.

»Seid ihr sicher, dass wir hier richtig sind?«, fragte Joseph und kratzte sich am Kopf. »Ich kann weit und breit keine Höhle erkennen.«

»Der Zugang muss hier aber irgendwo sein.« Abigaile balancierte über eine Ansammlung großer, vom Meer glatt geschliffener Steine. »Gestern war er jedenfalls noch da.«

Ihr Bruder lief derweil eifrig auf ein paar breite, mannshohe Felsen zu. »Wir müssen nur den richtigen Felsvorsprung finden. Wartet, das haben wir gleich!«

Die beiden Kinder irrten eine Weile wie aufgescheuchte Hühner zwischen den Felsen umher. Ein Dutzend Möwen kreiste neugierig über ihren Köpfen und spähte die Gegend nach Nahrung aus. Im Hintergrund rauschte leise das wogende Meer, und die sanften Wellen reichten weit über den steinigen Strand fast bis zu ihren Füßen heran.

Joseph trat an Stellas Seite. »Ich hoffe, die zwei führen uns nicht an der Nase herum.«

»Warum sollten sie das denn tun?«, fragte Stella irritiert. »Das kapier ich nicht.«

Er zuckte mit den Schultern. »Sie sind eben bekannt für ihre Streiche.«

Stella schüttelte energisch den Kopf. Wieso war er seinen eigenen Kindern gegenüber bloß so misstrauisch? »Das haben sie sich nicht nur ausgedacht. Bobby und Abigaile nehmen die Detektivarbeit ziemlich ernst.«

»Ich weiß nicht so recht«, murmelte Joseph. »Vermutlich habe ich mich schon so sehr daran gewöhnt, von den beiden auf den Arm genommen zu werden, dass ich automatisch von einem Schabernack ausgehe.«

»Das Taschentuch, das sie gefunden haben, ist jedenfalls echt«, hielt Stella dagegen. »Genauso wie Lennard Waxflatters Blut, das daran haftet. Warum sollten sie uns also wegen des Fundortes belügen?«

»Stimmt«, gab Joseph zu. »Wenn du es so formulierst, ergibt es wenig Sinn.« Er rückte seine monströse Sonnenbrille gerade. »Ich bleibe aber trotzdem skeptisch!«

»Pessimist«, murmelte Stella. Probier's doch mal mit Zuversicht, fügte sie in Gedanken hinzu.

»Ich hab's!« Abigaile streckte ihren Kopf hinter einem breiten, mannshohen Felsen hervor und winkte ihnen aufgeregt zu. »Hier drüben!«

Sie liefen zu ihr, und als sie hinter den Felsen traten, konnten sie tatsächlich eine schmale Öffnung in der dahinter liegenden Felswand erkennen.

»Da passe ich doch niemals durch!«, rief Joseph und blickte seine Kinder entgeistert an. »Nachher bleibe ich noch mittendrin stecken und muss von der Feuerwehr oder dem Katastrophenschutz befreit werden!«

Was für eine Dramaqueen, dachte Stella.

Bobby grinste. »Du musst seitwärts reingehen, dann klappt es bestimmt.« Er stellte sich demonstrativ seitlich zur Öffnung und hopste mit ein paar Seitwärtsschritten hinein.

»Vergiss nicht, den Bauch einzuziehen!«, fügte Abigaile kichernd hinzu und folgte ihrem Bruder.

»Wartet doch mal!« Joseph kratzte sich am Kopf. »Herrje! Das habe ich mir anders vorgestellt.«

»Das schaffst du schon!« Stella lächelte ihm aufmunternd zu und zwängte sich ebenfalls durch den Spalt.

Auf der anderen Seite herrschten Kälte und ein tiefes, undurchdringliches Schwarz. Für einen Moment kam es Stella so vor, als ob sie von der Dunkelheit verschluckt worden wäre. Sie zog ihr Handy hervor und schaltete die Taschenlampenfunktion ein. Ein paar Schritte vor ihr hatten die Kinder dieselbe Idee.

Stella schaute sich neugierig nach allen Seiten um. Im Vergleich zu dem winzigen Eingang war die Höhle riesig – fast so groß wie der Gastraum des Pubs, nach oben hin sogar noch ein ganzes Stück höher.

»Das nenn ich mal eine Höhle«, murmelte Joseph, der es nun endlich auch ins Innere geschafft hatte und seine Handytaschenlampe hin und her schwenkte.

»Ziemlich cool, was?«, sagte Bobby.

Stellas Augen gewöhnten sich nur langsam an die Dunkelheit. Von den nackten Steinwänden ging eine frische Kühle aus, und Wasser tropfte von der Decke.

Im Schein der Taschenlampe suchte Stella den mit Kieselsteinen bedeckten, unebenen Boden ab, als Abigaile nur wenige Meter weiter ein lautes, markerschütterndes Kreischen ausstieß.

Sofort eilten alle zu ihr.

»Was ist denn?«, fragte Bobby.

Abigaile zappelte aufgebracht hin und her. »Da … da war eine Spinne!«

»Herrje!« Ihr Vater seufzte laut. »Und ich dachte schon, es sei sonst was passiert.«

»Eine Spinne!«, wiederholte Abigaile, als ob er sie nicht richtig verstanden hätte.

Bobby schüttelte missbilligend den Kopf. »Spinnen sind sehr interessante und nützliche Tiere. Deshalb schreit man doch nicht!«

»Die war gigantisch!«, beteuerte Abigaile. »Ein richtiges Monster.«

Bobby verdrehte die Augen. »Solange sie nicht so groß ist wie Aragog im Verbotenen Wald bei *Harry Potter*, habe ich keine Probleme damit.«

Das Mädchen schüttelte sich vor Unbehagen. »Igittigitt, wie widerlich!«

»Ganz ruhig!« Stella schlang dem Mädchen einen Arm um die Schulter. »Die Spinne tut dir nichts. Davon einmal abgesehen, hat sie sich vor dir bestimmt mindestens genauso erschreckt wie du dich vor ihr.«

»Genau«, meinte Bobby feixend. »Meine Schwester, der Spinnenschreck.« Er klopfte sich lachend auf die Oberschenkel, als würde er sich köstlich amüsieren.

»Blödmann!«, fauchte Abigaile.

»Hört auf mit dem Unsinn«, mahnte Joseph. »Reißt euch zusammen. Alle beide!«

Abigaile griff nach Stellas Hand. »Ob es hier drinnen Trolle gibt?«

Ihr Bruder kicherte. »Höchstens Kobolde.«

»Könnt ihr uns bitte zeigen, wo ihr das Taschentuch gefunden habt?«, fragte Joseph ungeduldig. »Ich habe keine Lust, den ganzen Tag hier drin zu verbringen.«

Bobby steuerte auf die nächstgelegene Felswand zu. »Da drüben, am Rand hat es gelegen.«

Gemeinsam kreisten sie die Stelle ein und richteten das Licht ihrer Taschenlampen nach unten.

Zwischen den vielen kleinen Steinen konnte Stella die verschiedensten Muschelschalen, Algen und zersplittertes Treibholz ausmachen. Dazu ein paar verkohlte und mit Asche bedeckte Holzreste, die darauf hindeuteten, dass jemand vor Kurzem versucht hatte, ein Feuer zu machen.

Abigaile richtete ihre Taschenlampe derweil auf den hinteren Teil der Höhle. »Da geht es noch weiter.«

»Ja, und der Weg scheint sehr tief in den Felsen hineinzuführen«, fügte Bobby hinzu. »Alleine haben wir uns da gestern nicht weitergetraut.«

Stella folgte neugierig seinem Blick. »Ich frage mich, wohin man da gelangt.« Laut Jane waren viele dieser alten Piraten- und Schmugglerhöhlen miteinander verbunden und bildeten ein weitverzweigtes Labyrinth.

»Das sollten wir ein andermal feststellen«, meinte Joseph und klapperte fröstelnd mit den Zähnen. »Lasst uns besser zurückgehen, bevor die Flut die Höhle erreicht.« Er wandte sich um und schritt auf den Ausgang zu. Dort blieb er stehen und fluchte laut. »Ach, verdammter Mist!«

»Was ist denn?«, wollte Bobby wissen.

»Die Flut ist schon da!«, rief sein Vater. »Schnell, beeilt euch, bevor wir hier festsitzen.«

Jetzt bemerkte Stella es auch. Das Wasser spülte bereits in die Höhle hinein.

Joseph quetschte sich durch den Spalt, kehrte aber bereits nach wenigen Sekunden zurück. Seine Hose war bis an die Knie durchnässt.

»Der Strand ist in diesem Bereich bereits komplett überflutet«, berichtete er. »Wir müssen wohl schwimmen.«

»Vergiss es!«, protestierte Abigaile. »Das Wasser ist doch viel zu kalt.«

»Außerdem würden uns die Wellen vermutlich gegen die Felsen schlagen«, fügte Bobby hinzu. »Wir würden uns alle unsere Knochen brechen.«

»Was jetzt?« Joseph sah zu Stella, die im Gegensatz zu ihm sehr gelassen blieb.

»Erkunden wir doch die Höhle«, meinte sie. »Gut möglich, dass es noch einen weiteren Ausgang gibt.«

Bobby riss die Arme hoch. »Hurra, eine Expedition!«

Seine Schwester hingegen war weniger begeistert.

»Und was machen wir, wenn wir keinen zweiten Ausgang finden und das Wasser noch weiter steigt?«

»Dann setzen wir uns eben auf die Felsen dort«, sagte Bobby und deutete auf mehrere mannshohe Steine. »So hoch steigt das Wasser garantiert nicht.«

Sie setzten sich in Bewegung, und Stella führte ihre kleine Gruppe immer tiefer in die Höhle hinein. Sie passierten einen niedrigen Durchgang, bei dem Joseph und Stella den Kopf einziehen mussten, und gelangten in einen weiteren großen Raum.

»Schaut mal!«, rief Abigaile, die ihre Taschenlampe auf eine hohe Felswand richtete. »Wir sind nicht die Ersten, die sich bis hierher gewagt haben.«

Sie betrachteten die Wand, in der unzählige Namen, Herzen und Initialen eingeritzt waren. Offenbar kamen besonders gerne Liebespaare hierher. Einige eingeritzte Stellen sahen sehr frisch aus, andere waren verblasst und schienen schon älteren Datums zu sein.

»E.T. war hier«, las Abigaile laut vor.

Ihr Bruder grinste. »Ich liebe E.T.! Er ist mein Lieblings-Außerirdischer.« Er rieb sich das Kinn. »Ob er von hier nach Hause telefoniert hat?«

»Nö, das geht nicht.« Abigaile deutete auf ihr Smartphone. »Kein Handyempfang.«

Sie kicherten.

Abigaile strich mit der Hand über die Wand. »Wollen wir uns auch verewigen?«

Bobby war sofort Feuer und Flamme. »Wir könnten uns ja irgendeinen coolen Detektivnamen geben.«

»So was wie die *Fünf Freunde* von Enid Blyton?«

»Ja, aber wir sind ja nur vier.«

»Wir könnten doch einen Hund bei uns aufnehmen«, schlug Abigaile vor.

Ihr Vater verschränkte die Arme vor der Brust. »In diesem Dorf adoptieren wir eher einen Esel.«

»Au ja!« Abigaile klatschte begeistert in die Hände. »Dürfen wir, Daddy?«

»Nein, auf keinen Fall«, rief Joseph und schüttelte entschieden den Kopf. »Und jetzt sollten wir weitergehen.«

»Das ist es!«, rief Bobby. »*Die Langohren*! Das wäre doch der absolut perfekte Name für uns.«

Abigaile zog einen Flunsch. »Klingt eher nach Hasen als nach Eseln.«

»Quatsch!« Bobby warf ihr einen verärgerten Blick zu. »Mit Langohren sind Esel gemeint. Das weiß doch jeder!«

Seine Schwester tippte sich gegen die Stirn. »Wie wäre es mit *Die flinken Hufe*?«

»Oder mit *Die Sturschädel*?«, warf Joseph ungeduldig ein, während er von einem Bein aufs andere trat.

Bobby zuckte mit den Schultern. »Lassen wir Stella entscheiden. Immerhin ist sie der Boss.«

Stella, die nur mit halbem Ohr zugehört hatte, murmelte etwas Unverständliches. Ihr Blick hing an einem eingeritzten Herz an der Wand. Darin standen zwei Buchstaben. A+C.

Erneut musste sie an das Taschentuch denken, das Hercule Poirot in einem Erste-Klasse-Abteil des Orientexpress als eines von vielen Indizien sichergestellt hatte. Ein auf dem Tuch aufgesticktes H hatte Poirot besonders zu denken gegeben.

»Stella?« Abigailes Stimme riss sie aus ihren Gedanken.

»Wie?«

»Welchen Namen findest du am besten?«, wollte das Mädchen wissen. »*Die Langohren*? Oder *Die flinken Hufe*?«

»Das klingt beides ziemlich gut«, murmelte Stella. »Ihr macht das schon!«

Die Geschwister schauten sich an und zuckten mit den Schultern. Dann zückten sie ihre Taschenmesser und ritzten beide etwas in den Stein.

»Können wir jetzt weiter?« Joseph umklammerte sich fröstelnd mit beiden Armen. »Ich will hier drinnen wirklich keine Wurzeln schlagen.«

Sie liefen weiter und gelangten erneut in einen schmalen Felsengang.

A+C, dachte Stella. Wer mochte damit wohl gemeint sein?

A+C?

A wie Agatha, und C wie Christie?

Nein, das war höchst unwahrscheinlich, auch wenn es zu schön gewesen wäre, eine weitere Spur ihrer Lieblingsautorin zu entdecken.

A wie Audrey?

Ja, vielleicht.

A wie Alice?

Möglicherweise. Doch wer war C?

Stella ging im Geiste die Namen aller Bewohner, die mit einem C anfingen, durch.

Crabtree. Der Vikar.

Chapel. Die Haushälterin.

Clapperton. Der Polizist.

Das waren alles Nachnamen. Viel wahrscheinlicher war, dass es sich um einen Vornamen handelte.

Stella grübelte weiter.

Colin. Der Neffe von Margery, der die Post austrug.

Clive. Ein Nachbar von Jack.

Wessen Name fing noch mit einem C an?

Sie zuckte kaum merklich zusammen, als ihr ein Gedanke durch den Kopf schoss.

Craigory. Valentine. Der Historiker, der als Jugendlicher seine Ferien hier verbracht hatte.

Sie spürte ein leises Kribbeln tief in ihrem Bauch, das sich durch ihren ganzen Körper ausdehnte.

Audrey und Craigory?

Quatsch!

Alice und Craigory?

Ein erneutes Kribbeln.

»Da vorne ist Licht!«, rief Joseph, der mittlerweile die Führung übernommen hatte, und beschleunigte seine Schritte. Er klang erleichtert.

Einen Augenblick später traten sie alle durch ein gymnastikballgroßes kreisrundes Loch ins Freie hinaus.

Stella wusste sofort, wo sie sich befanden. Sie standen direkt hinter dem zitronengelben Bootshaus von Massimo Morellis Wassertaxiunternehmen.

Kapitel 27

»Noch mehr Fragen?« Alice Waxflatter thronte in einem Schaukelstuhl auf der Terrasse im rückwärtigen Teil der Gin-Destillerie. Sie schob die kirschrote Sonnenbrille nach oben und blickte Stella und Joseph missbilligend an. »Ist es nicht langsam mal genug?«

Stella baute sich vor ihr auf und nahm sie ins Visier wie das Raubtier seine Beute. »Was ist denn bitte aus deinen Zweifeln geworden? Ich dachte, du seist davon überzeugt, dass Lucas unschuldig ist.«

Alice verschränkte die Arme vor der Brust und schaukelte. »Ja, natürlich bin ich das! Doch die Richtung, in die eure ganze Fragerei führt, gefällt mir genauso wenig.« Sie warf angriffslustig den Kopf in den Nacken. »Wenn ihr nur gekommen seid, um mir den Mord an Lennard anzuhängen, könnt ihr gleich wieder gehen.«

»Das ist Zeitverschwendung«, raunte Joseph Stella ins Ohr. »Wir sollten uns lieber auf Mr. Morelli und Mr. Whitley konzentrieren.« Schon seit sie die Höhle durch den versteckten Ausgang unweit des Wassertaxiunternehmens verlassen hatten, waren Massimo und Jack zu den Hauptverdächtigen des Chief Inspectors avanciert. Am liebsten hätte er sie direkt zur Befragung ins

Polizeirevier geschleift, doch dummerweise hatte er Urlaub und Sergeant Chakraborty war telefonisch nicht zu erreichen gewesen. Stella, die eine andere Theorie verfolgte, hatte sich schließlich durchgesetzt, und so hatten sie der Gin-Destillerie einen erneuten Besuch abgestattet. Die Kinder, die von dem Ausflug müde und hungrig waren, stärkten sich derweil bei Audrey im Café.

Mit einer flinken Handbewegung wischte Stella Josephs Einwand beiseite. »Wir müssen über Craigory Valentine reden«, sagte sie an Alice gewandt.

Für einen Moment saß Alice reglos da, dann schwang sie sich aus dem Stuhl und zupfte die Ärmel ihrer Bluse zurecht. »Ich wüsste nicht, was es über den zu reden gibt.«

»Ihr zwei kennt euch, nicht wahr?«, hakte Stella umgehend nach. »Und nicht erst seit ein paar Tagen, sondern schon sehr viel länger.«

»Kann schon sein.« Alice schob sich die Sonnenbrille zurück auf die Nase und drehte Stella demonstrativ den Rücken zu.

Stella ließ sich davon nicht beirren. »Ihr seid ein Paar.« Das war natürlich nur geraten, aber irgendwie musste sie die Frau ja aus der Reserve locken.

»Gott bewahre, nein!«, rief Alice und wirbelte herum. »Wie kommst du nur auf so eine bescheuerte Idee?«

»Zeitverschwendung«, grummelte Joseph und schob frustriert die Hände in die Hosentaschen. »Ich sage es ja.«

Stella ignorierte ihn. »Vielleicht seid ihr aktuell kein Paar mehr. Aber ihr wart es einmal. Ihr habt ja sogar in der Höhle am Strand eure Initialen eingeritzt.« Schon wieder ein Schuss ins Blaue.

»Ja, aber das ist eine halbe Ewigkeit her«, entgegnete Alice aufgebracht. »Wir waren damals ja noch fast Kinder.«

Also kennt Valentine die Höhle, dachte Stella.

Alice stöhnte auf und fasste sich an die Stirn. »Von deinem ewigen Herumgestochere bekomme ich Kopfschmerzen. Ich glaube, ich brauche eine Tablette.« Sie lief ins Haus, und Stella und Joseph folgten ihr bis in den Verkaufsraum der Destillerie, wo Alice hinter den Tresen eilte.

»Wie genau habt ihr euch denn kennengelernt?«, wollte Stella wissen. »Craigory und du?«

Alice zog eine Schublade auf, kramte kurz und holte einen silbernen Tablettenblister hervor. »Das war nicht wirklich spektakulär. Craigory ist öfters in den Ferien mit seinen Eltern hier gewesen.« Sie drückte eine Tablette heraus und steckte sie sich in den Mund. Dann angelte sie sich eine Ginflasche aus einem Regal, schraubte den Verschluss ab und spülte die Tablette mit einem großen Schluck Gin herunter. »Am Anfang haben wir uns bloß verstohlene Blicke zugeworfen und uns nicht getraut, uns anzusprechen.« Sie nahm einen zweiten, noch größeren Schluck Gin und wischte sich über den Mund. »Aber dann, eines Tages beim Dorffest, haben wir den ganzen Abend miteinander getanzt und uns ineinander verliebt.« Ein Lächeln huschte über ihr Gesicht, verblasste jedoch so schnell, dass Stella es fast nicht bemerkt hätte.

Ein trauriges Seufzen drang aus Alices Mund. »Na ja, eigentlich habe bloß ich mich in ihn verliebt, denn wie sich später herausgestellt hat, war der Kerl nichts weiter als ein gemeiner Schuft, dem ich nicht das Geringste bedeute. Ich habe ihm so viele Briefe geschrieben und ihm darin meine Liebe gestanden, aber er hat mir nie geantwortet.« Sie ließ die Schultern hängen, und ein Ausdruck tiefer Niedergeschlagenheit trat in ihre Augen. »Er hat irgendwann einfach den Kontakt abgebrochen und sich nie mehr bei mir gemeldet.«

Das muss sicher sehr verstörend für die junge Alice gewesen sein, dachte Stella. Doch Valentine mochte seine Gründe gehabt haben. »Du warst bestimmt überrascht, ihn vor ein paar Tagen dann wieder hier zu sehen.«

Alice nickte. »Anfangs habe ich ihn gar nicht erkannt. Er hat sich nach all der Zeit natürlich optisch sehr verändert. Der Zahn der Zeit geht ja an niemandem spurlos vorbei.« Sie seufzte erneut. »Ich musste wirklich zweimal hinschauen, um zu begreifen, dass er es ist.«

»Hat er dir erklärt, warum er damals so gehandelt hat?«, fragte Stella.

Mit einer raschen Bewegung schraubte Alice die Flasche zu und stellte sie zurück ins Regal. »Er wollte es erklären, aber ich habe ihn nicht zu Wort kommen lassen.«

Stella runzelte die Stirn. »Wieso?«

Alices gesamte Körperhaltung versteifte sich. »Dieser Mann hat mir damals mein unschuldiges Herz gebrochen. Er kann mir getrost gestohlen bleiben.«

»Hallo, allerseits!«, rief eine fröhliche Stimme, und Gavin, der Pub-Betreiber, trat zur Tür herein.

Stella hob die Hand. »Hi, Gavin.«

»Ich wollte nur schnell etwas vorbeibringen.« Gavin hielt einen Brief in der Hand und wedelte damit in der Luft herum. »Das hat ein Gast heute für dich abgegeben.« Er legte den Brief vor Alice auf dem Tresen ab.

Alice betrachtete den Umschlag mit angespannter Miene. »Welcher Gast denn?«

»Mr. Valentine«, erklärte Gavin.

Richtig, dachte Stella. Sie hatte ja gesehen, wie Valentine Gavin den Brief gegeben hatte.

Noch immer starrte Alice auf den Umschlag. Verstörtheit lag in ihrem Blick.

»Ist alles in Ordnung?« Gavin schaute fragend zwischen Stella und dem Chief Inspector hin und her.

»Alles okay«, murmelte Stella. »Wir waren nur gerade mitten in einem Gespräch.«

»Ach so.« Gavin neigte den Kopf zur Seite. »Na, dann will ich euch nicht länger stören. Ich muss sowieso weiter.« Er hob die Hand. »Vielleicht sehen wir uns ja später noch?«

Stella nickte lächelnd. »Klar, ich komme gerne abends auf einen Drink vorbei.«

»Der geht für dich natürlich aufs Haus!« Gavin zwinkerte ihr zu und ging zur Tür hinaus.

»Dorfcasanova!«, knurrte Joseph kaum hörbar. Er musterte Stella. »Ist Valentine denn abgereist?«

»Er war gerade dabei, auszuchecken, als ich am Morgen ins Gasthaus gekommen bin«, berichtete Stella. »Doch dann habe ich ihm von meinem kleinen Forschungsprojekt zu Agatha Christie erzählt, und er entschied sich spontan, seinen Aufenthalt um einen weiteren Tag zu verlängern. Vermutlich sitzt er noch in der Bibliothek von Lord Edgecombe und sichtet die Dokumente.«

»Mistkerl!« Alice schlug mit der Faust so fest auf den Tresen, dass er wackelte. »Denkt er denn ernsthaft, dass er mit so einem Wisch alles wiedergutmachen kann?« Sie krallte sich den Brief, riss ihn in der Mitte entzwei und donnerte die beiden Hälften in einen Papierkorb.

Stella und Joseph tauschten Blicke.

»Willst du denn überhaupt nicht wissen, was drinsteht?«, fragte Stella.

»Nein danke! Kein Bedarf.« Alice fuhr sich durchs Haar. »Sind bestimmt sowieso bloß wilde Ausflüchte und irgendwelches Süßholzgeraspel.«

»Das kannst du nicht wissen.« Stella ging einen Schritt auf sie zu. »Er wollte mit dir reden, doch du hast ihn nicht zu Wort kommen lassen. Und nun schickt er dir diesen Brief.« Sie lächelte Alice aufmunternd zu. »Ich an deiner Stelle wäre sehr neugierig, was er mitzuteilen hat.«

Anstatt das Lächeln zu erwidern, schnaubte Alice nur verächtlich. »Darauf kann ich verzichten.« Sie deutete auf den Papierkorb. »Aber bitte, bedien dich ruhig.«

Stella musterte sie eindringlich. »Bist du sicher? Ich meine, der Brief ist ja für dich bestimmt …«

»Ich fasse das Ding garantiert nicht noch einmal an!«, fauchte Alice und hob abwehrend die Hände. »Wenn du also wissen willst, was drinsteht, musst du dir schon selbst die Mühe machen.« Sie verschränkte die Arme vor der Brust. »Ich habe kein Problem damit.«

Stella zögerte. Unter normalen Umständen wäre sie nie auf die Idee gekommen, die Briefe anderer zu lesen – historische Dokumente einmal ausgenommen. Aber wenn sie mit ihrem Verdacht richtiglag und Craigory Valentine in die Ereignisse der letzten Tage verwickelt war, wäre das der logische und notwendige Schritt.

Sie schob die Skrupel beiseite, ging zum Papierkorb und nahm den zerrissenen Brief heraus. Rasch schob sie die Umschlaghälften fort, faltete die Teile der Seite auseinander, fügte sie zusammen und las still den Text.

Liebste Alice,

wenn du diese Zeilen liest, werde ich Hillbrush bereits verlassen haben. Ich denke nicht, dass ich zurückkehren werde. Zu tief sitzt noch immer der Schmerz.

Dich nach so langer Zeit wiederzusehen, hat all meine Gefühle für dich neu entfacht und die Erinnerung an das Glück, das einmal zum Greifen nah gewesen war, wieder an die Oberfläche gebracht.

Wie sehr hatte ich gehofft, dir sagen zu können, was ich für dich empfinde. Dass du die Liebe meines Lebens bist und ich mich nur vollständig fühle, wenn du dich in meiner Nähe befindest. Ich bin ein Narr, dass ich mir all die Jahre selbst etwas anderes vorgemacht habe.

Ja, ich wollte dir alles offenbaren und alles erklären. Doch das Schicksal hatte wieder einmal andere Pläne.

Ich habe gemerkt, dass du dich von mir abgewandt hast und dein Herz nun einem anderen gehört. Ihr gebt ein hübsches Paar ab, das muss ich neidlos anerkennen. Möge er dir ein besserer Freund und Begleiter sein, als ich oder dein unnützer Ehemann es je gewesen waren oder es je hätten sein können.

Bitte glaube mir, dass meine Gefühle für dich stets aufrichtig sind und waren. Als sich unsere Wege trennten, hat es mich fast zerrissen vor Schmerz.

Ich habe dir immer wieder geschrieben, dir immer wieder mein Leid geklagt und dir mein Herz zu Füßen gelegt. Wie sehr hätte ich mich über das kleinste Lebenszeichen von dir gefreut, aber nie kam auch nur eine Zeile. Das hat mich wütend und traurig gemacht und mich schließlich verstummen lassen. Mittlerweile denke ich jedoch, dass du daran keine Schuld hattest – ich vermute vielmehr, dass dein Vater meine Briefe abgefangen und vernichtet hat.

Doch richten wir unsere Aufmerksamkeit nicht auf die Vergangenheit. Richten wir sie auf die Zukunft.

Leider habe ich nicht der Mann sein können, der ich für dich sein wollte. Das Einzige, was ich tun konnte, war, dich von diesem elenden Scheusal zu befreien. Jetzt, da deine Not ein Ende hat, wirst du mit deiner neuen Liebe hoffentlich in Frieden und Eintracht leben können. Das wünsche ich dir aus tiefstem Herzen.

Dein dich ewig liebender Craigory

Stella ließ die zerrissene Papierseite sinken und schluckte einen Kloß im Hals herunter. Also hatte Valentine Alice von dem scheußlichen Lennard befreit.

Sie ging zu Alice und drückte ihr den Brief in die Hand. »Ich denke, dass du das lesen solltest. Lass dir ruhig Zeit damit, aber bitte wirf ihn nicht noch einmal weg.«

Alice legte den Brief auf den Tresen und beugte sich zögernd darüber.

»Valentine hat Lennard getötet«, flüsterte Stella Joseph leise ins Ohr. »Er hat es praktisch zugegeben.«

Joseph bedachte sie mit einem irritierten Blick. »Aber wer wollte denn dann Valentine mit Schierling vergiften?«

Stella grübelte kurz darüber nach. »Vielleicht hat er es selbst genommen.«

»Dann hat er den Anschlag auf sein Leben nur vorgetäuscht?«, raunte Joseph noch immer so leise, dass nur Stella ihn hören konnte.

»Oder er wollte sich selbst richten«, entgegnete Stella genauso leise zurück. »Auf jeden Fall ist es ihm damit gelungen, von sich selbst als Täter abzulenken.«

Das Öffnen der Tür ließ sie aufhorchen. Sie drehte sich um und sah Ernest hereinschreiten.

»Komme ich ungelegen?«, fragte er und schaute von einem zum anderen. »Ist etwas passiert?«

Alice, die noch immer hinter dem Tresen stand und wie hypnotisiert den Brief anstarrte, liefen Tränen über die Wangen.

»Es ist ein Brief eingetroffen, der vieles von dem, was in den vergangenen Tagen geschehen ist, erklärt«, sagte Stella.

»Wir müssen los.« Joseph fasste sie am Arm. »Wir dürfen keine Zeit vergeuden.«

»Gehen wir zu Edgecombe«, stimmte Stella ihm zu. Sie sah zu Alice, die nun ungehemmt weinte.

»Geht nur.« Ernest nickte ihnen zu. »Ich bleibe solange bei Alice.«

Kapitel 28

Stella und Joseph betraten die Bibliothek von Limestone Manor durch eine hohe, halb geöffnete Verandatür. Der große, ringsum mit Büchern angefüllte Raum strahlte wie immer eine wohltuende Ruhe und Behaglichkeit aus. Es war ein Zufluchtsort, ein Refugium für Büchermenschen, genau wie Ernests kleine, verwinkelte Buchhandlung.

In der Mitte des Zimmers saß Craigory Valentine an dem antiken Mahagoni-Schreibtisch über einen Berg Akten gebeugt, den Rücken ihnen zugewandt.

»Bitte lass mich zuerst mit ihm reden«, raunte Stella dem Chief Inspector ins Ohr.

»Nur zu«, flüsterte er und nickte energisch. »Ich habe ja eh Urlaub.«

Stella räusperte sich, und Valentine warf einen Blick über seine Schulter. »Ah, Miss Honeycut!«, rief er beschwingt. »Sie kommen zum perfekten Zeitpunkt. Ich muss Ihnen unbedingt etwas zeigen.« Er hob ein in graues Leinen gebundenes Buch hoch, und ein triumphierendes Lächeln überzog sein Gesicht. »Da werden Sie staunen.«

Von einer Sekunde zur nächsten beschleunigte sich Stellas Herzschlag. »Wollen Sie damit etwa andeuten, dass Sie tatsächlich etwas über Agatha Christies Aufenthalt im Dorf herausgefunden haben?« Sie war so auf Valentines Verwicklung in den Mord an Lennard Waxflatter konzentriert gewesen, dass sie die Nachforschungen zur Queen of Crime vollkommen außer Acht gelassen hatte.

Craigory Valentine nickte zufrieden. »Glück ist Geschick.« Er klopfte auf das Buch. »Sie werden es nicht glauben – aber hier, schauen Sie.« Er winkte sie zu sich heran, schlug das Buch auf und blätterte. »Das ist das Gästebuch des hiesigen Wirtshauses aus dem Jahr 1926.« Nach einigem Hin-und-her-Blättern fand er die betreffende Seite und tippte mit dem Zeigefinger auf einen handschriftlichen Eintrag.

Stella überflog die Seite, auf der die Namen der Gäste in einer ordentlichen Tabelle aufgelistet waren.

Dort, wo Craigory Valentine hingezeigt hatte, stand in sorgsamer Handschrift der Name *T. Neele* geschrieben.

Unglaublich! Stella schaute den Historiker voller Bewunderung an. Er war gerade mal ein paar Stunden in dieser Bibliothek und konnte bereits solch einen Fund vorweisen. Der Mann war ja ein richtiges Trüffelschwein!

»T. Neele?« Joseph, der Stella über die Schulter schaute, runzelte die Stirn. »Wer soll das denn sein?«

»Theresa Neele«, erklärte Valentine schmunzelnd. »Unter diesem Namen war Agatha Christie im Dezember 1926 auch in dem Hotel in Harrogate abgestiegen, in dem sie schließlich am zehnten Tag ihres Verschwindens entdeckt wurde.«

»Agathas Verschwinden war ein Streit mit ihrem Ehemann Archibald vorausgegangen«, fügte Stella hinzu. »Dabei hatte er ihr offenbart, dass er eine Affäre mit einer jüngeren Frau namens Nancy Neele hat.«

Das Gesicht des Chief Inspectors war ein einziges Fragezeichen. »Und dann checkt Agatha unter dem Namen ihrer Rivalin in Hotels ein? Wie sonderbar.«

Stella zuckte mit den Schultern. »Es geht eben jeder anders mit einer Trennung um.«

»Also, ich weiß nicht.« Joseph ließ sich mit dem halben Hintern auf der Kante des Schreibtischs nieder. »Wenn ich mich jetzt Lenny Waxflatter nennen würde, dann würdest du mir aber auch einen Dachschaden bescheinigen.«

Das würde ich wohl, dachte Stella und musterte den Chief Inspector irritiert. Also hatte seine Frau tatsächlich etwas mit dem widerlichen Lennard gehabt.

Rasch schob sie den Gedanken beiseite. »Darum geht es jetzt doch gar nicht.«

»Das sehe ich ganz genauso«, stimmte Craigory Valentine ihr zu. »Wir betreiben hier Geschichtsforschung und keine sozialpsychologische Analyse.« Er hob den Zeigefinger und setzte eine wichtige Miene auf, als wolle er dem Chief Inspector einen Vortrag halten. »Wir wollen an Hinweise und Fakten gelangen und nicht das persönliche Verhalten historischer Persönlichkeiten bewerten.«

»Schon gut.« Joseph hob abwehrend die Hände in die Höhe. »Ich habe es verstanden.«

Stella nahm das alte Gästebuch in die Hand, strich über den rauen Einband und blätterte neugierig durch die Seiten. »Einfach herrlich.« Sie betrachtete erneut den Namen T. Neele. »Das ist sensationell!«

Mit einem zufriedenen Lächeln lehnte sich Valentine im Stuhl zurück und führte die Hände so zusammen, dass sich die Fingerkuppen berührten. »Es ist natürlich kein eindeutiger Beweis, dass es sich tatsächlich um Agatha Christie handelt, aber trotzdem wage ich, zu behaupten, dass wir des Rätsels Lösung ein kleines Stück näher gekommen sind.« Er hob die Hand zu einem High Five, und Stella schlug ein.

Das Buch unter den Arm geklemmt, glitt ihr Blick sehnsuchtsvoll über den Aktenberg auf dem Schreibtisch. »Wer weiß, welche Hinweise hier noch verborgen sind.«

Der Historiker lächelte selig. »Ich würde vorschlagen, wir schnappen uns jeder einen Stapel und stöbern gemeinsam weiter.« Er sah zu Stella und vollführte eine einladende Geste in Richtung des Aktenbergs. »Vier Augen sehen mehr als zwei.« Er wandte sich dem Chief Inspector zu. »Oder können wir auch mit Ihrer Unterstützung rechnen?«

Joseph schüttelte den Kopf. »Bedaure, aber das ist definitiv nicht meine Baustelle.«

Und es ist auch nicht der Grund, warum wir hergekommen sind, fügte Stella in Gedanken hinzu. Ein bedauerndes Gefühl machte sich in ihr breit, und sie überlegte, wie sie das Unvermeidliche, nämlich Valentine mit den neuesten Ergebnissen ihrer Mordermittlung zu konfrontieren, noch herauszögern konnte.

»Ach, es ist herrlich, seine Nase in alte Dokumente zu stecken«, schwärmte Craigory Valentine ahnungslos weiter. »So was tut man viel zu selten.«

Stella schluckte einen Kloß im Hals herunter und legte das Buch auf den Tisch zurück. Verdammt, der Mann hatte einen Menschen umgebracht! Und doch war er ihr so sympathisch, dass sie ohne zu zögern eine Forschungsgruppe mit ihm gegründet hätte!

Der Chief Inspector verschränkte die Arme vor der Brust. »Ich will ja wirklich keine Spaßbremse sein, aber eigentlich sind wir nicht hier, um in staubigen Akten zu wühlen oder über Mrs. Neele zu reden.«

Na toll, danke, du Spaßbremse, dachte Stella. Aber Joseph hatte recht. Wie ungern sie das zugab. »Ja, wir müssen über jemand anderen sprechen«, sagte sie leise.

»Über wen?« Craigory Valentine schaute erst neugierig, dann irritiert zwischen ihnen hin und her.

Stella holte tief Luft. Augen zu und durch. Jetzt oder nie. »Über Lennard Waxflatter – und über Sie.«

Im Gesicht des Historikers ging augenblicklich eine radikale Veränderung vor. Die Verwirrung wich einem Ausdruck der totalen Leere. Er schrumpfte in sich zusammen, das Kinn sackte ihm auf die Brust, und jegliche Freude schien aus ihm zu entweichen wie Luft aus einem Ballon.

»Ich habe mich schon gefragt, wann es jemand herausfinden wird. Es war wohl nur eine Frage der Zeit.«

Joseph zog die linke Augenbraue hoch. »Sie sind ja sehr entspannt.«

Valentine ignorierte ihn. Er konzentrierte sich ganz auf Stella. »Hat Alice meinen Brief erhalten?«

Stella nickte energisch. »Ja, das hat sie. Und sie hat ihn gelesen.« Auch wenn es ein Stück Überzeugungsarbeit war, fügte sie in Gedanken hinzu.

»Dann ist es gut«, entgegnete Craigory Valentine mit einem Seufzen.

»Gut?« Der Chief Inspector löste sich vom Schreitisch und begann, im Raum auf und ab zu gehen. »Sie haben einen Menschen umgebracht.«

Valentine schrumpfte noch etwas mehr in sich zusammen. »Ich hätte nicht gedacht, dass ich dazu fähig wäre.« Er sah betreten zu Boden. »Ich habe mich getäuscht.«

Stella zog sich einen Stuhl heran und setzte sich. »Bitte erzählen Sie uns, was passiert ist.«

Der Historiker schob den Aktenberg, der ihm am nächsten lag, von sich und strich über den Tisch. »In der Nacht vor der Einweihung des Brunnens konnte ich nicht einschlafen und bin lange durch das Dorf spazieren gegangen. Ich musste immer wieder an Alice denken und daran, wie gemein das Schicksal zu uns, insbesondere aber zu ihr gewesen ist.« Er blickte zu Joseph, der sich mittlerweile auf einem niedrigen, mit cognacfarbenem Leder bezogenen Hocker niedergelassen hatte. »Dann ging ich in Gedanken meine Rede für den nächsten Tag durch. Ich ahnte also nichts Böses, da sehe ich plötzlich, wie sich dieser Lennard Waxflatter an der restaurierten Brunnenskulptur zu schaffen macht. Natürlich wollte ich einschreiten, doch bevor ich auch nur ein Wort sagen konnte, kippt die Eselfigur von ihrem Sockel und stürzt auf den Mann, der daraufhin zu Boden geht.«

So ähnlich hatten sie sich das ja bereits vorgestellt, dachte Stella und sah die beschriebene Situation direkt vor ihrem inneren Auge vor sich.

»Anfangs war ich hin- und hergerissen, ob ich ihm helfen oder ihn einfach seinem Schicksal überlassen sollte«, fuhr Valentine fort. »Er hatte mich bis dahin ja noch überhaupt nicht bemerkt.« Seine Mimik verfinsterte sich. »Dann fiel mir meine liebe arme Alice wieder ein und wie sehr dieser lausige Kerl von einem Ehemann sie am Nachmittag vor aller Augen gedemütigt hatte.«

Stella schlug die Beine übereinander. Der skandalöse Auftritt von Lennard Waxflatter hatte sich auch bei ihr wie ein schlechter Film ins Gedächtnis gebrannt. Lennard hatte sich nicht nur über den Brunnenschmuck lustig gemacht, sondern auch Audrey und Massimo aufs Schändlichste beleidigt. Seine Mitmenschen zu quälen, hatte ihm stets Freude bereitet.

»Alice hat etwas Besseres verdient.« Craigory Valentine fuhr sich über die Stirn. »So ein gemeines und schäbiges Benehmen, das dieser Mann an den Tag gelegt hat, habe ich selten erlebt.« Er atmete geräuschvoll aus. »Im Mittelalter wäre solch ein Schurke geteert und gefedert und anschließend gevierteilt worden.«

Oder er hätte ein hohes einflussreiches Amt innegehabt, dachte Stella. Der größte Lump saß ja schließlich meist obenauf. Das war heute oftmals auch nicht viel anders.

»Deshalb änderten Sie Ihre Meinung«, warf der Chief Inspector von seinem Hocker aus ein. »Helfen war keine Option mehr. Im Gegenteil, Sie wollten seinen Tod.«

Der Historiker klammerte sich an der Tischkante fest. »Ich wusste, es war die perfekte Gelegenheit, um Alice und das Dorf ein für alle Mal von diesem Tyrannen zu befreien.« Düsternis lag in seinem Blick. »Das Schicksal hat mich zum Vollstrecker erkoren. Wie hätte ich das ignorieren können?« Er ließ seufzend die Schultern hängen. »Ich durfte nicht zögern.«

Vermutlich hätte der eine oder andere hier im Dorf ähnlich gehandelt, schoss es Stella durch den Kopf. Alice zum Beispiel mit Sicherheit.

»Bitte, erzählen Sie weiter«, forderte der Chief Inspector ihn mit ruhiger Stimme auf.

Craigory Valentine sammelte sich. »Ich entschloss mich also, mein Schicksal zu akzeptieren und dem Spuk ein Ende zu setzen. Und dann hatte ich auf einmal einen riesigen Schraubenschlüssel in der Hand. Ich weiß gar nicht mehr, wo ich den herhatte. Meine Erinnerung ist ab da ein wenig bruchstückhaft.«

Das mochte an dem Schockzustand liegen, den er zweifelsohne erlitten hatte, dachte Stella. Sein eigenes, barbarisches Wesen zu begreifen, konnte durchaus sehr angsteinflößend sein.

»Aber an die eigentliche Tat können Sie sich doch noch erinnern, oder?«, wollte Joseph wissen.

Valentine verbarg das Gesicht in seinen Händen. »Es ging alles so schnell. Ich beugte mich über ihn und schlug zu, mit aller Kraft. Zweimal, glaub ich.« Er ließ die Hände wieder sinken. »Den Ausdruck in seinen Augen werde ich nie vergessen.« Schmerz flammte in seiner Miene auf. »Erst, als ich mein Taschentuch hervorzog, um das blutbeschmierte Werkzeug abzuwischen, wurde mir klar, was ich getan hatte.«

»Wie ging es dann weiter?«, bohrte der Chief Inspector ungeduldig nach.

Craigory Valentine schluckte. »Ich fühlte mich elend und bekam Panik. Den Schraubenschlüssel hatte ich zwar abgewischt und ins Wasser geworfen. Aber da war ja noch mein Taschentuch mit Waxflatters Blut. Ich dachte an die Höhle, in der Alice und ich uns früher manchmal heimlich getroffen hatten.« Der Hauch eines Lächelns zierte kurz sein Gesicht. »Dort lief ich hin.«

Joseph nickte. »Und dort versuchten Sie, das belastende Stück Stoff zu verbrennen.«

»Leider ging das Feuer immer wieder aus«, berichtete Valentine. »Es war zu feucht in der Höhle.« Er seufzte. »Also habe ich es notdürftig verscharrt.«

»Warum der Schierling?«, wollte Stella wissen.

»Ein Ablenkungsmanöver, um den Fängen der Justiz zu entgehen«, entgegnete der Historiker. »Ich wusste, dass es bei rechtzeitigem Erbrechen keine tödliche Wirkung hat.«

Der Chief Inspector erhob sich und straffte die Schultern. »Ich werde den Superintendent benachrichtigen.« Er zückte sein Handy und trat ins Freie hinaus, um zu telefonieren.

Stella betrachtete Valentine, der wie ein Häufchen Elend dahockte. Die Türen der Bibliothek standen offen, sowohl die zum Flur als auch die zum Garten. Er könnte mühelos fliehen, wenn er wollte. Einfach aufstehen und davonrennen. Ein wenig würde sie es sogar verstehen.

»Keine Angst, ich werde nicht flüchten«, bemerkte Valentine. »Wohin sollte ich auch gehen. Mein Herz wird sowieso immer hier bei Alice bleiben.«

Wie auf ein Stichwort stürmte Alice, gefolgt von Ernest und Lord Edgecombe, herein.

»Craigory!«

»Alice!«

Sie flogen sich förmlich entgegen, fielen sich in die Arme und verharrten schluchzend.

»Lass uns gemeinsam von hier fortgehen«, stammelte Alice schließlich unter Tränen. »Bitte! Egal, wohin. Das Einzige, was zählt, ist, dass wir zusammen sind.«

Valentine strich ihr zärtlich über den Kopf. »Das geht nicht, Alice.« Seine Stimme war so sanft und freundlich, als spräche er mit einem Kind.

»Aber …« Alice schluchzte. »Sie werden dich ins Gefängnis stecken.«

»Ja, und das ist auch richtig so.« Craigory Valentine zog sie fest in seine Arme. »Versprich mir, dass du in Zukunft gut auf dich achten und das Leben in all seinen wunderbaren Facetten genießen wirst.«

Alice krallte sich an seinen Schultern fest. »Aber wie kann ich das denn, wenn ich weiß, dass du irgendwo in einer Zelle schmorst?«

»Du musst mich loslassen.« Er strich ihr behutsam über die Wange. »Mach dir um mich keine Sorgen. Ich komme schon klar.«

Dicke Krokodilstränen rannen über Alices Gesicht. »Aber ich darf dich doch besuchen?«

»Natürlich.«

»Wenn ich damals nur gewusst hätte, dass du mir tatsächlich geschrieben hast«, schluchzte Alice. »Genau wie ich dir. Dann wäre vielleicht alles anders verlaufen.«

Wie tragisch, dachte Stella, dass keiner der beiden die Briefe des jeweils anderen damals erhalten hatte.

Craigory seufzte schwer, dann lächelte er ihr aufmunternd zu. »Wir können die Vergangenheit nicht ändern. Wir können lediglich unsere Zukunft gestalten.«

Sie sah ihn mit großen Augen an. »Willst du, dass ich einen Fluchtplan ausarbeite?«

»Nein, das lässt du schön bleiben.« Craigory küsste zärtlich ihre Stirn. »Ich werde meine Strafe akzeptieren und zu dem stehen, was ich getan habe.« Er sah zu Stella. »Das ist der einzig wahre Weg. Das begreife ich jetzt.«

Kapitel 29

Im Licht der Abendsonne wurde Craigory Valentine von einer Schar Menschen zum Hafen geführt. Die Nachricht, dass der beliebte Historiker und TV-Moderator den meistgehassten Mann des Dorfes Lennard Waxflatter getötet hatte, um die Welt von einem Tyrannen zu befreien, hatte sich wie ein Lauffeuer verbreitet. Unzählige Schaulustige säumten die Gassen oder äugten neugierig aus den Fenstern. Einige Leute applaudierten, als Valentine an ihnen vorüberschritt, andere klopften ihm anerkennend auf die Schulter. Ein paar alte Damen steckten ihm selbst gebackenen Kuchen und Gläser mit eingemachter Marmelade zu, sehr zum Missfallen von Warren McQueen. Der Superintendent, der es sich nicht hatte nehmen lassen, die Verhaftung selbst durchzuführen, schob den Historiker mit wichtiger Miene vor sich her und ärgerte sich offensichtlich über die zahlreichen Sympathiebekundungen, die Valentine so unverhohlen entgegengebracht wurden.

»Abstand halten!«, mahnte er alle drei Meter. »Bitte treten Sie zurück.«

Doch niemand hörte auf ihn. Und niemand interessierte es auch nur die Bohne, was er zu sagen hatte. In seinem ganzen Leben war ihm noch nie so viel Ignoranz entgegengeschwappt.

»Dies ist ein Polizeieinsatz!« McQueens laute, energische Stimme klang zunehmend frustrierter. »Sie behindern die Operation einer staatlichen Behörde.« Er schaute hilfesuchend zu Detective Sergeant Navin Chakraborty, der um ihn herumsprang wie ein verspielter Bernhardinerwelpe, dem Andrang jedoch auch nichts entgegenzusetzen vermochte.

Der Superintendent drehte sich einmal um die eigene Achse. »Wo in drei Teufels Namen steckt eigentlich Clapperton?« Schweißperlen bildeten sich auf seiner Stirn, als ein etwa fünfjähriges Mädchen auf Craigory Valentine zutrat und ihm lächelnd eine Sonnenblume reichte.

»Aber Sir, der Chief Inspector ist doch mit seinen Kindern im Urlaub«, erklärte Chakraborty.

»So ein Drückeberger. Urlaub, ja?«

»Den Sie ihm bewilligt haben«, fügte der Sergeant mit einem zuckersüßen Lächeln hinzu.

Warren McQueen verzog das Gesicht, als hätte er in eine Zitrone gebissen. »Er war doch aber eben noch hier, mitten im Getümmel sozusagen.«

Chakraborty hopste fröhlich über das holprige Pflaster. Sein junges Gemüt war zweifellos frei von jeglichen Sorgen. »Aber nur als Privatperson. Nicht als Ermittler.«

Der Superintendent schnaubte affektiert. »Einmal Polizist, immer Polizist. Schreiben Sie sich das gefälligst hinter die Ohren.«

»Sie haben doch darauf bestanden, den Verdächtigen eigenhändig zur Dienststelle zu bringen«, konterte Chakraborty, ohne mit der Wimper zu zucken. »Außerdem muss auch ein Polizist auf seine Work-Life-Balance achten. Das ist sehr wichtig.« Er zwinkerte seinem Vorgesetzten verschmitzt zu. »Das sagt jedenfalls meine Mutter immer.«

An Warren McQueens Schläfe trat eine kleine Ader hervor, und sein Gesicht färbte sich feuerrot.

»Geht es Ihnen gut, Sir?« Ein Ausdruck der Besorgnis mischte sich in DS Chakrabortys heitere Miene. »Sie sehen nicht sehr gesund aus.«

Er sieht aus, als ob er gleich explodieren wird, dachte Stella, die mit Jane der Prozession ein Stück gefolgt war und nun auf eine kleine Anhöhe abbog, von der man eine phänomenal gute Aussicht sowohl auf den Hafen als auch auf das Plateau und die weitläufigen Wiesen von Limestone Manor hatte. Es reichte wirklich, den Rest dieses Spektakels aus der Distanz zu beobachten.

»Welch ein Jammer!«, meinte Jane und legte einen Arm um Stellas Schulter. »Craigory ist so ein charmanter und weltgewandter Mann. Er besitzt so viel Charisma. Seine Fernsehsendungen werden mir fehlen.«

Stella lächelte ihr aufmunternd zu. »Keine Sorge, er wird auch im Gefängnis bestimmt nicht untätig sein.«

»Ja, da magst du recht haben.« Jane nickte aufgeregt. »Er könnte zum Beispiel seine Biografie schreiben, so was dürfen Inhaftierte doch.« Sie tippte sich nachdenklich gegen das Kinn. »Der Titel könnte lauten: *Mit*

Schraubenschlüssel und Schierlingsbecher – Wie ich das fast perfekte Verbrechen beging. So oder so ähnlich.« Sie grinste von einem Ohr zum anderen. »Wird garantiert ein Bestseller.«

»Bücher, Drehbücher, TV-Showkonzepte.« Stella zuckte mit den Schultern. »Ich bin mir absolut sicher, dass wir noch von ihm hören werden.«

Sie blickten in Richtung des kleinen Hafens, wo die Prozession langsam auf den sichelförmigen Kai zusteuerte.

»Und Alice?«, fragte Jane.

Stella seufzte und dachte an Alice, die sich der Menschenmenge nicht angeschlossen hatte, sondern stattdessen bei Lord Edgecombe geblieben war. »Sie verliert ihren Craigory erneut. Aber dafür bekommt sie Lucas zurück.« Wie Joseph ihr nach seinem Telefonat mit McQueen mitgeteilt hatte, war Lucas Wilders Freilassung bereits in die Wege geleitet worden. Sicher würde er bald zurück sein.

»Dann hat Lucas das falsche Geständnis also nur abgelegt, weil er dachte, dass Alice die Täterin ist?« Jane runzelte grübelnd die Stirn.

»Ja.« Stella nickte und beobachtete, wie der Superintendent mit Chakraborty und dem mit Kuchen, Marmelade und Blumen vollbepackten Valentine im Wassertaxi verschwand. »Er liebt Alice und wollte sie um jeden Preis schützen.«

Jane sah auf das Meer hinaus. »Ein Mann mordet für sie, ein anderer geht für sie ins Gefängnis. Sie hat echt einen Schlag bei den Männern.«

»Es sei ihr gegönnt«, entgegnete Stella. »Ganz ehrlich, wenn ich so eine Pleite erlebt hätte wie sie mit Lennard, dann würde ich vermutlich ins Kloster ziehen.«

Sie sahen sich an und lachten.

»Na, jetzt übertreibst du aber«, rief Jane.

Stella schüttelte vehement den Kopf. »Kein Stück.«

Ihre Tante hakte sich bei ihr ein. »Apropos Männer, wie steht es denn bei Joseph und dir?«

Ein Ausdruck vollkommener Verwirrung trat in Stellas Gesicht. »Hä?«

»Er ist total vernarrt in dich«, erklärte Jane. »Das musst du doch bemerkt haben.«

Quatsch! Stella wurde es abwechselnd heiß und kalt. »Ich denke nicht, dass er mich besonders gut leiden kann.«

»Glaub mir, er kann.« Jane kicherte. »Das würde selbst ein Blinder mit einem Krückstock erkennen.«

»Blödsinn. Er trauert seiner Frau hinterher.«

»Nein, das glaube ich nicht.«

Stella zog die Stirn kraus. »Joseph und ich?« Die Falten auf ihrer Stirn wurden immer tiefer. »Auf so eine Idee würde ich im Traum nicht kommen.«

»Verstehe«, murmelte Jane und grinste. »Du bist eher an Gavin interessiert.«

»Nein, ich …« Stella gab sich keine Mühe, ihren Unmut zu verbergen. »Gavin ist toll, aber wir sind nur Freunde. Nicht mehr und nicht weniger.«

»Selbstverständlich.«

Stella raufte sich die Haare. »Warum wollen immer alle, dass ich mich verliebe?«

Ihre Tante knuffte sie freundschaftlich in die Seite. »Probier es mal aus. Ich habe gehört, das soll schön sein.«

Seufzend schob Stella die Hände in die Hosentaschen. »Okay, der Punkt geht an dich. Aber das Leben dreht sich nicht nur um Männer!«

»Nun, da gebe ich dir recht«, erwiderte Jane. »Und dennoch kann man sie nicht ganz außer Acht lassen.«

Da spürte Stella ein sanftes Stupsen an ihrer linken Schulter. Sie drehte sich um und blickte direkt in Miss Marples große treue Augen.

Sofort schlang sie die Arme um den Hals der zierlichen Eselstute und vergrub ihre Hände in dem weichen blaugrauen Fell. »Wenn ich mich in diesem Dorf in jemanden verliebt habe, dann in dieses zauberhafte Geschöpf hier.«

Jane strich über den Eselrücken. »Das ist ein guter Anfang. Willkommen in der Familie, Miss Marple.«

Da klingelte Stellas Handy. Sie zog es aus der Hosentasche und betrachtete das Display. Es war der Dekan ihrer Universität in Australien.

Rasch nahm sie das Gespräch an. »Honeycut?«

»Guten Morgen, Stella«, grüßte der Dekan. »Oder soll ich besser sagen Guten Abend?«

»Hallo, Derrick.« Stella blickte in den Himmel, der mit leuchtend glutroten Streifen überzogen war. »In England geht gerade die Sonne unter.«

»Und in Australien geht sie gerade auf. Komm rüber, dann kannst du dir das selbst ansehen.«

Stella löste sich von Miss Marple und ging ein paar Schritte. »Ich bleibe noch ein paar Wochen, das weißt du doch. So, wie ich es beantragt habe. Du hast es mir genehmigt.«

»Nimm dir die Zeit, die du brauchst«, entgegnete Derrick. »Ich möchte nur, dass du ehrlich zu mir bist.« Er holte tief Luft. »Willst du denn überhaupt zurück?«

Für einen winzigen Moment wusste Stella nicht, was sie darauf erwidern sollte. Dann sammelte sie sich. »Warum denkst du denn, dass ich das nicht möchte?«

Derricks Stimme nahm einen sehr rücksichtsvollen Ton an, so wie er es immer tat, wenn er jemanden in Sicherheit wiegen wollte. »Ich habe den Eindruck, dass du dich sehr wohl bei deiner Tante fühlst.«

»Stimmt, ich fühle mich wohl«, sagte Stella. Warum sollte sie das auch nicht?

»Du hast neue Freunde gefunden«, fuhr Derrick fort.

Stella sah zu Miss Marple, die sie genau zu beobachten schien. Natürlich waren sie Freunde.

Sie dachte an Audrey, Ernest, Tiberius, Gavin und all die anderen, die sie in ihr Herz geschlossen hatte. An Joseph, Bobby und Abigaile. An Lord Edgecombe. An Hubble und Edison. Die Liste ihrer neuen Freunde wurde immer länger. Zweibeinige wie vierbeinige.

Derricks Stimme drang erneut an ihr Ohr. »Du scheinst gebraucht zu werden.«

Sofort dachte Stella an die zwei Mordfälle, die sie in so kurzer Zeit hintereinander gelöst hatte. Sie war sich ziemlich sicher, dass es nicht nur bei diesen Vorfällen bleiben würde. Das Dorf der Esel schien tatsächlich Bedarf an einer privaten Ermittlerin zu haben.

In der Ferne sah sie Roderick Edgecombe, den Enkel des alten Lords, mit einer Schaufel hantieren. Wahrscheinlich hob er gerade eine Fallgrube aus, in der Hoffnung, dass sein Großvater sich darin zu Tode stürzte.

Ja, sie wurde gebraucht. Sie musste sich zum Beispiel dringend um Archibald Edgecombe und seine Nachkommenschaft kümmern, bevor etwas Schlimmes passierte. Davon einmal abgesehen, wollte sie auch mit ihrem Forschungsprojekt zu Agatha Christies Aufenthalt im Dorf weitermachen.

»Bist du noch dran?«, fragte Derrick.

»Ja, bin ich.«

Die Stimme des Dekans klang nun fordernder. »Ich will dich nicht unter Druck setzen, aber ich muss wissen, ob ich zum Beginn des kommenden Semesters wieder mit dir rechnen kann.«

Stella massierte sich mit der freien Hand die Schläfen. Verlangte er allen Ernstes von ihr, dass sie jetzt sofort eine Entscheidung träfe?

»Stella?«

»Ja?«

»Ich brauche eine verbindliche Aussage von dir.«

Verdammt! Stella stöhnte innerlich. Warum setzte er ihr nur so die Pistole auf die Brust?

Sie schloss die Augen und atmete tief durch.

Also schön, er wollte eine Entscheidung. Dann sollte er sie bekommen.

»Ich werde bleiben.« Stella war selbst überrascht, mit welcher Entschlossenheit ihr der Satz über die Lippen kam.

»Du bleibst in England?« Derricks Stimme überschlug sich fast.

»Ja.« Stella spürte in sich hinein und wusste, dass es die richtige Entscheidung war.

»Krass!«, rief Derrick am anderen Ende der Leitung. »Damit habe ich ehrlich nicht gerechnet.«

»Ich muss jetzt auflegen«, sagte Stella. »Wir reden morgen weiter, okay?«

Sie verabschiedeten sich, und Stella legte auf.

Jane, die noch immer neben Miss Marple stand, sah sie aufgeregt an. »Ich wollte nicht lauschen, aber … habe ich das richtig gehört? Du hast dich entschieden, zu bleiben?«

Stella nickte lächelnd. »Das Dorf der Esel wird mich wohl doch nicht so schnell wieder los.«

Sie fielen sich glücklich in die Arme.

»Ist das wahr?«, rief eine Stimme, und wie aus dem Nichts tauchte Audrey bei ihnen auf. »Du bleibst bei uns?«

»Ja«, rief Stella nun so laut, dass es durch den ganzen Ort hallte. »Ich bleibe!«

»Das ist ja großartig!« Audrey riss jubelnd die Arme hoch und warf sich Stella so stürmisch entgegen, dass sie sie um ein Haar umgerissen hätte.

»Das muss gefeiert werden«, stimmte Jane ihr zu.

»Ja, gehen wir in den Pub.« Audrey klatschte begeistert in die Hände. »Die meisten unserer Freunde werden schon dort sein. Da kannst du es dann allen verkünden.«

Stella kraulte Miss Marples lange Ohren. »Nicht so eilig. Lasst uns erst mal den Moment genießen.«

Sie schmusten eine Weile mit dem blaugrauen Esel und genossen den wunderschönen Sonnenuntergang.

Audrey griff nach Stellas Hand. »Da fällt mir ein, jetzt, da du bleibst, kannst du uns ja beim DSC helfen, der in einigen Wochen stattfindet.«

»Wobei?« Stella zog die Augenbraue hoch.

»Na, beim Donkey Song Contest.«

»Das ist ein Wettbewerb im Imitieren von Esellauten«, erklärte Jane. »Sehr beliebt. Dafür reisen Leute aus allen Teilen des Landes an.«

Audrey nickte. »Der alte Eselhengst Elvis ist der Juror. Nur wessen Laute er erwidert, ist eine Runde weiter.«

»Hört sich witzig an«, meinte Stella. »Witzig, skurril und herrlich schrullig.«

»Du könntest auch teilnehmen«, schlug Jane vor.

»Ja«, rief Audrey aufgeregt. »Wir hatten schon lange keinen Gewinner aus dem eigenen Dorf mehr.« Sie fuhr sich durch das Haar. »Das muss mindestens fünf Jahre her sein, dass Mr. Edgecombe sich den Pokal geholt hat.«

»Es sind sogar acht Jahre, meine Liebe«, berichtigte Jane. »Das war das Jahr, in dem ich das Cottage ausgebaut habe. Ich erinnere mich noch genau.«

»Lord Edgecombe hat Esellaute imitiert?«, fragte Stella höchst überrascht.

Jane grinste. »Ja, Archibald ist ein Naturtalent.« Sie schlang einen Arm um Stellas Taille und lehnte ihren Kopf gegen ihre Schulter.

»Er kann dir sicherlich auch Tipps geben, falls du dich tatsächlich für eine Teilnahme entscheiden solltest«, fügte Audrey hinzu.

Ein Schmunzeln trat in Stellas Gesicht. Das klang definitiv nach einem Spektakel, das sie sich nicht entgehen lassen sollte. Ja, sie würde es zumindest einmal ausprobieren. Man wuchs schließlich mit seinen Aufgaben.

Kapitel 30

Joseph Clapperton saß auf der schmalen Gartenbank hinter Janes Cottage, sah den Radieschen beim Wachsen zu und dachte über sein Leben nach. Dabei fielen ihm drei Dinge besonders auf. Erstens, dass er das häufiger tat. Nicht das Auf-der-Bank-Sitzen, sondern das Grübeln und Nachspüren. Das Reflektieren des eigenen Selbst. Zweitens, dass er heute zu einem völlig anderen Ergebnis als noch vor ein paar Tagen kam. Und drittens, dass die Radieschen keine Zauberbohnen waren.

Wären sie Zauberbohnen, würden sie bereits bis hoch zu den Wolken reichen. Doch egal, wie lange er die kräftigen Pflänzchen mit ihren dunkelgrünen, leicht gezackten Blättern auch anstarrte, sie rührten sich keinen Millimeter.

Er legte den Kopf in den Nacken und blickte schmunzelnd nach oben, wo eine ganze Wolkenschafherde im strahlenden Blau des Nachmittagshimmels badete.

Ja, Joseph konnte deutlich eine Veränderung an sich wahrnehmen. War er vor Kurzem noch vor Kummer und Selbstmitleid zerflossen, füllten nun Entschlossenheit und Zuversicht sein Herz. Der fiese Schmerz über Lindas rücksichtlose Entscheidung war zwar noch da, aber er fühlte sich längst nicht mehr so stark und angsteinflößend an. Es war, als ob all die negativen Emotionen, die mit der Trennung und dem Scheitern einhergegangen waren, sich nun in einem gut verschlossenen Tresor tief verborgen in seinem Inneren befanden. Wenn überhaupt, dann kamen diese Gefühle nur noch gedämpft an die Oberfläche. Vor allem aber hatten sie keine Macht mehr über ihn. Irgendwann, das wusste er genau, würde er den imaginären Tresor ganz über Bord werfen und dort, wo das Meer am tiefsten war, versenken. Bis dahin würde er sich über die positive Wandlung freuen, die er bereits vollzogen hatte.

Aber nicht nur er, auch Bobby und Abigaile waren in den vergangenen Tagen zunehmend aufgeblüht, was zu einer ungewohnten Harmonie zwischen ihnen geführt hatte. So fröhlich und unbeschwert hatte er seine Kinder schon lange nicht mehr erlebt. Das hatte zum einen mit diesem kauzigen kleinen Dorf, zum anderen und in erster Linie aber mit Stella Honeycut zu tun.

Stella war es gelungen, seinen Kindern ein Lächeln auf das Gesicht zu zaubern. Sie hatte Bobby und Abigaile sogar in ihre Detektivarbeit eingebunden und es geschafft, dass die zwei sich gebraucht und wertgeschätzt fühlten. Allein dafür hätte er ihr am liebsten eine Liebeserklärung gemacht.

Zum Glück mahnte eine innere Stimme ihn zur Vorsicht. Er musste es langsam angehen, wenn er das mit Stella richtig machen wollte. Er durfte nichts überstürzen. Die emotionale Achterbahnfahrt, auf der er zurzeit unterwegs war, konnte mit Sicherheit extrem abschreckend auf andere wirken. Und Stella in die Flucht schlagen war wirklich das Letzte, das er wollte.

Joseph sah zu Hubble und Edison, die ein paar Meter weiter vom Kräuterbeet naschten. Das waren definitiv die gefräßigsten Esel, die er je gesehen hatte. Dass in diesem Garten überhaupt noch etwas wuchs und nicht schon alles kahlgefressen war, war ein Wunder der Natur.

Eine Lerche stimmte ein Lied an, und seine Gedanken kehrten zu Stella zurück. Nein, er durfte sie nicht verschrecken. Er wollte vielmehr einen Weg finden, wie er noch mehr Zeit mit ihr verbringen und sie sich besser kennenlernen konnten.

Das größte Hindernis auf diesem Weg hatte Stella glücklicherweise selbst beseitigt. Als sie am vergangenen Abend im Pub verkündet hatte, nicht nach Australien zurückzugehen und stattdessen im Dorf der Esel zu bleiben, war ihm ein Stein vom Herzen gefallen. Bei der Distanz zwischen Devon und Down Under wäre selbst eine Wochenendbeziehung nicht drin gewesen.

Überhaupt war Stellas Entschluss von allen Anwesenden mit großer Begeisterung aufgenommen worden. Gavin Duddman, der Pub-Betreiber, hatte zur Feier des Tages eine Lokalrunde ausgegeben. Daraufhin hatten ein paar Leute mit dem im Pub befindlichen Klavier und einer leicht ramponierten Gitarre ein Lied angestimmt, und Jane hatte dazu ein Freudentänzchen aufgeführt. Immer mehr waren ihrem Beispiel gefolgt, und wenige Minuten später war die Party in vollem Gange gewesen.

Ja, Stella erfreute sich großer Beliebtheit im Dorf, das war Joseph klar. Und er war auch nicht der Einzige, der sich Chancen bei ihr erhoffte. Da waren zum einen dieser Gavin aus dem Pub und zum anderen Jack Whitley, der Wassertaxifahrer. Beide hatten auch bereits ihre Netze ausgeworfen. Doch am Ende würden sie alle nur im Trüben fischen, denn er würde derjenige sein, der sich Stella angelte!

Doch nur die Ruhe! Einen Schritt nach dem anderen.

Er beobachtete wieder die Esel, die mittlerweile bei den Himbeersträuchern angelangt waren und genüsslich Früchte und Blätter knabberten.

Vielleicht sollte er sich eine kleine Überraschung für Stella überlegen, um ihr zu zeigen, dass sie ihm wichtig war. Ja, das wäre bestimmt nicht verkehrt. Aber es musste schon etwas Besonderes sein. Auf jeden Fall etwas anderes als die üblichen Geschenke wie Blumen, Pralinen oder Parfum. Etwas, das aus der Masse des Gewöhnlichen herausstach.

Er schaute erneut zu den Wolkenschäfchen empor, die sich über seinem Kopf sprunghaft vermehrt zu haben schienen, und grübelte eine Weile vor sich hin.

»Hi, Dad!«

Joseph senkte den Blick und sah, wie seine Kinder durch das schmale schmiedeeiserne Tor in den Garten traten. »Hallo, ihr zwei.«

»Na, alles klar?«, wollte Bobby wissen.

»Alles bestens.« Joseph musterte die beiden von oben bis unten. »Und bei euch?«

»Wir waren noch mal in der Höhle am Meer«, berichtete Abigaile und lief zu den Eseln, um sie zu streicheln.

Ihr Vater grinste. »Und? Habt ihr schon einen Piratenschatz entdeckt?«

»Noch nicht.« Bobby hielt Daumen und Zeigefinger vor sein Gesicht. »Aber wir sind so dicht dran, ich schwör's!« Er tat es seiner Schwester gleich und begrüßte die Esel, die die Zuwendung mit einem dankbaren I-ah quittierten.

»Worüber brütest du denn nach?«, fragte Abigaile schließlich und hockte sich auf einen großen Stein.

»Tue ich gar nicht«, murmelte Joseph. »Ich sitze bloß hier und entspanne mich.«

»Doch, du grübelst«, widersprach Bobby und grinste über das ganze Gesicht.

»Du kannst uns nichts vormachen«, fügte Abigaile hinzu. »Wir kennen dich gut genug.«

Bobby kam neugierig näher. »Hat es mit Quantenmechanik oder Zeitreisen zu tun?«

»Nein.« Joseph schüttelte den Kopf.

»Schade, dann hätte ich dir vielleicht helfen können«, sagte Bobby, und seine Schwester verdrehte in gespielter Empörung die Augen.

»Ich überlege, womit ich Stella eine Freude machen könnte.« Die Worte purzelten einfach so aus Joseph heraus. »Ich möchte mich bei ihr bedanken, weil sie uns in den vergangenen Tagen so sehr geholfen hat.«

Seine Kinder tauschten vielsagende Blicke.

»Wie wär's mit Rosen?«, schlug Abigaile vor. »Rosen sind doch immer gut.«

»Ich weiß nicht.« Joseph wiegte nachdenklich den Kopf hin und her. »Davon gibt es hier schon genug.« Allein in Janes Garten wuchsen drei verschiedene Rosenarten, die gelben Kletterrosen, die sich an der Fassade des hübschen Cottages rankten, nicht mitgerechnet. Und im Rest des Dorfes sah es nicht viel anders aus. Rosen, so weit das Auge reichte.

Bobby hopste fröhlich hin und her. »Schenk ihr doch einen Gutschein für einen Forensik-Kurs. Den kann sie als Privatdetektivin sicher gut gebrauchen.«

»Ja.« Sein Vater bedachte ihn mit einem anerkennenden Blick. »Das ist keine schlechte Idee.«

»Okay, das ist vielleicht praktisch«, warf Abigaile ein. »Aber mal ehrlich, Dad. Ein Forensik-Kurs? So richtig prickelnd ist das auch nicht.«

»Immer noch besser als deine Rosen-Idee«, grummelte Bobby und warf seiner Schwester einen giftigen Blick zu.

Abigaile ignorierte ihn und konzentrierte sich ganz auf ihren Vater. »Du musst herausfinden, für was sie brennt. Was sie wirklich begeistert.«

»Das ist leicht«, rief Bobby und winkte ab, als sei dies ein Kinderspiel.

Joseph und Abigaile schauten ihn fragend an.

»Na, Agatha Christie.«

Sein Vater lachte. »Aber natürlich! Dass ich da nicht selbst drauf gekommen bin.«

»Ja, das könnte tatsächlich was sein«, murmelte Abigaile, was aus ihrem Mund wie ein überschwängliches Kompliment klang.

»Tja.« Joseph rieb sich nachdenklich das Kinn. »Aber bestimmt hat sie schon alle Bücher.«

Bobby zuckte mit den Schultern. »Es muss ja kein Buch sein.«

»Sondern?« Sein Vater zog die Augenbraue hoch.

»Ich weiß nicht.« Bobby ließ sich rückwärts ins weiche Gras fallen. »Eine Schnitzeljagd vielleicht, in Anlehnung an eine Kriminalgeschichte aus der Feder der Queen of Crime. So was in der Art.«

»Ein Picknick mit Krimi-Einlage«, rief Abigaile. »Du könntest ihr ja auch was vorlesen.«

Der Einfallsreichtum seiner Kinder zauberte Joseph ein Schmunzeln ins Gesicht.

»Gibt es da nicht so ein Festival?«, überlegte Bobby unaufhörlich weiter.

»Ja, du hast recht.« Joseph erinnerte sich, darüber mal etwas in der Lokalzeitung gelesen zu haben. »Das Agatha-Christie-Festival in Torquay!« Er versuchte, sich an die einzelnen Details aus dem Artikel zu entsinnen. »Ich glaube, das ist immer irgendwann im September.«

Abigaile pflückte sich ein Gänseblümchen und steckte es sich ins Haar. »Cool, da möchte ich auch hin!«

»Also kauf am besten vier Karten«, rief Bobby und zwinkerte seinem Vater verschwörerisch zu.

»Mach ich.« Joseph hob die Hand. »Aber verratet Stella noch nichts, ja?«

»Wir schweigen wie ein Grab«, versprachen die Kinder wie aus einem Mund. »Großes Ehrenwort.« Sie sprangen auf und wandten sich wieder den Eseln zu.

»He, ihr zwei«, rief Joseph und winkte sie zu sich heran.

»Ja?«

»Ich wollte euch nur sagen, dass ich froh bin, dass ich euch habe. Ihr seid das Wichtigste in meinem Leben, und das Beste, das mir je passiert ist.«

Bobby und Abigaile standen für einen Moment schweigend da, als hätte er sie mit seiner Gefühlsbekundung überrumpelt. Dann warfen sie sich ihm lächelnd in die Arme.

»Wir lieben dich auch, Dad!«

Joseph hielt die beiden ganz fest, und eine Welle des Glücks brach über ihn herein. Das Leben – sein Leben – war nie schöner gewesen als in diesem Moment.

Margerys Birnenkuchen

Der legendäre Birnenkuchen von Margery Chapel ist nicht nur im Dorf der Esel, sondern sogar weit über die Grenzen von Devonshire bekannt. Ganze dreizehn verschiedene Backwettbewerbe, von regional bis international, hat sie damit bereits gewonnen. Zahlreiche Pokale zieren ihr Wohnzimmerregal, darunter auch eine grüne Glasskulptur mit der Aufschrift *Die Königin der Birnen*, welche sie vor einigen Jahren vom Königlichen Hofpatissier persönlich erhalten hat.

Oft kopiert, doch nie erreicht, rätselt Margerys Anhängerschaft seit Langem, was es mit der streng gehüteten Rezeptur auf sich hat. Extra für Sie, liebe Leserinnen und Leser, hat Margery jetzt das Geheimnis gelüftet und ihr Erfolgs-Rezept verraten.

Sie wünscht viel Spaß beim Nachbacken und Guten Appetit!

Zutaten:
275 Gramm Mehl
1 Teelöffel Backpulver
1 Teelöffel Zimt
100 Gramm Zucker

1 Päckchen Vanillezucker
125 Gramm Butter
300 Gramm Birnen
je 1 Schuss Rum und Birnengeist
Puderzucker

Zubereitung:

Den Backofen auf 200 Grad vorheizen. Mehl, Backpulver, Zucker, Vanillezucker und Zimt in eine große Schüssel geben und verrühren. Mit der weichen Butter vermengen.

Birnen schälen, entkernen und in kleine Stücke schneiden. Mit in die Schüssel geben und gut verrühren. Je einen Schuss Rum und einen Schuss Birnengeist hinzugeben. Falls die Mischung noch zu trocken sein sollte, kann auch ein weiterer Schuss des edlen Getränks nicht schaden.

Eine Kastenform mit Butter einfetten. Den Teig hineingeben und glatt streichen.

Auf mittlerer Schiene bei 200 Grad für 10 Minuten backen. Dann die Hitze auf 150 Grad reduzieren und weitere 60 Minuten backen.

Den Kuchen aus dem Ofen nehmen und abkühlen lassen.

Vor dem Servieren mit Puderzucker bestreuen.

Nachwort

Liebe Leserinnen und Leser,

vielen Dank, dass Sie mit mir ins Dorf der Esel gereist sind.

Der idyllische Küstenort, der im wahren Leben Clovelly heißt und in dem ein Roman von Rosamunde Pilcher verfilmt wurde, ist unbedingt einen Ausflug wert. Die niedlichen, mit Rosen bewachsenen Cottages, die steilen gepflasterten Gassen, der malerische Hafen und nicht zuletzt die hübschen Esel machen das Dorf zu einem Höhepunkt jeder Südenglandreise.

Ob Agatha Christie den Ort je besucht hat, kann aktuell weder bewiesen noch widerlegt werden. Tatsache aber ist, dass sie im Dezember 1926 für zehn Tage spurlos verschwunden war. Was genau in dieser Zeit geschehen ist, ist bis heute nicht geklärt.